영화광을 위한 엽기적 영화 까뒤집기

삐따기의 영화 완전 재밌게 보기

| 이경기 지음 |

알고 보면 더 재밌다! 아는 만큼 보이는 영화 속 숨겨진 비밀들!

청어

삐따기의 영화 완전 재밌게 보기

이경기 지음

발행처 · 도서출판 **청어**
발행인 · 이영철
영　업 · 이동호
기　획 · 최윤영 | 김홍순
편　집 · 김영신 | 방세화
디자인 · 김바라 | 오주연
제작부장 · 공병한
인　쇄 · 두리터

등　록 · 1999년 5월 3일(제22-1541호)

1판 1쇄 인쇄 · 2011년 3월 10일
1판 1쇄 발행 · 2011년 3월 20일

주소 · 서울시 서초구 서초동 1588-1 신성빌딩 A동 412호
대표전화 · 586-0477
팩시밀리 · 586-0478

블로그 · http://blog.naver.com/ppi20
E-mail · ppi20@hanmail.net
ISBN · 978-89-94638-35-5　(03810)

삐따기의

영화
완전
재밌게 보기

이 책의 독자들에게

'인간의 행동이나 상징적 태도 등은 우리의 사고력을 배가시켜주는 원동력인 동시에 언어를 초월하고 있는 생각의 영역으로 우리를 인도해 주는 존재이다.'

중국 최고의 문인중의 하나로 칭송 받고 있는 수필가 임어당이 『상징』이란 에세이를 통해 설파한 내용 중 일부이다. 임어당의 말처럼 우리가 은연중 벌이는 행동에는 언어와 국적을 뛰어넘어 모든 인류에게 공통적으로 이해되는 뜻이 담겨 있다. 여기에 착안해서 선보인 『삐따기의 영화 완전 재밌게 보기』는 대중 예술의 총아로 불리고 있는 영화 속에서 보이는 주인공들의 행동이나 움직임 그리고 배경 소품으로 화면을 장식하고 있는 여러 상징물들이 극중 어떤 역할을 하고 있는가를 살펴본 매우 이색적인 영화 탐험기라고 할 수 있다.

작고한 스탠리 큐브릭 감독이 〈2001년 스페이스 오디세이〉를 공개한 직후 미국 현지의 영화 전문지와 가진 인터뷰를 통해 '스크린 속에서 등장하는 모든 사물, 심지어 길거리를 그냥 지나고 있는 듯한 강아지도 모두 각자의 중요한 의미를 가지고 있는 장치이다' 라고 역설한 바 있다.

이를 입증시키듯 스릴러 대가 앨프레드 히치콕 감독의 경우도 '영화 마니아들이 아니면 눈치 챌 수 없는 교묘한 장면에 엑스트라로 등장해 극의 긴장감을 높여 주거나 강력 사건이 단번에 해결될 수 있는 단서를 제공하는 장치로 활용한 바 있다.

  이렇게 봤을 때 '자연에 있는 하찮은 미물일지라도 각자의 존재 이유는 있는 것'이라는 인류학자들의 견해에 동의한다면 평균 100여 분동안 진행되는 영화 화면은 각각의 고유한 의미와 뜻을 품고 있는 장치들이 관객들에게 자신들이 내포하고 있는 진정한 뜻을 드러내기 위해 보이지 않는 치열한 경합을 하는 공간으로도 해석할 수가 있을 것이다.

  과학자 뉴턴은 사과가 떨어지는 장면을 목격하고는 만유인력의 존재를 발견했다. 사과가 떨어지는 것은 뉴턴 이전에 수천만의 인간이 지켜보았을 것이다. 그렇지만 유독 뉴턴만이 왜 그럴까? 라는 단순한 호기심으로 출발해 인류 과학 역사의 한 획을 긋는 우주 공간의 법칙을 발견했다. 이 책을 쓰기 위해 수백 편의 영화를 보면서 필자는 '늘 저 장면에서 주인공들이 왜 저런 행동을 할까?'에서부터 '나무', '동물', '숫자' 등 화면을 장식하고 있는 사소한 물건이나 사물의 본질을 파헤쳐 한 편의 영화가 담고 있는 또 다른 숨겨진 의미를 찾아보려고 노력했다.

  총 6장으로 구성된 이 책자의 제1장 색채에 얽힌 수수께끼에서는 영화 속 노출되고 있는 다채로운 색상을 통해 극중 인물의 내밀한 생각과 주변 풍경이 가지고 있는 본심을 파헤쳐 본다. 제2장 파노라마로 펼쳐주는 두세 가지 수수께끼는 지극히 상식적이기 때문에 쉽게 지나쳐 버릴 수 있는 여러 가지 상황이 영화 속에서는 매우 중대한 상징어로 활용되고 있음을 다양한 사례를 통해 이야기하여 오묘한 은막의 세계의 이면을 탐구해 본다. 제3장 자연 풍경이나 만물에 얽힌 수수께끼는 세상에 존재 이유를 드러내며 위용을 자랑하고 있는 자연 풍물에 내포되어 있는 내밀한 의미를 찾아본다. 제4장 풍속에 얽힌 수수께끼는 사물에 대해 다양한 의미를 부여하고 있는 풍속과 습관 그리고 사물에 대한 여러 측면을 엿볼 수 있는 사례들을 짚어 보았다. 제5장 인간 행동에 얽힌 수수께끼는 역사적 사건의 배후나 인간이 보이는 관습적인 행동 등에 관한 사항을 모두 수집해서 특별한 영화보기를 갈망해 왔던 영화 애호가들에게 영화 보는 재미와 함께 정보 욕구도 모두 충족시킬 수 있도록 꾸며보았다. 제6장 시네마 천국에서 펼쳐진 이슈들은 영상 문화를 주도하고 있는 할리우드를 비롯해 유럽 영화계에서 제작된 영화 기법이나 소재를 통해 지구촌 문제나 현황을 엿들어 본다.

일부 독자들은 어떻게 보면 매우 사소할지 모르는 사물이나 움직임에 대해 중대한 의미를 두고 풀어나가려는 필자의 생각에 반론을 제기할지도 모르겠다. 하지만 우리가 그저 습관적으로 지나쳤던 것에 중요하고 매우 색다른 뜻이 숨겨져 있었다는 것을 알게 된다면 영화 보는 맛이 배가될 거라고 생각한다.

이렇게 본다면 이 책은 그동안 줄거리나 제작 에피소드에 매달려 한 편의 영화를 해석하려는 거시적인 움직임에 반기를 들고, 극히 사소한 것을 단서로 삼아 부담 없이 영화 보는 재미를 추구해 보자는 매우 혁신적인 발상이 담겨 있는 책이라고 자부한다.

이 책을 통해 전혀 다른 영화 탐험을 떠나볼 수 있는 힌트를 얻었다면 그것으로 필자의 소임은 다했다고 본다. 보다 충실한 알곡이 담긴 시리즈를 통해 다시 만날 것을 기약한다. 덧붙여 혈육의 모진 정으로 묶여 늘 속앓이를 드리게 된 박태분 님께 독자들의 관심으로 속죄를 할 수 있는 기회가 주어지길 소망해본다.

이 경기

Contents

제1장 색채에 얽힌 수수께끼

제2장 **파노라마로 펼쳐주는 두세 가지 수수께끼**

제5장 인간 행동에 얽힌 수수께끼

제6장 시네마 천국에서 펼쳐진 이슈들

제1장
색채에 얽힌 수수께끼

빨주노초파남보.
세상의 온갖 화려한 풍경을 만들어 주는 주역인 색상.
영화 속에서의 다채로운 색상은 극중 인물의 내밀한
생각과 주변 풍경이 가지고 있는 본심을 엿볼 수 있는
장치가 되기도 한다. 그동안 흥행가에서 시선을 끌었
던 색상에 얽힌 메시지를 파헤쳐 본다.

홍콩 배우 주윤발은 왜 〈황후화〉에서
황금복장을 입고 있을까?

　우리는 '황금의 빛깔과 같은 노란색'을 '황금색(黃金色)'이라고 부른다.

　적색, 흰색, 검정 등 3색 가운데 적색과 흰색, 적색과 검정, 흰색과 검정 등이 짝을 이루게 되면 색상의 대비 효과가 극대화되지만, 이들 사이에 노랑을 삽입시키면 일순간 대립에서 오는 긴장감이 상쇄되면서 모호한 혼란을 불러일으킨다.

　색상 연구가들은 '노랑'에 대해 '다른 색깔과 팀워크를 이루기 힘든 고독한 색깔인 동시에 어찌 보면 홀로 존재감을 드러내야 하는 고고한 색상'이라는 풀이도 한다.

　부처를 둘러싸고 있는 5가지 색상 중 동쪽은 파랑, 서쪽은 흰색, 남쪽은 붉은색, 북쪽은 검정 그리고 중앙에는 노랑이 배치되어 있다. 중앙에 정좌해 있는 보살, 석가여래, 만다라 등을 받쳐주고 있는 노랑은 자연스럽게 '우주 중심', '무한 세계', '대일여래'를 상징하는 색상으로 추앙 받고 있는 것이다.

　노랑에 강렬한 빛을 비추면 황금색으로 빛이 난다. 불상들 대부분이 황금색으로 치장되어 있어 '고독', '장엄', '웅장함'을 유감없이 드러내 주는 배색 효과를 얻고 있는 것이다.

　권위를 상징하는 궁궐이나 최고 통치권자인 왕들을 둘러싸고 있는 옥좌나 왕관들은 동·서양을 막론하고 모두 황금색을 갖추고 있다는 것도 공통점이다. 영국의 버킹검이나 프랑스의 베르사유 궁정, 달라이 라마가 거주하고 있는 티베트의 포타라 궁에서 휘장, 의자, 거실, 의복 등이 모두 황금색으로 꾸며져 있는 것을 손쉽게 목격할 수 있다.

중국 권부를 상징하는 자금성에서 황제가 주로 기거하거나 집무를 보았던 태화전, 건청궁, 갑년궁의 외복 건물 색상을 비롯해서 천장, 기둥, 황제가 착용했던 복식 등은 일관되게 '황금색'으로 치장된 것을 알 수 있다. 청나라 마지막 통치권자 푸이의 파란만장한 일생을 다룬 〈마지막 황제〉에서도 이 찬란한 황금 색상을 지상 최고 권력자의 위용을 드러내 주는 효과적인 소품 구실을 톡톡히 해내고 있는 것이다. 이처럼 '노랑', '황금색' 등은 '황제의 권력'을 상징하는 것으로 받아들여졌다. 당나라 시대 왕궁에서 벌어지고 있는 황실 가족 간의 암투를 다룬 장예모 감독의 〈황후화〉에서도 황제 역을 맡은 주윤발은 시종 짙은 노란색 복장을 하고 등장, 자신이 가지고 있는 왕권의 엄격함을 과시하는 소품으로 활용했다.

◀ 중국에서는 '노랑', '황금색' 등은 '황제의 권력'을 상징한다.
▶ 장예모 감독의 〈황후화〉에서도 황제 역을 맡은 주윤발은 시종 짙은 노란색 복장을 하고 등장, 자신이 가지고 있는 왕권의 엄격함을 과시하고 있다.

〈금발이 너무해〉에서 왜 남자는 금발 미녀를 갈망할까?

'신사를 포함해 모든 남자는 금발을 좋아한다!'

리즈 위더스푼의 히트작 〈금발이 너무해 Legally Blonde〉(2001)는 〈금발이 너무해 2 Legally Blonde Ⅱ : Red, White & Blonde〉(2003)에 이어 2009년에는 신인 여배우 카밀라 로소를 기용해 〈금발이 너무해 3 Legally Blondes Ⅲ〉를 공개할 정도로 오랫동안 인기를 누리고 있다.

엘 우즈는 비록 하버드 법대 남자 친구로부터는 이별을 통보 받지만, 대부분의 남자들에게는 '아름다운 금발의 소유자'로 칭송을 듣고 있는 히로인으로 설정됐다. 하워드 혹스 감독이 마릴린 먼로를 등장시켜 큰 호응을 얻은 〈신사는 금발을 좋아한다 Gentlemen Prefer Blondes〉(1953)도 '21세기에도 여전히 유용하게 통용되는 남성 심리'로 각광 받고 있다.

'남자들이 유독 금발을 선호하고, 반면 미녀들은 왜 딸을 많이 낳는가? 라는 명제는 인류가 가장 궁금증을 자아내고 있는 심리적 현상으로 주목받고 있다. 뉴질랜드 캔터베리 대학에서 일본의 진화 심리학을 강의했던 사토시 카나자와 교수와 뉴질랜드의 앨런 밀러 교수는 『정치적으로 보면 부정확한 인간 본성에 관한 10가지 진실』이라는 저서를 통해 두 가지 명제에 대한 답변을 제시했다.

그들은 남자들이 가슴이 풍만한 금발 미녀를 좋아하는 이유를 '남자들의 욕구가 젊고, 건강하고, 아이를 잘 낳을 것 같은 여성과 짝을 이루기를 줄곧 염원해왔기 때문'이라고 설명하고 있다. 여성의 허리가 가늘고 가슴이 풍만한 것은 다산의 상징이며 나이가 들면서 머리색깔이 갈색 등으로 변색되기 때문에 금발은 젊음의 상징으로 받아들여지고 있다는 것이다.

남성의 두뇌에는 자신이 가지고 있는 자산을 자손 번식에 가장 효율적으로 사용할 수 있도록 프로그램화되어 있기 때문에 금발 미녀를 찾게 된다는 것이다. 재산이 많은 남자들이 아들을 많이 낳는 것도 돈이나 권력이 남자들에게 특히 중요하기 때문이라고 덧붙였다. 미인이나 잘생긴 여성들이 유독 딸을 많이 낳는 것도 아름다움이 여성들에게 더 중요한 자산이기 때문이라고 밝혔다.

두 교수는 이 같은 심리적 현상은 전 세계에서 고르게 나타나고 있다고 말했다. 영국이나 일본 왕실에서 아들을 많이 출산한다든가, 미국에서는 첫째 아이로 딸을 낳는 비율이 평균 48%인데 비해 잘생긴 미국인들의 경우는 그 비율이 56%로 높게 나타나고 있는 것도 이런 맥락에서 설명될 수 있다고 강조했다.

◀ 남자들은 가슴이 풍만한 금발 미녀를 좋아하고 있는 이유로 '남자들의 욕구가 젊고, 건강하고, 아이를 잘 낳을 것 같은 여성과 짝을 이루기를 줄곧 염원해왔기 때문'이라고 설명하고 있다.

▶ 여성의 허리가 가늘고 가슴이 풍만한 것은 다산의 상징이며 나이가 들면서 머리색깔이 갈색 등으로 변색되기 때문에 금발은 젊음의 상징으로 받아들여지고 있다는 것이다.

〈아바타〉에서 나비족의 푸른색 피부에 담겨 있는 의미는?

2009년 12월 공개된 제임스 카메론 감독의 〈아바타 Avatar〉는 감독의 전작 〈타이타닉 Titanic〉(1997)이 수립한 영화사상 최고 수익 기록을 경신하면서 전 세계 흥행가를 강타한 작품이다.

멀지 않은 미래. 지구는 에너지 고갈 문제를 해결하기 위해 행성 판도라에서 대체 자원을 채굴하기 시작한다. 그런데 판도라에 퍼져 있는 독성을 품고 있는 공기로 인해 자원 채취에 어려움을 겪게 된 인류는 판도라의 토착민 '나비(Na' vi)'의 외형에 인간의 의식을 주입시켜 원격조종이 가능한 생명체 '아바타'를 고안하기 위한 실험에 들어간다.

이때 하반신이 마비된 전직 해병대원 제이크 설리(샘 워싱턴)는 '아바타 프로그램'에 참가할 것을 제안 받아 판도라에 위치한 인간 주둔 기지로 향한다.

'아바타'를 활용해 자유롭게 보행할 수 있게 된 제이크는 자원 채굴을 막으려는 나비의 무리에 침투하라는 임무를 부여받는다. 하지만 임무 수행 중 나비족 여전사 네이티리(조 샐다나)를 만나 다양한 경험을 하면서 그들 문화를 동경하게 되고, 마침내 지구인들이 시도하는 프로그램에 반기를 드는 선봉장이 된다.

〈아바타〉에서 단연 눈길을 끌고 있는 대상은 인류가 발견해낸 새로운 행성 '판도라(Pandora)'. 무려 300m에 달하는 나무들이 빽빽한 우림을 이루고 있고 '얻기 힘들다' 는 뜻의 자기장을 함유하고 있는 '언옵타늄' 이라는 물질로 인해 거대한 산들이 공중에 뜬 채 이동한다.

밤이 되면 판도라는 수많은 생명체들이 내부의 화학반응을 통해 뿜어내는 형광 빛으로 장관을 이루는 등 경이로운 자연 절경을 보여준다. 이곳에 거주하는 판도라 토착민이 바로 '나비' 족. 파란 피부, 3m 가 넘는 신장, 뾰족한 귀, 긴 꼬리가 외형적 특징이다. 인간을 능가하는 지능을 가지고 있는 이들은 동족 및 모든 생명체들과 텔레파시를 통해 유대관계를 맺으며 삶과 죽음을 비롯한 모든 것을 자연의 섭리에 순응하면서 생활하고 있다.

강렬한 인상을 풍겨주는데 일조하고 있는 '푸른색' 은 흔히 '청정무구(淸淨無垢)' 한 하늘을 뜻하는 색상으로 알려져 있다. 이 때문에 '순수', '진실', '맑음', '평화', '독실한 믿음' 을 함유하고 있는 색상으로 숭배되고 있다. 그리스도, 성모 마리아 등이 모두 푸른색 옷을 입고 등장하고 있는 것도 그들이 바로 '조물주', '하늘' 을 뜻하기 때문이다. 또한 불교, 히브리교 등에서는 푸른색에 대해 '자비', '지혜로움' 을 품은 색으로 인식하고 있다.

이런 정황으로 봤을 때 나비족의 외피 형상을 '푸른색' 으로 설정한 것은 그들이 '나무 등 자연만물을 받드는 정령 신앙을 가지고 있는 동시에 탐욕스런 지구인들과는 다르게 식물, 동물, 조류 등과의 조화로운 일상을 통해 늘 평화로움과 상대에 대한 배려심을 가지고 있는 정황' 에 부합되는 설정으로 이해할 수 있다.

한편 아프리카에서 노예선에 실려 아메리카 대륙으로 끌려온 흑인 노예들이 힘겹고 고단한 일상을 달래기 위해 불렀다는 노동요의 일종이 '리듬 앤 블루스' 로 알려져 있어, 일부에서는 '푸른색' 은 '우울', '비관적인', '희망이 상실됨' 등의 뜻을 내포하고 있는 비우호적인 의견도 함께 병존하고 있다.

　대중예술계에서는 푸른색을 노골적인 성애 장면을 담고 있는 포르노 영화를 지칭하는 용어로도 쓰이고 있지만, 스포츠 분야 중 스케이팅 종목에서는 푸른 색상은 조물주처럼 숭배되고 있다. 즉, '올림픽 프리 스케이팅 종목에서 파란(푸른) 의상을 입으면 우승한다!'는 속설이 전해지고 있는 존재인 것이다. 냉혹한 승부를 겨루는 운동 시합은 철저하게 실력으로 승패가 좌우되는 것은 사실이지만, 한편에서는 그 어느 분야보다도 징크스나 속설이 난무해 연약한 인간의 마음을 노출시켜 주는 요소가 되고 있다.

　2010년 캐나다에서 진행된 밴쿠버 동계올림픽에서는 스케이팅 종목에서 가장 많은 주목을 받아냈던 피겨 퀸 김연아 선수의 경우, 타의 추종을 불허하는 실력을 인정받아 왔지만 우승을 위해서 푸른색 의상을 입어 달라는 요청도 쏟아진 바 있다. 이것은 '올림픽 프리 스케이팅 역대 우승 선수들은 대부분 파란 의상을 입고 타이틀을 차지했다'는 소문에서 제기된 속설이다. 이러한 애교 섞인 풍문에 대해 당사자는 "올림픽에서는 수많은 이변이 벌어지는 곳이다. 결과가 어떻게 나올지는 아무도 모르며 푸른 의상은 프로그램과 어울리는 색상이어서 착용하는 것일 뿐"이라고 담담히 밝혔다.

　유대교에서 푸른색은 '조물주의 은총'을 뜻하는 색상으로 받아들이기 때문에 '인간이 땀을 흘린 노력은 절대적 존재가 반드시 대가를 지불한다'는 것으로 확대 해석이 되고 있기 때문에, 빙상 계에서 전해지고 있는 우승 속설이 어느 정도 일리는 있는 것으로 받아들여지고 있다.

　우연의 일치인지는 몰라도 남성을 뜻하는 하늘과 여성을 뜻하는 바다는 동일하게 푸른색을 띄고 있다. 서구 신화 속에서는 '푸른색'에 대해 '고귀함', '정절', '지조', '애정', '명상', '평온' 등 차분하고 여성적인 분위기로 해석하고 있다. 기독교에서도 하늘을 통치하는 성모 마리아를 상징하는 색상으로 여겨 '영원함', '진리', '돈독한 신앙심'을 드러내는 것으로 숭배되고 있다.

여자 피겨 싱글 부분에서 84년 동계올림픽 당시 소련의 피겨 전 종목 석권을 저지했던 동독(현재 독일)의 카타리나 비트는 아름다운 외모와 뛰어난 예술성, 그리고 안정된 기술까지 피겨 스케이팅 역사를 언급할 때 반드시 거론되고 있는 선수다.

84년 이후 각종 세계선수권 대회를 석권하고 88년 캘거리 올림픽 금메달을 차지해 올림픽 2연패의 위업을 달성했는데, 그녀는 늘 푸른색 복장을 하고 등장해 눈길을 사로잡은 바 있다. 이후 피겨 부분 역사를 장식했던 94년 올림픽의 챔피언 우크라이나의 옥사나 바이올, 미국의 미셸 콴, 러시아의 이리나 슬루츠카야 등이 빙상계에 푸른 복장과 우승이라는 속설을 확립시키는데 일조한 대표적 선수로 기억되고 있다.

도날드 라이 감독, 마빈 햄리시 작곡의 주제곡 'Through the Eyes of Love'로 흥행가를 장식했던 〈사랑이 머무는 곳에 Ice Castles〉(1978)는 피겨 스케이팅을 소재로 해서 최고 흥행 성적을 거둔 대표작이다.

청순한 미모를 자랑했던 린 홀리 존슨를 비롯해 로비 벤슨, 톰 스커릿, 콜린 듀허스트, 제니퍼 워렌, 데이비드 휴프만 등 할리우드 중견 배우들이 출연해 빙상에서 펼쳐지는 승부의 세계에 풋풋한 로맨스 사연을 가미해 감동을 선사했다. 2010년에는 테일러 퍼스, 롭 메이어스 등을 기용해 리메이크 됐다.

〈사랑이 머무는 곳에〉는 〈러브 스토리 Love Story〉(1970)로 촉발된 감성적인 최루 드라마의 열기를 등에 업고 제작됐다. 이 영화가 공개되기 전후 〈선샤인 Sunshine〉(1973), 〈저 하늘에 태양이 The Other Side Of The Mountain〉(1975), 〈필링 러브 Last Feelings / L' Ultimo Sapore Dell' aria〉(1978), 〈라스트 콘서트 Dedicato A Una Stella〉(1976), 〈세븐 어론 Seven Alone〉(1974), 〈챔프 The Champ〉 (1979) 등 할리우드와 유럽 흥행가에서는 신파조의 영화가 열풍을 불러 일으켰다.

멜리사 맨체스터가 부른 'Through the Eyes of Love'로 흥행 덕을 본 〈사랑이 머무는 곳에〉는 눈 덮인 자연에서 피겨 스케이트를 타는 한 소녀의 모습으로 시작되는 가슴을 탁 트이게 하는 영상을 오프닝으로 선사했다.

시골의 고등학생인 렉시(린 홀리 존슨)는 피겨 스케이팅에 재능이 있는 소녀다. 그녀는 아버지(톰 스커릿)와 함께 살고 있고 남자친구 닉(보비 벤슨)과 사귀고 있다. 어느 날 지역대회에 한 번 나갔다가 유능한 코치인 데보라(제니퍼 워렌)에 발굴돼 정식으로 트레이닝을 받게 되고 강훈련을 거듭한 끝에 미국 중서부예선에서 우승하고 스타덤에 오른다.

승승장구할 듯한 그녀의 운명은 불의의 사고로 눈을 다치게 되면서 나락으로 떨어진다. 명암만 겨우 구분할 수 있는 상황으로 거의 실명 상태가 된다. 좌절에 빠져 지내던 그녀에게 용기를 준 것은 남자친구 닉, 그는 그녀를 이끌고 다시 피겨 스케이트를 신게 되고 결국 재기에 성공하게 된다는 내용을 담고 있다.

이 영화에서도 푸른색 복장을 착용한 린 홀리 존스가 펼쳐주는 우아한 피겨 스케이팅 모습이 멜리사 맨체스터의 심금을 울려 주는 보컬과 맞아떨어지면서 70년대 흥행 영화가 되는데 일조했다.

푸른색은 그리스 로마 신화에서는 제우스, 여신 헤라, 아프로디테, 베누스 여신을 상징하는 색상으로도 알려져 있다.

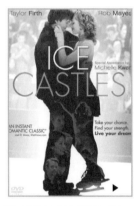

▲〈아바타〉에서 단연 눈길을 끌고 있는 대상은 판도라 토착민이 바로 '나비(Na'vi)' 족. 강렬한 인상을 풍겨주는데 일조하고 있는 '푸른색'은 흔히 '청정무구(淸淨無垢)' 한 하늘을 뜻하는 색상으로 알려져 있다.

△〈아바타〉에서 보여준 나비족의 색상에는 '순수', '진실', '맑음', '평화', '독실한 믿음' 등의 뜻을 가지고 있다.

▶ 스케이팅 종목에서 푸른색은 우승을 할 수 있다는 속설이 지배되고 있는 존재로 숭배되고 있다. 푸른 색상으로 포스터를 치장했던 〈사랑이 머무는 곳에 Ice Castles〉(1978). 실명을 극복하고 스케이트 종목에서 우승을 일구어 나가는 선수의 일상을 담아 공감을 얻어냈다. 2010년에는 청춘스타 테일러 퍼스를 기용한 리메이크 작품이 공개됐다.

〈윗치 마운틴〉을 비롯해 〈포스 카인드〉, 〈우주 전쟁〉 등에 등장하는 외계인이나 외계 생물체가 녹색인 이유는?

드웨인 존슨의 〈윗치 마운틴 Race to Witch Mountain〉(2009). 라스베이거스 택시 운전사 잭 브루노가 초능력자인 10대 세스와 사라와 의기투합해 외계 침공을 막기 위한 비밀을 풀기 위해 네바다 사막 한가운데에 있는 비밀 장소 '마녀의 산(Witch Mountain)' 탐사에 나서는 내용의 작품이다.

밀라 요보비치 주연의 〈포스 카인드 The Fourth Kind〉(2009)는 2000년 10월 알래스카 노엄에서 발생했다는 사건을 극화한 작품이다. 사실이냐 허구냐 라는 논란에 휩싸이기도 했지만, 최면 도중 발작 사망을 한 것은 외계인의 짓이라고 믿는 심리학자 타일러 박사(밀라 요보비치)의 고군분투를 담고 있다. 〈포스 카인드〉는 〈파라노말 액티비티 Paranormal Activity〉(2009), 〈블레어 윗치 The Blair Witch Project〉(1999) 등과 함께 '마치 진실인 것처럼 꾸며 놓은 가짜 다큐멘터리' 를 지칭하는 페이크(fake) 다큐 붐에 일조를 한다.

스티븐 스필버그는 톰 크루즈를 등장시켜 화성인의 지구 공격을 다룬 〈우주 전쟁 War of the Worlds〉(2005)을 공개해 인류가 품고 있는 화성 외계인에 대한 두려운 감정을 만끽시켜 주는데 일조했다.

기독교 복음서에는 '녹색' 에 대해 '사탄', '악(惡)', '죽음' 의 색채로 받아들이고 있다. 이런 여파로 인해 악령이 등장하는 영화에서는 곳곳의 화면 속에서 녹색을 보이고 있다. 일례로 윌리엄 프리드킨 감독의 〈엑소시스트 The Exorcist〉(1973)는 흥행 여세를 몰고 〈엑소시스트 2 Exorcist II : The Heretic〉(1977), 〈엑소시스트 3 The Exorcist III : The Legion〉(1990), 〈엑소시스트 : 더 비기닝 Exorcist : The Beginning〉(2004), 〈엑소시스트 : 오리지널 프리퀄 Exorcist : The Original Prequel / Dominion : A Prequel to the Exorcist〉(2005) 등이 연속 공개되었다.

〈엑소시스트〉에서는 10대 소녀 리건(린다 블레어)이 녹색 구토물을 쏟아 내면서 사탄의 조종을 받는 흉측한 존재로 변해 가는 과정을 보여준 바 있다. 아울러 남편이 마녀의 꼬임에 빠진 관계로 사탄의 아기를 잉태하게 된 여인의 처지를 묘사한 〈로즈마리 베이비 Rosemary's Baby〉(1968)에서는 임신한 미아 패로우가 서서히 녹색으로 변해간다. 연출자인 로만 폴란스키 감독은 '악마의 아기가 성장을 하면서 여인의 육체가 서서히 썩어 가는 것을 보여주기 위한 암시적 장면'이라고 풀이해 주었다.

찰스 러셀 감독의 〈마스크 The Mask〉(1994)는 수줍은 은행원 짐 캐리가 우연히 습득한 정체불명의 마스크만 쓰면 지킬 박사와 하이드처럼 표리부동한 행동을 벌이는 과정을 담은 폭소극이다. 이 영화에서도 인간에게 온갖 사악한 일을 벌이게 하고 당해낼 수 없는 괴력을 발휘하게 만드는 마스크를 쓴 주인공의 얼굴색도 녹색이다. 외계인을 우호적인 상대로 묘사해 흥행에 성공했던 스티븐 스필버그 감독의 〈이티 E.T: The Extra-Terrestrial〉(1982)에서는 어린 소년 엘리오트가 지구로 식물 채집을 하러 왔다가 길을 잃은 외계인을 처음 대하고 '저 녹색의 물체는 무엇일까?'라는 말을 던져 인간이 '의혹의 물체에 대해 가지고 있는 경계심'을 녹색으로 표현하고 있다는 심리를 새삼 깨닫게 해주었다.

외계인은 아니지만 돌연변이 거북이가 대도시에 나타나 시민들을 괴롭히는 악당들을 소탕한다는 〈닌자 거북이 Teenage Mutant Ninja Turtles〉(1990) 시리즈 3부작에서도 짙은 녹색의 거북이 4마리가 등장해서 외계 생물 이상 가는 두려움을 선사했다. 팀 버튼 감독의 〈화성 침공 Mars Attack!〉(1996)에서도 초록색의 화성인 군대가 수백 대의 비행접시를 몰고 도박도시인 라스베이거스를 포함해 세계 권력의 심장부인 미국 대통령 관저인 백악관 등을 침입해서 광선총을 쏘아대며 인류사회를 아수라장으로 만든다는 이야기를 펼쳐주어 재차 녹색에 대한 공포심을 자극 시켜 주었다.

일반적으로 녹색은 싱싱한 색감 때문에 '젊음', '낙천적 희망', '기쁨' 등의 인상으로 받아들이고 있다. 짙은 녹색이나 다소 검푸른 녹색은 '질시(嫉猜)', '인생의 허무', '죽음' 등 비극적인 분위기를 떠올려주는 색채로 받아들이고 있다. 이처럼 비관적인 의미를 나타내는 사례를 모아 보면 우선 '녹색의 기사(Knight)' 는 '부와 권력을 가지고 있는 자들도 평범한 이들과 마찬가지로 공평한 죽음' 을 내리는 전령사로 알려져 있으며 아름다운 미녀나 전도유망(前途有望)한 젊은이를 죽음으로 몰아가는 악한 이들을 지칭하기도 한다. 바닷가에서 조류에 밀려 표류를 하거나 난파를 당한 배가 자신의 위기를 알리기 위해 '녹색 깃발' 을 내걸기도 한다.

초록색은 식물의 일생을 묘사해 주는 대표적 색상이어서 봄의 시작, 풍요로움, 희망 등을 떠올려주고 있다. 이슬람권에서는 예언자, 신의 섭리를 나타내는 색상으로 초록색을 활용하고 있다.

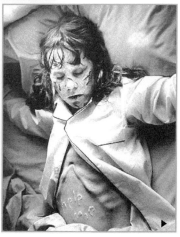

▲ 지구 멸망을 노리고 있는 외계인들 음모를 차단시킨다는 모험담을 다룬 드웨인 존슨의 〈윗치 마운틴〉.

◀ 〈화성 침공〉에서처럼 녹색은 '사탄', '악(惡)', '죽음'의 색체로 받아들이고 있다.

▶ 〈엑소시스트〉에서는 10대 소녀 리건이 녹색 구토물을 쏟아 내면서 사탄의 조종을 받는 흉측한 존재로 돌변해 가는 과정을 보여준 바 있다.

〈스타워즈〉 시리즈에서 다스 베이더가 검은 마스크를 쓰고 나오는 이유는?

조지 루카스의 기발한 착상을 바탕으로 선보인 〈스타워즈 Star Wars〉(1977)는 다소 저급한 소재로 박대를 당했던 공상과학 영화의 진가를 발휘하며 1970년대 최고 흥행 대작으로 남아있는 영화다. 2005년에는 아나킨 스카이워커가 왜 악의 상징인 다스 베이더로 변신했는가에 대한 이유를 드러낸 완결편 〈스타워즈: 에피소드 3-시스의 복수 Star Wars: Episode Ⅲ-Revenge of the Sith〉를 공개해 근 30여 년 동안 지속된 '우주 판타지극'은 대미를 장식하게 된다.

조지 루카스는 아쉬움을 달래기 위해 워너브라더스와 합작으로 데이브 필로니 감독, 맷 랜터, 애쉴리 에크스타인 등의 목소리 더빙을 맡긴 애니메이션 버전 〈스타워즈 : 클론 전쟁 Star Wars : The Clone Wars〉(2008)을 공개한다.

눈여겨 볼 장면은 우주 행성의 악한 다스 베이더(목소리 연기는 제임스 얼 존스)가 혐오감을 주는 검은 마스크를 하고 등장한다는 점이다. 연출자는 이런 분장에 대해 '다스 베이더의 가면은 현대인들의 마음속 깊이 존재하고 있는 흉포한 힘을 나타내는 동시에 아직 정신적으로 미숙한 상태임을 드러내는 것'이라고 풀이했다. 이 같은 이유 때문에 다스 베이더는 엄청난 괴력을 가지고 있는 존재이지만 그 힘을 자신의 뜻대로 사용하는 것이 아니라 정체를 감추고 있는 권위자의 의해 조종되고 있음을 보여주고 있다. 결국 이 영화에서 다스 베이더는 미숙한 판단력을 가지고 있기 때문에 자신을 통제하지 못하고 조직의 의도에 따라 행동하고 움직이는 로봇 같은 존재로 등장하고 있다. 그와 대적하는 루크 스카이워커(마크 해밀)는 영화의 클라이맥스에서 스승인 벤 케노비가 '컴퓨터와 기계를 끄고 네 느낌대로 해라' 라는 주문을 받으면서 타율적 굴레에 갇혀 있는 다스 베이더를 물리쳐 인간 세상에서 자기 의지대로 행동한다는 것이 얼마나 중요한 것인지를 깨닫게 했다.

첸 카이거 감독, 장국영 주연의 〈패왕별희 Farewell My Concubine〉(1993)에서도 경극 배우들이 가면을 쓰고 등장하는데 이것에 대해 중국 예술인들은 '여러 가지 모습을 하고 나타나는 신(神)의 초자연적인 힘과 권위' 를 상징하는 것이라고 내세우고 있다. 아프리카 원주민들의 경우도 축제 등 경사스런 행사를 벌일 때 동물이나 새의 가면을 만들어 쓰고 나오는데 이것은 '동물이나 조류 등과 조화를 이루어' 인간과 자연이 통합되는 낙원이 도래하기를 기원하는 뜻' 이라고 한다. 그리스 연극 중에서 배우들이 분장하고 나오는 가면은 '죽음을 관장하는 여신 고르곤' 을 나타내는 동시에 '악마를 물리칠 수 있는 힘' 을 가리키는 것이라고 말하고 있다. 서구 신화 속에서 '마스크' 는 '다양한 변신', '자연과의 일심동체', '보호' 등을 상징하는 것으로 숭배 받고 있다.

북태평양 알류산 열도 지역에서는 성년식 때 죽음에 대한 원초적인 두려움을 없앤다는 명목으로 검은색의 죽음의 가면을 착용한다고 알려져 있다.

아프리카 지역에서는 동물 가면을 쓰고 사냥에 나선다. 이것은 사냥 당한 동물의 영혼이 가면 쓴 사람을 해치지 못하도록 차단시키려는 주술적인 기원이 담겨 있는 장치라고 한다.

▲ 우주 판타지극의 완결편 〈스타워즈 에피소드 3 : 시스의 복수〉에서는 펠퍼타인으로부터 절대적 힘을 주겠다는 제안을 받고 아나킨이 어둠의 힘에 이끌려 가는 스토리를 들려주고 있다.

◀ 〈스타워즈〉에서 다스 베이더의 검은 마스크는 죽음을 연상시키는 설정이다.

▶ '다스 베이더' 처럼 아프리카 지역에서는 동물 가면을 쓰고 사냥에 나선다. 이것은 사냥 당한 동물의 영혼이 가면 쓴 사람을 해치지 못하도록 차단시키려는 주술적인 기원이 담겨 있는 장치라고 한다.

산타클로스는 왜 붉은 옷을 입고 나타날까?

해마다 연말이면 극장가의 단골 품목으로 공개되고 있는 작품이 산타클로스를 주인공으로 한 일련의 영화들이다. 예수의 탄생 기념일인 12월 25일과 함께 연상되는 인물인 산타클로스는, 4세기경 터키에 살았다는 실존인물을 배경으로 만들어졌다고 전해진다. 세인트 니콜라스는 남을 돕는 것을 생의 즐거움으로 여겨 늘 자선을 베풀었고 특히 어린아이들을 위한 자선사업을 수없이 많이 펼쳐 어린아이들의 수호성인으로 칭송을 받았는데, 그가 바로 산타클로스의 기원이 된 인물이라는 것이 정설로 내려오고 있다.

처음에는 양쪽이 뾰쪽하게 나온 모자와 지팡이 그리고 붉은 색과 흰색이 어우러진 주교 복장을 하고 당나귀 다리에 썰매를 매달아 어린아이가 사는 집을 방문해서 선물을 주었다고 한다. 네덜란드 사람들은 그가 도착하는 날 밤이면 벽난로에 나무로 만든 신발을 놓아두었다고 한다. 이런 풍습이 오늘날 전해지는 산타클로스의 기원이 됐다고 한다.

로버트 저메키스 감독의 〈폴라 익스프레스 The Polar Express〉(2004)에서는 산타클로스의 존재에 회의를 가지고 있던 소년이 눈 오는 크리스마스이브 북극행 특급열차 폴라 익스프레스를 타고 여행을 떠나면서 순록 썰매와 산타클로스가 전해 주는 천상의 기쁨을 만끽한다는 동화 같은 사연을 펼쳐 주었다.

팀 알렌 주연의 〈산타클로스 The Santa Clause〉(1994)는 2006년

시리즈 3부작 〈The Santa Clause 3 : The Escape Clause〉이 공개될 정도로 장수 인기를 얻고 있다. 이에 질세라 〈펭귄나라 산타클로스 In Search of Santa〉(2004), 〈콜 미 산타클로스 Call Me Claus〉(2010) 등이 흥행가를 장식했다.

산타클로스를 소재로 한 영화 중 가장 큰 대중적인 호응을 받았던 영화는 〈34번가의 기적 Miracle On The 34th Street〉(1947)이다. 나이에 비해 조숙한 10대 소녀 수잔(나탈리 우드)은 또래 소녀들과는 달리 산타클로스의 존재를 믿지 않고 있다. 그녀는 콜즈 백화점 판촉요원으로 일하고 있는 엄마(모린 오하라)가 길 건너에 있는 경쟁 백화점과는 차별적인 판촉전을 펼치기 위해 예년처럼 산타클로스를 등장시켜 판촉전을 꾸민다는 계획을 듣는다.

이런 과정을 통해 북극에서 왔다는 크리스(에드먼드 그웬)는 행동 하나 하나에 온갖 정성을 쏟아 진짜로 환생한 산타클로스 같은 인상을 심어주면서 모든 어린이들의 우상이 된다.

이 영화 공개 후 전 세계 각지의 어린아이들이 산타클로스에게 보내는 편지가 수십만 통이나 쇄도해 큰 파장을 불러 일으켰다. 또한 73년, 94년에 각각 TV 드라마와 영화로 리메이크 돼 '산타클로스'가 시대를 초월해 호응을 받고 있음을 입증시킨다.

산타클로스 소재 영화는 〈다시 찾은 크리스마스 Home For Christmas〉(1972)를 위시해 〈산타를 찾아서 It Came Upon The Midnight Clear〉(1984), 〈산타클로스 The Santa Clause〉(1994) 등이 10대 소년들을 비롯해 어른들에게도 새삼 사람끼리의 정겨움의 가치를 일깨워 주는 역할을 하고 있다.

니콜라스 웹스터 감독의 〈산타클로스 화성인을 굴복시키다 Santa Claus Conquers The Martians〉(1964)를 비롯해 더들리 무어 주연의

〈산타클로스 Santa Claus〉(1985), 팀 알렌 주연의 〈산타클로스 The Santa Clause〉(1994) 등도 어린이들의 동심을 자극시켜준 산타클로스의 활약상을 담은 영화들이다.

이들 영화에서 우리의 시선을 끌고 있는 요소가 바로 복장이다. 불타오르는 듯이 정열적인 인상을 심어주고 있는 붉은 색의 산타클로스 복장에는 어떤 뜻이 숨어 있을까?

'붉은 색'에 대해 서구인들은 '사랑', '기쁨', '순교(殉敎)', '신앙', '아량' 등의 가치를 가지고 있는 것으로 받아 들여 '산타클로스의 복장'도 바로 그가 행하는 보답을 바라지 않는 자선(慈善, Charity)과 희생(犧牲, Sacrifice) 정신을 드러내 주기 위한 유효적절한 복장이라고 지적하고 있다.

가톨릭의 의식(儀式)을 집도하는 추기경의 복장도 붉은 색을 하고 있는 것은 '순교', '종교의 위엄', '사제의 권력'을 나타내는 것이라고 한다. 이 같은 사연으로 인해 '축제의 날'을 'Red Letter Days'로 부른다고 전해진다.

 More Tips

'산타클로스'를 떠올려 주고 있는 '붉은 색'에 대해 로마에서는 '신(神)'을 나타내는 색으로 여겨 '태양신인 아폴로'와 '전쟁의 신 마르스'를 나타내는 색채로 쓰이고 있다.

◀ 산타클로스 등장 영화에서는 양쪽이 뾰쪽하게 나온 모자와 지팡이 그리고 붉은 색과 흰색이 어우러진 주교 복장이 시선을 끌고 있다.

▶ '산타클로스'를 떠올려 주고 있는 '붉은색'은 로마에서는 '신(神)'을 나타내는 색으로 여기고 있다.

졸탄 스피란델리 감독의
〈신과 함께 가라〉에서 가톨릭 신부가
미사를 집전할 때 소매가 긴
검은색 제복을 입고 등장하는 까닭은?

　　졸탄 스피란델리 감독의 〈신과 함께 가라 Vaya Con Dios〉(2002)는 교회로부터 파문당해 단 2개의 수도원만이 명맥을 유지하고 있는 칸 토리안 교단이 배경이다. 독일의 한 수도원에는 후원자들의 지원 거부 와 원장 신부의 사망으로 수도원이 위기에 몰리자 3명의 수도사들이 교단의 보물인 규범집과 한 마리뿐인 염소를 끌고 마지막 남은 이탈리 아 수도원을 향한 여정을 시작하면서 벌어지는 해프닝을 코믹하게 다 뤄 이목을 끌어낸 작품이다.

　　종교인들이 등장하는 영화 중 가톨릭 신부(神父)들의 인상을 깊이 각 인 시켜준 대표적인 영화가 움베르토 에코 원작을 영상으로 옮긴 장 자크 아누 감독의 〈장미의 이름 The Name of The Rose〉(1986)과 배 리 레빈슨 감독이 공개한 〈슬리퍼스 Sleepers〉(1996)를 빼놓을 수 없다.

　　〈장미의 이름〉은 사리사욕에 빠져 있는 중생들을 구원해 주는 가톨 릭 사제들이 범인들 버금가는 치열한 시기와 암투 심지어 살인까지도 마다하지 않는다는 것을 추리 기법을 가미해 선보여 상당한 파문을 불 러 일으켰던 작품이다.

　　〈슬리퍼스〉에서는 신부가 어려서 부터 알고 지내던 소년이 성장한 뒤 살인 혐의로 체포돼 재판을 받게 되자 알리바이를 위해 거짓 증언을 해서 결국 그가 무죄로 석방되는데 결정적인 역할을 하는 것으로 묘사돼 가톨릭 교단의 소장 사제들로 부터 '종교인의 신성한 임무를 왜곡 시키고 있다' 는 거친 항의를 받았다.

안토니아 버드 감독이 '참된 믿음의 위기를 그리고 싶었다' 는 거창한 연출론을 밝히면서 공개한 〈프리스트 Priest〉(1994)에서는 노동자 출신 계급의 사제가 동성애에 빠진다는 추한 모습을 담아내 이제 종교인들도 타락할 대로 타락한 세상(?)이 되어가고 있는 것은 아닌가 하는 우려를 낳게 했다.

가톨릭 사제 등장영화에서 눈썰미 있는 관객들의 궁금증을 불러일으키고 있는 부분이 사제들이 입고 있는 복장이다. 전문 용어로는 '달마티카(Dalmatic: 소매가 긴 제복이나 법의[法衣]를 지칭)' 라고 부르는 이 복장은 '정의' 를 나타내고 있으며, 전체 모양이 십자가 형상을 하고 있는 것은 '예수가 순교 당할 때의 고통을 상징하는 것' 이라고 한다.

의복의 기원은 그리스 정교에서부터 유래가 된 것으로 기록되어 있으며 영국 국왕의 대관식에서도 착용을 하고 있다. 대부분의 달마티카가 검은 색상으로 되어 있는 것은 죽은 자들의 억울한 혼령을 위로하는 뜻이 담겨 있기 때문이라고 한다.

반면 교황의 병사이자 그를 대신해서 사제들을 지도하고 통솔을 하는 추기경은 붉은 복장을 하고 있는데 이러한 의상도 '그리스도의 순교를 나타내는 것' 이라고 한다.

〈삼총사 The Three Musketeers〉(1993)에서는 팀 커리가 붉은 복장을 하고 왕권을 찬탈(簒奪)하려는 음흉한 음모를 꾸미려다가 삼총사들의 공격을 받고 죽음으로 징벌 당하는 모습이 등장해 '악은 반드시 응징 당한다' 는 도덕률을 재차 되새기게 해주었다.

기독교과 이슬람교 성직자들이 즐겨 착용하고 있는 검은색 제복은 '현실에서 누릴 수 있는 허영된 의식이나 혜택 을 포기한다는 각오가 담겨 있는 것이라 고 한다.

◀ 가톨릭 사제 등장 영화에서 눈썰미 있는 관객들의 궁금증을 불러일으키고 있는 부분이 사제들이 입고 있는 복장이다. 이 복장은 '정의' 를 나타내고 있으며 전체 모양이 십자가 형상을 하고 있는 것은 '예수가 순교 당할 때의 고통을 상징하는 것' 이다.

▶ 가톨릭 성직자들이 즐겨 착용하고 있는 검은색 제복은 '현실에서 누릴 수 있는 허황된 의식이나 혜택을 포기한다' 는 의지가 담겨 있는 것이다.

창녀의 머리카락이 짙은 노란색으로
물들어 있는 이유는?

　매튜 모딘 주연의 〈섹스 앤 라이즈 인 씬 시티 Sex and Lies in Sin City〉(2008)에 등장하는 라스베이거스 최상류층인 테드 비니온(매튜 모딘)은, 갑부지만 난폭하고 호색한인 카지노 황태자다. 그는 스트립 클럽에서 일하고 있는 거리의 여인 산드라 머피(미나 수바리)를 만나 마약과 속임수, 그리고 죽음에 이르는 덫에 빠져들게 된다.

　프랭크 밀러, 로버트 로드리게즈, 쿠엔틴 타란티노 등 3명의 감독이 선보인 〈씬 시티 Sin City〉(2005)는, 부패와 범죄로 가득 찬 죄악의 도시 씬 시티를 배경으로 거침없는 아웃사이더들의 의리와 복수를 독특한 영상미로 담아냈다. 사진작가 드와이트(클라이브 오웬)는 창녀들이 장악한 구역 올드 타운에서 미모의 창녀 셜리(브리트니 머피)와 창녀들을 괴롭히던 부패한 형사반장이 살해당하는 사건에 휘말린다.

　알코올 중독자와 거리의 여인이 벌이는 자학적인 사랑 사연을 담아 눈시울을 적시게 했던 영화인 마이클 피기스 감독의 〈라스베이거스를 떠나며 Leaving Las Vegas〉(1995)는, 술주정뱅이 역을 맡은 니콜라스 케이지에게 대망의 아카데미 남우주연상을 안겨주었다. 또한 이 영화에서 창녀로 등장하는 엘리자베스 슈는 톰 크루즈 주연의 〈칵테일 Cocktail〉(1988)에서 풍겨주었던 순박하고 청순한 모습에서 완전히 탈피해 성숙된 여인의 농염(濃艶)한 자태를 풍기는 프로 연기자로 성장했다.

〈택시 드라이버 Taxi Driver〉(1976), 〈마리아 브라운의 결혼 The Marriage Of Maria Braun, Die Ehe Der Maria Braun〉(1979), 〈브룩클린으로 가는 마지막 비상구 Last Exit To Brooklyn〉(1989), 〈귀여운 여인 Pretty Woman〉(1990), 〈트루 로맨스 True Romance〉(1993), 〈마이티 아프로디테 Mighty Aphrodite〉(1995), 〈아이즈 와이드 셧 Eyes Wide Shut〉(1999), 〈베로니카-사랑의 전설 Dangerous Beauty〉(1998), 〈물랑 루즈 Moulin Rouge〉(2001) 등도 모두 경제력을 가지고 있는 남성을 유혹하는 거리의 여인들이 등장하고 있는 대표적인 히트작들이다.

할리우드에서 공개된 거리의 여인(창녀)들을 소재로 한 영화에서 극중 창녀 역을 한 여배우들의 머리색을 보면 거의 대부분이 노란색을 짙게 물들이고 있다는 것을 알아챌 수 있을 것이다. 창녀가 짙은 노랑 머리를 하게 된 유래는 로마 시대로 거슬러 올라간다.

합법적으로 공창(公娼) 제도를 운영하고 있었던 로마에서는 창녀 등록제를 실시하면서 이 같은 직업을 가지고 있는 여성들에게 직업을 알아보기 쉽게 하기 위해 '짙은 노랑머리'를 하도록 의무화시켰다고 한다. 이때부터 '짙은 노랑머리'를 하고 다니는 여성은 자신이 '창녀'임을 나타내는 신분 표시가 됐다고 한다.

기독교에서는 예수를 배반한 가룟 유다가 '짙은 노란색 옷'을 입고 있었기 때문에 '배신', '이단자' 등의 색상으로 받아들이고 있다.

그리스에서는 '짙은 노란색'을 색상 중에 가장 아름답고 고귀하다고 해서 귀족층의 물품, 일상생활에서 즐겨 사용을 했는데 아폴로 신과 알렉산더 대왕이 자신들의 두발을 노란색으로 치장했다는 기록이 전해지고 있다.

중세 영국 등 일부 유럽국가에서는 붉은 머리에 상당한 애착을 가졌다고 하는데 엘리자베스 1세 여왕이 붉은 머리로 치장을 한 뒤로 영국 남자들까지 모방을 했다고 하며 수염에까지 적색을 하는 극성파도 있었다고 한다.

　프랑스의 나폴레옹 3세의 왕비 위제니도 붉은 머리를 한 뒤로 황제의 총애가 깊어졌다고 한다. 조선시대에서는 미혼 여성이 붉은 머리 혹은 노란 머리를 하고 있으면 '자식을 못 낳을 팔자'라며 천시(賤視)하는 등 머리 색깔에 얽힌 각국의 다양한 후일담이 전해 내려오고 있다.

▲ 프랭크 밀러, 로버트 로드리게즈, 쿠엔틴 타란티노 등 3명의 감독이 선보인 〈씬 시티 Sin City〉에서는 브리트니 머피가 올드 타운에서 활동하는 미모의 창녀 역을 맡았다.
▼ 〈섹스 앤 라이즈 인 씬 시티〉에서는 거리의 여인 산드라 머피(미나 수바리)를 만나 플레이보이가 마약과 속임수, 그리고 죽음에 이르는 덫에 빠져들게 된다.

〈27번의 결혼리허설〉, 〈레이첼 결혼하다〉 등 결혼 장면이 등장하는 영화에서 신부가 입는 흰색 드레스의 유래는?

　마이크 니콜스 감독의 〈졸업 The Graduate〉(1967)은 미국 청춘 영화의 대명사이다. 이 영화에서 가장 유명한 장면은, 로빈슨 부인이 자기 딸(캐서린 로스)과 더스틴 호프만의 결합을 강력히 반대하여 결국 딸이 다른 남자와 결혼식을 올리게 되자, 더스틴 호프만이 식장으로 달려가 혼인 선서를 하려는 신부를 훔쳐 달아나는 마지막 장면이다. 이때 흰색 드레스를 휘날리면서 진정으로 사랑하는 남자와 사랑의 도피를 하는 캐서린 로스의 행복의 겨운 모습이 강한 인상을 남겨 주었다.

　〈신부의 아버지 Father of The Bride〉(1991)에서는 킴버리 윌리엄스가 아버지 스티브 마틴의 품을 떠나 백년해로의 짝을 찾아 혼례를 치르는 장면이 세세하게 보여지고 있다. 이 영화에서도 눈이 부신 흰색 예복을 입고 설레는 마음을 달래고 있는 신부의 모습을 보여주어 깊은 여운을 남겨 주었다.

　지금은 동·서양을 막론하고 신부의 드레스는 대부분이 흰색을 선호하고 있는데, 이는 18세기부터 유래된 결혼 풍습으로 전해지고 있다. 동양에서 흰색은 '죽음'을 나타내 상복(喪服) 색깔로도 쓰이고 있지만, 서양에서 흰색은 '순결', '환희'의 뜻을 가지고 있어 결혼하는 신부의 예복 색깔로 선호됐다고 한다.

미국이 영국과 독립전쟁을 벌일 때는 신부들이 '영국에 끝까지 대항하는 남자들의 의지를 따른다는 동조의 의미'에서 한동안 붉은 예복을 입었다는 기록도 남아있다. 스페인에서는 검은색, 노르웨이에서는 녹색이 신부 드레스로 각광을 받고 있어 나라마다 약간의 차별성이 있다. 유럽국가에서는 재혼하는 경우 신부가 '순결'을 잃은 상태지만 '흰색 드레스'를 입을 수 있고 양심의 가책(?)을 가지고 있는 재혼녀는 식장에서 하늘색이나 분홍색 드레스를 입어 '자신이 과거 있는 여자'임을 드러내기도 한다.

결혼식에서의 또 다른 볼거리는 결혼식을 끝낸 커플을 실어 나르는 웨딩카의 장식이다. 특히 결혼식을 막 끝낸 커플을 신혼여행지로 보내는 웨딩카 뒤에 여러 개의 깡통을 달아놓는 것은 외국에서만큼이나 국내 커플들도 많이 하고 있어 그리 낯설지 않은 풍경이다. '방금 결혼했어요'라는 의미의 'Just Married'라는 큼지막한 글씨를 써 붙여 놓고 자동차 뒤에 깡통을 매달아 놓는 것은 차가 움직이면서 나는 요란한 깡통 소리에 결혼의 행복한 분위기를 방해하려는 악귀를 놀라게 해서 쫓아내려는 의도가 담긴 행동이라는 것이 정설이다.

허니문을 끝내고 신혼 방으로 처음 들어 설 때 신랑은 신부를 가슴에 안고 문지방을 넘는 것도 자주 볼 수 있는 장면이다. 문지방을 건널 때 반드시 오른발을 먼저 방 안으로 들여놓는 것이 철칙인데, 오른쪽은 행운을 왼쪽은 불행을 나타내는 서양관습에 따라 신혼부부들이 앞으로의 결혼 생활에 행운이 가득해지길 기원하는 미신적 행동이라고 볼 수 있다.

결혼식장에서 신랑, 신부가 각기 들러리를 세워 자신들과 똑같은 복장을 하게 하는 것은 '좋은 일에는 반드시 이를 훼방 놓으려는 악마가 있다는 믿음으로 인해 악마가 어느 누가 진짜 신랑, 신부인지를 파악하지 못하도록 방해하기 위해 들러리를 세우는 것'이라는 설이 전해지고 있다.

〈적과의 동침 Sleeping With The Enemy〉(1991), 〈센스 센스빌러티 Sense & Sensibility〉(1995) 등에서는 여주인공들이 교회에서 결혼식을 마친 뒤 밖으로 나오자 계단에 있던 축하객들이 쌀을 뿌려주는 장면이 보이는데 이것도 악귀를 쫓고 다산(多産)을 기원하는 뜻이 담겨 있는 행동이다.

결혼반지의 경우, 우리는 가장 긴 손가락인 왼손 장지에 끼는 것이 관례이다. 서양인들은 가장 짧은 손가락인 왼손 약지에 끼우는데 이것은 왼손 약지가 심장에서 가장 가까워 사랑도 심장에서 늘 떠나지 말아야 한다는 의미라고 한다. 신혼 부부 창가에서 친구들이 냄비나 나무토막 등을 시끄럽게 두드릴 때 신랑이 창밖으로 동전을 던지는 풍습도 신혼부부들을 시기하는 악마를 쫓아내려는 풍습으로 전해지고 있다.

우리의 경우 결실의 계절인 가을이 결혼식의 성수기인데 비해 서양인들은 6월을 최고의 결혼 달로 평가하고 있다. 로마 신화에서 결혼을 관장하는 여신 '주노(Juno)'가 6월에 거행되는 결혼식에 특별히 축복을 내린다는 미신이 있기 때문에 6월을 지칭하는 단어도 주노에서 유래된 'June'이 됐다고 한다.

반면 5월은 서양인들이 결혼식을 치르는 것을 가장 꺼리는 달이다. 고대 로마 시대 당시 5월은 '죽은 자들의 혼을 위로하는 진혼제'인 '레무리아(Lemuria)'가 치러졌기 때문에 '5월은 결혼식을 치르기에는 가장 부적절한 달'로 대접을 받고 있는 것이다. 그래서 '5월은 신부에게 불길한 달(May Unlucky For Brides)'이라는 숙어가 있는가 하면 '6월의 신부(June Brides)'라는 축복의 뜻을 담고 있는 단어가 존재하고 있는 것이다.

서양인들의 생활풍습에 담겨있는 다양한 결혼 풍속도는 캐서린 헤이글 주연의 〈27번의 결혼리허설 27 Dresses〉(2008), 앤 해서웨이의 〈레이첼 결혼하다 Rachel Getting Married〉(2008), 알랭 샤바의 〈결혼하고도 싱글로 남는 법 I Do: How to Get Married and Stay Single/ Prete-moi ta main〉(2006), 휴 그랜트 주연의 〈네 번 결혼식과 한 번의 장례식 Four Weddings And A Funeral〉(1994)의 화면곳곳에 담겨져 있어 이 영화를 유심히 보면 서양인들이 가지고 있는 혼인에 얽힌 미신적 생각을 살펴 볼 수 있다.

 More Tips

기독교에서 흰색은 '과거 생명은 죽고 새로운 생명을 부여받는 것'을 나타낸다고 주장하고 있다. 또한 그리스, 로마 신화에 등장하는 다수의 여신들이 흰색 옷을 입고 있는 것도 '사랑', '생명', '처녀성', '순수함', '정화(淨化)' 등을 표현하는 것으로 해석되고 있다.

◀ '방금 결혼했어요' 라는 의미의 'Just Married' 라는 큼지막한 글씨를 써 붙여 놓고 웨딩카 뒷부분에 깡통을 매달아 놓는 것은 차가 움직이면서 요란한 소리를 내는 깡통 소리에 결혼의 행복한 분위기를 방해하려는 악귀를 놀라게 해서 쫓아내려는 의도이다.
▶ 캐서린 헤이글 주연의 〈27번의 결혼리허설 27 Dresses〉에서 보인 결혼식 풍경.

검은색 가죽점퍼가 담고 있는 상징적 의미는?

　검은색 가죽점퍼를 입고 오토바이로 도로를 질주하는 청년들은 60년대부터 지금까지 시대를 초월한 청춘의 상징 코드 중 하나이다. 말론 브란도의 〈와일드 원 The Wild One〉(1953)을 필두로 해서 〈터미네이터 The Terminator〉(1984), 〈미션 임파서블 Mission Impossible〉 1~4편(1996~2011)까지 가죽 옷은 섹시한 매력의 샤론 스톤이나 숀 코네리가 주는 중후하면서도 지적인 매력처럼 젊음과 반항을 나타내는 하나의 코드로 각인되고 있다.

　『구약성서』의 「창세기」에는 하나님이 아담과 이브가 무화과를 먹은 후 부끄러워하자 가죽으로 옷을 지어 입혔다는 구절이 담겨 있다. 의복학자들은 이것을 근거로 해서 '인류 최초 옷은 가죽'이라고 정의 내려 주고 있다. 가죽과 인간의 인연은 이렇듯 유구한 역사를 자랑해 오고 있는 것이다. 가죽 옷은 인간의 피부와 가장 친숙하고 가장 오래된 실용적인 의복으로 자리 매김하고 있는 것이다.

　그렇다면 이 복장은 어떤 과정을 거쳐서 젊음, 반항, 남성미의 상징이 되었을까? 인간이 수렵 생활을 하던 기원전 시절부터 강한 힘을 가진 부족의 우두머리는 사냥한 동물의 가죽을 소유하면서 자신의 권력의 공고함을 뭇 사람들에게 알리기 시작했다고 한다. 당시에는 힘센 동물의 가죽을 걸치면 그 동물의 영혼이 깃들어져 함께 용맹함을 얻게 된다고 믿었다. 이런 이유 때문에 가죽은 보통 사람들이 입는 것이 아닌 힘과 권력을 가지고 있는 이들만의 전유물이 된 것이다. 그래서 남성이 등장할 때 가죽 옷을 걸치는 것이 강한 인상을 남겨주는 것이다.

가죽이 과거에는 남성만의 전유물이었지만, 1960년대를 지나 여성 해방운동이 본격적으로 일어나면서 여성들도 나약하면서 수동적인 이미지에서 벗어나고자 가죽 옷을 입기 시작한다. 여성도 가죽을 걸침으로써 남성의 힘과 권위를 공유하겠다는 의지를 드러낸 것이다. 이런 사회적 분위기를 따라 6, 70년대 여성 패션에는 가죽과 모피 소재가 널리 활용된다.

대중 예술계에서는 앞서 기술했듯이 말론 브란도를 필두로 해서 제임스 딘, 엘비스 프레슬리 등이 새로운 청년 문화를 주도하기 위한 소품의 하나로 가죽점퍼를 활용했다. 〈거친 녀석들 Wild Hogs〉(2007)은 치과 의사 '더그', 슈퍼모델 부인을 둔 돈 많은 '우디', 마누라 바가지에 폭발 일보직전이 '바비', 여자 친구 하나 없는 소심남 '더들리' 등 4명의 중년 남자들은 어느 날 가죽점퍼를 입고 인생의 자유를 만끽하기 위한 장거리 오토바이 여행을 떠나 자신들의 열정이 아직 식지 않았음을 드러낸다.

현재도 영화, 음악계나 패션계에서 '가죽 옷'은 젊음과 반항, 성적 매력을 드러내는 가장 효과적인 복장으로 환영 받고 있다.

▲ 반항아적인 남성상을 보여준 말론 브란도의 〈와일드 원〉.

▷▶ 〈거친 녀석들〉에서는 4명의 중년 남자들은 어느 날 가죽점퍼를 입고 인생의 자유를 만끽하기 위한 장거리 오토바이 여행을 떠나 자신들의 열정이 아직 식지 않았음을 드러낸다.

붉은 장미가 프러포즈 수단으로
활용되는 이유는?

"어머! 어머! 자기 정말 고마워!"

한 움큼의 붉은 장미를 받아든 여인이 행복에 겨운 웃음과 감사의 말을 건넨다. 여심을 사로잡기 위한 가장 손쉬운 수단 중의 하나가 바로 '붉은 장미'이다. 마리온 꼬띨라르의 천부적 연기가 돋보였던 〈라 비 앙 로즈 La Vie en rose / La Mome〉(2007)에서는 1925년 프랑스를 배경으로 10살 어린 소녀의 노랫소리가 사람들을 사로잡는다. 노래의 주인공은 바로 훗날 전 세계를 사로잡은 20세기 최고의 가수 에디트 삐아프였다. 거리의 가수였던 어머니에게 버림받고 서커스 단원 아버지를 따라 방랑생활을 하다 거리에서 노래를 부르며 하루하루를 연명하던 20살 그녀 앞에 어느 날 행운이 찾아온다. 에디트의 목소리에 반한 루이스 레플리의 클럽에서 '작은 참새'라는 뜻의 '삐아프'라는 이름과 함께 성공적인 데뷔 무대를 가지게 된다. 여기에서 무명의 그녀를 발견하고 성공적 콘서트를 끝낸 에디트에게 루이스 레플리(제라드 드빠르디유)는 하나 가득 장미꽃다발을 선사하며 아낌없는 축하를 보내는 장면이 있다.

멜로물에서 마음에 두었던 여성에게 자신의 본심을 드러내기 위한 남성들이 빈번하게 사용하는 것이 붉은 장미라는 것은 익히 알려져 있다. 그렇다면 '시선을 자극시키고 있는 붉은 장미'는 어떤 이유로 사랑을 연결시켜 주는 매개체로 각광 받게 됐을까?

그리스 로마 신화 기록에 의하면 붉은 장미는 '비너스의 상징', '사랑의 상징'으로 받아들여지고 있다. 그 유래에 관한 애처로운 에피소드는 다음과 같다. 애초 장미꽃은 흰색이었다. 비너스는 인간의 사랑을 좌지우지하는 사랑의 여신인데 자신이 그만 사랑보다는 사냥에 더욱 몰두해 있는 미남 청년 아도니스에게 푹 빠져 속앓이를 하는 고충을 당하게 된다. 어느 날 아도니스는 사냥터에서 멧돼지의 송곳니에 찔려 죽음을 당한다. 죽기 직전 단말마의 비명 소리를 듣게 된 비너스는 사냥터로 황급히 달려가다 그만 찔레나무 가시에 다리가 찔려 피가 흐르기 시작했고 이 피에 물든 붉은 장미가 생겨났다는 것이다. 이후 '붉은 장미'는 앞서 언급한 대로 '비너스', '사랑'의 상징물로 각광을 받기 시작했다고 전해진다.

생체전문가들은 '붉은 색이 사랑과 연결되는 것은 생명의 원천인 피의 색깔이 적색이기 때문'이라고 풀이하기도 한다.

서구의 유명 예술가들도 '붉은 색'은 '정열', '생명', '사랑', '불' 등의 의미로 적극 활용하고 있다. 이탈리아 피렌체에 진열돼 있는 티치아노의 명화 〈우르비노의 비너스〉를 필두로 해서 영국 화가 가브리엘 로세티의 〈축복 받은 베아트리체〉, 라파엘로의 〈대공의 성모(聖母)〉, 〈아름다운 여정원사〉 등에서는 '사랑의 여신을 둘러싸고 붉은 색 장미가 있거나 붉은 색 의상을 착용하고 있는 그림'이 그려져 있는 것을 손쉽게 발견할 수 있다.

한편 '피'는 생명의 원천이지만 한편에서 '피를 흘린다는 것은 목숨을 잃는다'는 의미인 동시에, '불'은 에너지를 생성하지만 그 종국은 결국 모든 것을 불태워 없애는 파괴력도 가지고 있는 것이다.

셰익스피어의 〈맥베스〉에서는 국왕 던컨을 살해한 맥베스가 피에 젖은 손을 물로 씻으면서 '넵튠의 대양 전체를 가져와도 이 손을 깨끗이 씻을 수는 없으리, 아니 그러기는커녕, 거듭하여 밀려오는 파도가 진홍빛으로 물들 것이다' 며 양심의 가책을 토로하는 것은 붉은색이 재앙, 비극과 연관되어 있다는 것을 상징하는 대표적 장면으로 거론되고 있다.

서구인들이 최고의 꽃으로 추천하고 있는 것이 '장미' 이다. 신비스런 심장의 상징이자 신성하고 낭만적인 사랑을 뜻하는 것으로 칭송 받고 있다. 붉은 장미는 '순교', '죽음', '부활' 을, 흰장미는 '순진무구', '처녀성' 을 뜻한다. 로마 신화에서는 붉은 장미를 전쟁 신 마르스와 그의 부인 비너스, 비너스의 연인이자 마르스로부터 살해당한 아도니스를 떠올리는 존재로 여기고 있다.

▲〈라 비 앙 로즈〉에서 거리에서 노래를 부르며 연명하던 20살 에디트에게 프로 데뷔 무대를 마련해 준 루이스 레플리(제라르 드빠르디유). 성공적인 데뷔 무대를 축하하면 한 아름의 장미 송이를 선사한다.
◀ 프러포즈 수단으로 각광 받고 있는 붉은색의 '장미꽃' 이 등장했던 크리스찬 슬레이터 주연의 〈미스터 플라워〉.
▶ 로마 신화에서는 붉은 장미를 전쟁 신 마르스와 그의 부인 비너스, 비너스의 연인이자 마르스로부터 살해당한 아도니스를 떠올리는 존재로 여기고 있다. 티치아노 작(作) 〈비너스와 아도니스〉

풋내기를 뜻하는 청색

20대 청춘을 상징하는 간편복 중에는 청바지를 빠트릴 수 없다. '청색'은 '젊음', '청운의 꿈'을 뜻하는 대표적인 색상이지만, 한편에서는 '풋내기', '미숙한 사회 경험에서 오는 아마추어' 등 비하의 뜻도 담겨 있다. 유럽에서 '만년 청년 국가'를 은연중 드러내고 있는 프랑스도 자국 국기 색상의 가장 왼쪽 색깔이 푸른색이다.

프랑스에서 '짙은 파랑'을 뜻하는 '블루 퐁세'는 멋쟁이 중년 여성들이 20대 청춘 시절을 반추하고 싶을 때 단골로 택하는 블라우스 색상으로 각광 받고 있고, 같은 의미로 미국에서는 이 색상을 '미드나잇 블루'라고 부르고 있다.

한자문화권에서도 '푸른색'을 지칭하는 '청(靑)'은 '봄', '젊은', '청운의 꿈', '청춘', '젊은이가 보이는 치기 어린 행동이나 말투', '경험이 없어서 일에 서투른 사람', '차분하지 못해 객기를 잘 부리는 사람' 등을 지칭하는 단어로 활용되고 있다. 이 말의 연장선상에서 파생된 최근 용어가 '나이 지극한 사람이 한 수 아래 사람에게 호의에 찬 눈길을 보낸다'는 '청안(靑眼)'도 널리 통용되고 있다고 한다.

일본 영화 〈세상의 중심에서 사랑을 외치다 世界の中心で, 愛をさけぶ〉(2004)의 한국어 버전인 〈파랑주의보〉(2005)에서도 중학교 시절부터 알고 지냈던 고2 동갑내기 수호(차태현)와 수은(송혜교)이 비록 비극적인 결말을 맺지만 풋풋한 첫사랑의 감정을 엮어 나가는 과정을 담아내 공감을 얻어냈다.

이 영화에서도 고등학생을 상징하는 '푸른색 바지 교복'과 자전거를 함께 타면서 신록이 우거진 논밭 길을 달려가는 풍경은 '푸른색'이 풍겨주는 '가슴 설레는 감정'을 충분히 노출시켜 주었다.

More Tips

'푸른색'에 대해 각 문화권마다 미묘한 차이를 가지고 있다. '자비(히브리)', '지혜(불교)', '성실(유럽)', 행복한 결혼(중국)' 등을 상징한다.

학창 시절의 청색 바지는 풋풋한 청춘을 상징하는 색상으로 활용되고 있다. 차태현 주연의 〈파랑주의보〉의 한 장면.

두렵고 신비로운 녹색 괴물 슈렉

'슈렉'은 혐오의 색상이었던 녹색을 '귀염둥이', '앙증맞은', '순박함'의 존재로 격상 시키는 견인차 역할을 해냈다. 스필버그가 공동 CEO인 드림웍스 영화사가 공개한 〈슈렉 Shrek〉 시리즈는 애니메이션 역사상 가장 성공적인 작품 중 하나이다. 거인과 흡사한 덩치에 험상궂게 생긴 도깨비지만 마음씨만은 누구보다 착하고 고운 슈렉과 반려자 피오나의 모험과 사랑을 그린 〈슈렉〉은, 다양한 현대 문명 패러디와 전래 동화 비틀기로 성인 관객들에게도 많은 인기를 모았다. 게다가 할리우드 탑 스타 마이크 마이어스, 카메론 디아즈, 에디 머피, 안토니오 반데라스 등이 목소리 연기를 맡아 흥행몰이를 가속화 시켰다.

완결편인 〈슈렉 포에버 Shrek Forever After / Shrek 4〉(2010)는 겁나먼 왕국을 지켜낸 이후, 세 아이를 낳고 행복한 가정을 꾸린 초록 괴물 슈렉과 피오나의 이야기이다. 동키와 동키의 아이들, 장화 신은 고양이와 함께 즐겁게 지내며 모든 근심을 잊고 평화로운 일상을 보내고 있던 슈렉이 사기극에 걸려들면서 벌어지는 해프닝을 다루고 있다.

전편인 〈슈렉 3〉에서는 달콤한 신혼에 빠져 있던 슈렉이 피오나의 아버지 해롤드 왕의 사망으로 왕이 될 위기에 처하자 대신 왕에 오를 아더 왕자를 찾아다니면서 벌어지는 모험을 담고 있다. 이 작품에서는 동화 속 악당 캐릭터들을 모아 왕위 자리를 노리는 프린스 차밍의 음모가 극적 긴장감을 조성하고 있다. 슈렉이 겁쟁이 소년 아더를 왕으로 만들어내는 과정과 아버지가 된다는 사실이 서서히 밝혀지는 내면 갈등, 앙증맞은 슈렉의 세쌍둥이들, 감초 캐릭터 동키와 장화 신은 고양이 등이 관객들에게 쉴 새 없이 웃음보를 터트리게 만든다.

셰익스피어의 〈오셀로〉에서는 이아고가 오셀로에게 '초록색 눈을 가지고 있는 괴물을 조심하라!'는 경고의 말을 한다. 이처럼 '사탄', '요정', '괴물', '외계인' 등 두렵고 신비로운 존재를 초록색으로 설정하는 이유는, 초록색이 인간 세상과 다른 존재에 대해 꺼려하는 감정을 드러내는 색상이기 때문이다. 또한 피부색이 초록색을 띠고 있는 것도 병색이 완연하다는 증거이다. 반면 '치료적 효과'도 있는 것으로 알려져 유럽이나 미국 등지에서는 지역 보건소 입구 표시로 초록색 간판을 내걸고 있다.

More Tips

〈원스〉의 제작 국가 아일랜드가 나라색상으로 선택한 것이 바로 '녹색'이다. '맑은 녹색(Emerald Green)'은 '기독교권에서는 '믿음'을 뜻하는 색상으로 인식하고 있다.

◀ 슈렉은 순진하고 귀염성 있는 괴물로 등장하지만, 대체적으로 녹색은 '외계인'이나 '혐오스런 존재'를 뜻하는 색상으로 알려져 있다.

▶ 2007년 국내 흥행가에서 돌풍을 몰고 온 〈원스〉의 제작국가인 아일랜드의 나라 색상이 '녹색'이다.

▼ 슈렉이 펼치는 모험담의 완결편인 〈슈렉 포에버〉.

'죽음', '절망'을 대변하는 검은색

　검은색은 '죽음', '절망', '칙칙함', '고통', '악마' 등을 떠올려 주는 색상이다. 브라이언 드 팔마 감독, 조쉬 하트넷의 〈블랙 달리아 The Black Dahlia〉(2006)는 1947년 LA에서 발생한 한 무명 여배우의 괴이한 살인사건을 다루고 있다. 너무나 잔인하게 살해된 엽기적인 사건은 절대 비밀에 붙여진다. 하지만 '블랙 달리아' 사건으로 불리면서 언론에 의해 폭로된다.

　인도 아누락 카르히압 감독, 파반 주연의 〈검은 금요일 Black Friday〉(2004)은 무슬림과 힌두교 사이에 벌어진 종교 갈등이 도시 폭력으로 번진 1993년의 봄베이 테러 사건으로 인해 300여 명이 죽고 800여 명이 부상을 당한 실화를 극화한 작품이다.

　올리버 파커 감독의 〈어둠속으로 사라지다 Fade to black〉(2006)는 1948년 로마를 배경으로 만든 작품이다. 〈검은 마법〉이라는 영화 작업을 위해 천재 배우이자 영화감독 오손 웰즈가 이탈리아를 찾으며 이야기가 시작된다. 리타 헤이워드와의 결혼 생활이 파경을 맞은 직후여서 오손은 이번 작품을 통해 건재를 과시하려는 계획을 꿈꾼다. 그는 로마에서 레아라는 여배우와 만나 다시 사랑에 빠지는데 촬영 중 레아의 양아버지이자 역시 배우인 델라가 오손 웰즈의 품 안에서 숨을 거두는 사고가 발생한다. 웰즈는 그의 죽음이 단순한 살인사건이 아님을 직감하고 사건 배후를 찾기 위한 내사를 시작한다.

이처럼 영화 제목에서 쓰인 'Black'은 모두 '죽음'을 뜻하는 단어로 쓰이고 있음을 알 수 있다. 프랑스 명화 〈몽빠르나스의 밤 Nuit de Montparnasse〉(1969)에 등장하는 늙은 창부, 〈흑인 오르페 Black Orpheus〉(1959)의 에우디케, 〈전원 교향곡 Pastorale〉(1965)에서 미셸 모르강이 착용한 망토 등 영화 속 인물들은 모두 검은색을 즐겨 입는다. 이들은 묘하게도 과부이거나 현실의 고단함 때문에 비극적 죽음을 맞게 되는 비련의 여인상을 열연해 주었다.

흰색이 다른 책의 결합을 철저하게 거절하는 배타적인 성격이 강하다고 한다면, 검은색은 주변의 모든 색을 늘 흡수하고 포용해서 자신의 특성을 고수해 나가는 특징이 있다. 프랑스 화가들이 검은 상복을 입고 있는 여성에게서 오히려 묘한 성적 매력을 느낄 수 있다고 설파했듯이 검은색은 때로는 마음의 평온을 흩트려 놓거나, 금기(禁忌)나 금단(禁斷)을 사랑하게 만드는, 술책에 능한, 음험(陰險)함을 떠올려주는 존재로 주목받고 있다.

오드리 헵번의 청초한 매력이 돋보였던 〈수녀 이야기 The Nun's Story〉(1959)와 줄리 앤드류스 주연의 〈사운드 오브 뮤직〉(1965) 등에서 등장했듯이 수녀를 비롯해 불교 여승의 의복, 여학생들이 착용하는 검정 교복 등은 철저하게 차단된 금욕적인 습성을 드러내 주는 예복이라고 할 수 있다. 아이러니한 것은 이런 의복이 오히려 남성들로부터 강렬한 성적 매력을 불러일으키는 원인이 되고 있다는 의견도 제기되고 있다.

최근 들어서 소비재를 주로 판매하는 국내 기업체에서는 일반인들의 고정된 이미지를 벗어나고자 검정 제품에 화려하고 세련된 이름을 붙이는 추세가 확산되고 있다. 엘지전자 노트북 '엑스노트'의 메인 컬러는 '크리스털 블랙'인데, 아름다운 광택을 지닌 보석의 이미지를 주기 위한 시도로 풀이됐다. 쌍용 자동차의 대형 세단 체어맨은 '클래식 블랙' 으로 명명해 중후함을, 메이블린 뉴욕의 검정 마스카라는 '언스탑퍼블 샤이니 블랙' 으로 출시, 쉽게 번지지 않고 속눈썹을 반짝이게 하는 제품 특성을 드러내고 있는 등 검은색을 내세워 소비자들의 관심을 유도하고 있다.

'검은색' 은 구태여 설명을 하지 않아도 '사탄', '슬픔', '절망', '죽음' 을 뜻한다는 것은 삼척동자도 다 알고 있는 사실이다. 이슬람권에서는 '복수의 색상' 이다. 1972년 뮌헨 올림픽 선수촌에 난입해 무고한 이스라엘 선수들을 학살한 테러 단체도 바로 '검은 9월단' 이었다.

▲ 1947년 LA를 배경으로 무명 여배우의 엽기적인 살인사건을 다룬 〈블랙 달리아〉.

◀ '검은색' 은 설명이 필요 없는 '죽음', '파멸', '절망' 의 색상이지만, 기독교 수녀 등이 착용하는 검은 의복은 남성들에게는 의외로 성적 어필 대상이 되고 있다는 의견도 있다.

▶ 주인공들의 파멸적 죽음을 다룬 〈흑인 오르페〉에서도 포스터나 주요 장면 등에서 절망적인 검은색을 자주 사용하고 있다.

영국 황실의 기호도를 엿볼 수 있는 갈색

갈색은 '기품 있는 상류층', '귀족', '부끄러움', '소란스러움을 피해 은둔을 즐기는 생활 태도'를 나타낸다. 1997년 8월, 영국 왕실에서 배출한 세상에서 가장 유명한 여인인 다이애나 왕세자비가 불의의 교통사고로 사망한다. 이 사건을 계기로 그동안 표피적으로 알려졌던 영국 황실 내부에서 벌어졌던 여러 추문들이 세상 밖으로 드러나는 과정을 다룬 작품이 스티븐 프리어스 감독의 〈더 퀸 The Queen〉(2006)이다. 극중 엘리자베스 2세 여왕의 고고한 체취가 정치, 문화, 사회 풍습에 상당한 영향력을 끼치고 있는 영국 황실의 내부 모습을 보여줄 때 가장 선호하는 색상이 갈색이라는 것이 곳곳에서 보였다.

처칠이 기다란 시거와 함께 담배를 피울 때 쓴 파이프를 비롯해 레스토랑 등에서 절친한 친구들과 담소를 나누면서 마시는 맥주, 팔꿈치에 가죽을 댄 트위드 재킷, 책꽂이 등이 바로 갈색으로 치장되어 있다는 공통점을 가지고 있다.

영국의 뿌리 깊은 가문을 자랑하는 집안 거실 책장을 살펴보면 책 표지는 모두 갈색이며, 제목은 금색 글씨로 새겨져 있는 것을 손쉽게 알 수 있다. 영국 런던에 있는 유서 깊은 빅토리아 역에서 쉽게 목격할 수 있는 수면이 가능한 침대차가 '풀먼 카(Pullman Car)'이다. 1920년대에 제작된 차로, 실내를 '아르 데코(Art Deco: 장식 미술)' 형식으로 꾸며져 램프 스탠드나 앙증맞은 식기, 은은한 소나무 향이 풍겨져 나오는 나무로 세공된 벽면 등이 외지인들의 눈길을 단번에 끌고 있다. 이들 주요한 실내 소품이 모두 갈색인데, 영국인들의 갈색 사랑이 일상생활 곳곳에 스며들어 있음을 짐작케 하고 있다.

More Tips

대다수 영국 중산층 가정에서는 한질씩 소장하고 있다는 셰익스피어 전집물의 겉을 장식하고 있는 가죽의 색상도 갈색일 정도로 영국인들이 제일 선호하는 색상으로 유명세를 얻고 있다.

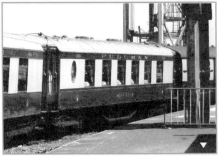

▲ 〈더 퀸〉에서는 영국 황실을 나타내는 색상으로 '갈색'이 자주 보이고 있다.

▼ 영국인들의 사랑을 받고 있는 수면 가능한 침대차 '풀먼 카'. 짙은 갈색이 고풍스런 분위기를 물씬 풍겨주고 있다.

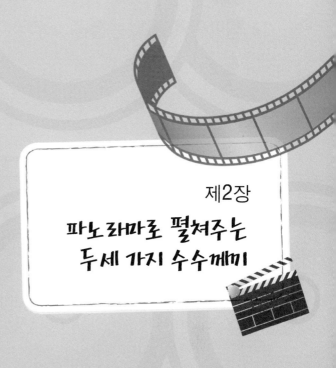

제2장

파노라마로 펼쳐주는
두세 가지 수수께끼

인간 사회에서 펼쳐지고 있는 삼라만상의 오묘함을 영
상으로 표현해 주고 있는 영화 세계는 이런 특색 때문
에 흔히 파노라마의 세계라는 애칭도 듣고 있다.
지극히 상식적이기 때문에 쉽게 지나쳐 버릴 수 있는
여러 가지 상황이 영화 속에서는 매우 중대한 상징어
로 활용되고 있다. 다양한 사례를 통해 오묘한 은막의
세계의 이면을 탐구해 본다.

뱀파이어, 끝없는 열풍

흡혈귀를 지칭하는 뱀파이어에 대한 관심은 여전히 지속되고 있다. 2010년 2월 신인 가수 이지아는 모던 락 풍 발라드 싱글을 공개하면서 '뱀파이어 로맨스'라는 타이틀을 내걸었다. 에단 호크, 윌렘 대포우 주연의 〈데이브레이커스 Daybreakers〉(2009)는 서기 2019년이 배경인 뱀파이어 영화다. 정체불명의 전염병에 감염돼 인류 대부분은 뱀파이어로 변한다. 극적으로 살아남은 인류는 인간을 사냥하는 뱀파이어를 피해 지하에 숨게 되고 인간이 점차 사라지자 뱀파이어 세계에서도 위기감이 생긴다. 한편 인간의 피를 거부하며 살아가는 '블러드 뱅크'의 연구원 에드워드 달튼(에단 호크)은 인간과 뱀파이어가 공존하며 살 수 있는 대체 물질을 찾으려고 노력하지만 난관에 부딪히게 된다. 희망이 점차 사라져 갈 즈음 인류생존의 키를 쥐고 있는 라이오넬(윌렘 데포)이 나타나면서 새로운 국면을 맞이하게 된다. 이 작품에서는 에드워드가 인류 생존을 걸고 뱀파이어에 맞서 분투하는 과정이 눈길을 끌었다.

전지현이 출연했던 다국적 프로젝트 〈블러드 Blood : The Last Vampire〉(2009)는 지구 곳곳에 포진한 뱀파이어를 처단하는 뱀파이어 헌터의 모습을 보여주어 관심을 끌었다. 송강호 주연의 〈박쥐 Thirst〉(2009)는 존경받던 신부가 수혈 후유증으로 뱀파이어가 된 뒤 절친한 친구 아내와 위험한 사랑에 빠져들다 급기야 두 사람 모두 죽음으로 응징을 받게 된다는 내용을 보여주었다.

21세기 극장가에 뱀파이어 열풍을 재연시킨 작품으로 뱀파이어 소년과 인간 소녀의 사랑을 다룬 〈트와일라잇 Twilight〉(2008)을 빼놓을 수 없다. 선혈(鮮血)을 갈망하고 있는 흡혈귀의 이미지를 꽃미남으로 설정한 〈트와일라잇〉은 평범한 소녀와의 로맨스 사연을 가미시켜 이 소재가 흥행가에서 꾸준히 사랑을 받고 있다는 것을 다시 한 번 입증시키게 된다.

『옥스퍼드 사전』에는 '뱀파이어'를 '주로 마법사, 이교도, 범죄자 등의 유령이 매일 밤 무덤에서 나와 잠든 사람들의 피를 빨아먹는 존재'라고 정의내리고 있다. 아일랜드 소설가 브람 스토커는 1897년 흡혈귀 전설에서 힌트를 얻어 발표한 『드라큘라』를 통해 흡혈귀를 대중적인 아이템으로 격상시킨다. 드라큘라는 15세기 실존 인물인 루마니아의 공작 블라드 체페슈가 모델로 알려진 것은 익히 알려진 사실이다.

뱀파이어가 호응을 받아냈던 19세기 영국은 빅토리아 시대로 금욕주의가 강제된 시기였다. 프로이트가 정신분석이론을 통해 진단했듯이 뱀파이어는 금욕주의에 대한 반작용으로 보고 있다. 즉, 정신분석이론에 따르면 뱀파이어는 도덕적 초자아에 반해 원초적인 욕망의 상징 이드의 상징이라고 본 것이다.

프란시스 코폴라 감독의 〈드라큘라 Bram Stocker's Dracula〉(1992), 톰 크루즈의 〈뱀파이어와의 인터뷰 Interview With The Vampire : The Vampire Chronicles〉(1994) 등은 에이즈의 창궐로 프리섹스에 대한 두려움이 고조되면서 뱀파이어가 재등장했다는 해석도 제기됐다.

2000년대 들어 〈트와일라잇〉에 대한 열풍이 재현되면서 다양한 흥행 분석이 제기되고 있다. 〈트와일라잇〉에서 벨라의 남자 친구인 뱀파이어 에드워드는 벨라의 피 냄새에 강한 식욕을 느끼면서도 초인적인 의지로 벨라를 지켜준다. 이런 설정은 사춘기 시절 대부분이 성관계를 하고 있는 서구 청소년들에게는 조지 W 부시 대통령 시절 혼전 순결을 강조한 교육의 순작용으로 보고 있다.

흡혈귀인 에드워드를 만난 것 자체도 위험한 일이다. 벨라에게는 성관계는 물론 키스나 스킨십조차도 생명을 건 모험이다. 이런 구도는 스릴 넘치고 흥분을 던져 주는 동시에 시종 '성적인 것이 위험한 것이라는 메시지'를 던져 주고 있는 것도 눈길을 끌어냈던 설정이 됐다.

심리학자들은 〈트와일라잇〉에서 두 연인 앞에 놓여 있는 금기가 애절한 감정을 고조시키는 등 관객들에게 절제와 금기의 미학을 제시한 것도 대중적인 환대를 확장시킬 수 있었다는 의견도 제기했다.

뱀파이어에 얽힌 이야기

- 민담이나 전설에서 사람이나 동물의 피를 빨아 마시는 상상의 존재다.
- 한 번 죽은 사람이 불가사의한 영역으로 들어가 불사신으로 소생한 것이다.
- 유럽 뱀파이어를 비롯해 아라비아의 구울, 중국의 강시 등 여러 유형으로 구분되어 있으며 흡혈귀 중 드라큘라가 가장 유명세를 얻고 있다.
- 유럽 흡혈귀 태생지는 주로 발칸 반도 슬라브 민족 지역이다. 슬라브 민족은 4세기경부터 흡혈귀의 존재를 믿었다. 슬라브 민화

에는 흡혈귀는 생피를 마시며 은을 무서워하며 퇴치 방법으로는 목을 절단해 시체의 다리 사이에 두거나 심장에 나무로 만든 말뚝을 사용하면 된다고 알려졌다.

- 루마니아는 타지에서 유래된 종교나 문화가 혼합되는 과정을 경험한다. 이에 따라 타 종교와의 격차나 유민들이 전파시킨 역병으로 떼죽음을 당하는 후유증을 겪는다. 이에 대한 보상 심리로 흡혈귀 전승이 발원됐다는 주장도 제기됐다.
- 루마니아 민화에서는 흡혈귀에게 죽음을 당한 사람은 역시 같은 형태의 흡혈귀로 부활되기 때문에 특별한 조치를 취하지 않는 이상 흡혈귀는 지속적으로 증식된다.
- 예수 그리스도의 부활이 강조되면서 로마 가톨릭 지역에서는 흡혈귀 전승이 급격히 쇠퇴하기 시작한다.
- 영국 빅토리아 시대로 접어들면서 뱀파이어는 불로불사, 지성적이며 신비로운 힘을 소유한 존재로서 묘사된다.
- 때에 따라서 안개, 늑대, 박쥐 등으로 변신할 수 있다고 믿어졌으며, 다른 사람의 마음을 빼앗아 지배할 수 있고 영혼이 없기 때문에 거울 비추어도 모습을 볼 수 없다고 알려졌다.

흡혈귀 퇴치법

불가사의한 사건이 발생했을 때 흡혈귀 퇴치는 그 대안으로 활용됐다. 이때 주로 최근 죽음을 당한 시신이 희생양으로 선택됐다. 가장 빈번하게 사용됐던 흡혈귀 퇴치법은 다음과 같다.

- 심장에 말뚝 박기.
- 불에 태운 뒤 유골을 강에 뿌리기.
- 은으로 만든 무기나 성경을 새긴 무기로 공격하기.
- 시체를 성수나 포도주로 씻기.

흡혈귀 주변을 떠돌고 있는 특징

각국 민담에서 언급되고 있는 흡혈귀 모습은 다양하다. 브람 스토커의 소설 『드라큘라』는 흡혈귀의 모습을 형상화시키는데 지대한 영향을 미쳤다. 흔히 알려져 있는 흡혈귀 특징들은 다음과 같다.

- 연미복에 비단 모자를 쓰고 있다.
- 옷깃을 반듯하게 세운 검은 망토를 걸쳐 유럽 귀족의 모습을 떠올린다.
- 붉은 와인이나 장미는 피의 상징으로 등장한다.
- 햇빛에 닿으면 곧바로 연기를 내면서 재로 변한다.
- 심장에 말뚝을 박으면 연기처럼 사라진다.
- 은(銀)으로 만든 무기를 쏘아 부상을 입힐 수 있다.
- 십자가와 마늘에 약하다.
- 송곳니는 커다랗고 날카롭게 외부로 돌출되어 있다.
- 강 등 흐르는 물 위는 넘어갈 수 없다.
- 박쥐, 늑대, 안개 등으로 변신할 수 있다.
- 흡혈귀에게 피를 빨려 죽은 사람이나 흡혈귀의 혈액이 체내에 들어간 사람은 흡혈귀가 된다.

흡혈귀 및 드라큘라에 얽힌 사소하지만 흥미로운 서너 가지 정보들

- 고대 시절부터 질병을 앓고 있는 남자들은 사원을 찾아가 남자와 정을 통하는 마녀 서큐버스(succubus)와 밀애를 나누었다. 그렇지만 기독교가 전래되면서 이러한 행동이 억압 받자 서큐버스의 남성형 인큐버스(incubus)는 성적 행동을 나눌 상대를 찾지 못하자 인간의 침실을 공격하기 시작, 이들의 존재는 인간 사회에서 공포와 유혹적인 매력을 동시에 가지고 있는 존재로 인식된다.
- 흡혈귀 미망인들은 죽은 남편과 성적 행동으로 임신을 했다. 이렇게 해서 태어난 아기들이 '댐파이어(Dhampire)'. 아이는 어른으로 성장해서 흡혈귀를 처단하는 사냥꾼 역할을 해낸다.
- 문학 속에 기술된 흡혈귀는 창백한 외모에 이국적인 생김새, 부드러운 음성, 여유 있는 발걸음을 하고 있다. 이들이 마비 상태에 있는 미녀의 목을 깨무는 것은 성적인 행동을 은유적으로 드러내는 것이다.
- 시인 바이런의 전속 의사로 일했던 존 폴리도리는 1819년 『흡혈귀 Vampire』를 출간했다. 소설 속에 흡혈귀 클래런스 드 루스벤은 처녀와 사교계 미녀들을 공격해 피를 흡입했는데 이 모델은 시인 바이런을 염두에 둔 등장인물로 알려졌다.
- 바이런으로부터 버림받은 애인 캐롤라인 램은 1816년에 『글레나본 Glenarvon』을 출간했다. 소설 속에 흡혈귀 글레나본은 '검고 열정적인 눈빛', '뜨거운 정열을 느끼게 하는 영혼', '비난을 던질 때 오만하게 올라가는 윗입술', '상대방의 어떤 비난도 부드럽게 휘감아 버리는 침울한 태도' 등을 가지고 있는 인물로 묘사되고 있다. 이런 성격은 실존 인물 바이런과 매우 흡사해, 캐롤라인

이 그로부터 배반당한 감정을 창작 소설 주인공을 통해 묘사했다는 수군거림을 들었다.

- 흡혈귀는 흔히 공격자로 알려졌지만 실은 희생자의 목에 키스하면서 피를 빠는 행동은 아기가 어머니로부터 모유를 섭취하는 지극히 의존적인 행동으로 해석되고 있다.

- 흡혈귀는 심야에 처녀의 침실로 잠입해 육체를 범하고 피를 흘리게 만든다. 희생양이 된 처녀는 그때부터 성적 욕망의 화신으로 돌변해 낮에는 얌전하지만 밤에는 남자를 유혹해 목에 키스하면서 송곳니로 물어뜯어 피를 빨아 먹는 또 다른 흡혈귀로 변하게 된다.

- 조나단 하커가 드라큘라 성에 묵고 있을 때 미녀들이 '젊은 남자야! 우리 그에게 키스하자'며 속삭인다. 하커는 이에 부푼 기대감을 품게 되지만 정작 그를 기다리고 있던 것은 피를 빨리는 일이었다. 결국 하커는 비몽사몽 꿈에서 깨어나 공포와 죄의식을 느낀다. 심리학자 프로이드는 하커의 이런 심리를 '몽정', '반의식(semi-conscious) 상태의 자위 행동'으로 풀이했다.

- 밝은 빛을 상징하는 기독교과 어둠의 세계를 상징하는 흡혈귀는 늘 대척점(對蹠點)에 놓여 있는 존재들이다. 그렇지만 이들 사이에는 여러 가지 공통점을 가지고 있다. 우선 모두 죽은 뒤에 소생하고 기독교에서는 그리스도의 순교한 피를 대신해 포도주를 마시는 대신 흡혈귀는 희생자의 피를 마신다는 공통점을 가지고 있다. 그 후 기독교인들은 더욱 순결하고 거룩해 지는 반면 흡혈귀에게 물린 희생자들은 제 2의 흡혈귀가 된다.

- 독일 시인 괴테는 1797년 『코린트의 신부 Bride of Corinth』에서 여성 흡혈귀를 등장시키고 있다.

- 사무엘 테일러 쿨리지의 『크리스타벨 Christabel』에서는 여성 흡혈귀 제랄딘이 또래 젊은 처녀 크리스타벨을 포도주로 유혹해 동성애를 나눈다는 설정을 기술하고 있다.
- 로저 바딤이 아내 아네트 스트로이버그를 기용해 〈쾌락의 죽음 Et Mourir de Plaisir〉(1962)을 공개했다. 이 영화는 1872년 세리던 르파누가 레즈비언 흡혈귀를 등장시킨 『카밀라 Carmilla』를 각색한 것이다.
- 〈드라큘라 서커 Dracula Sucks〉(1979), 〈게이라큐라 Gayracula〉(1983), 〈완다는 트란실바니아 Wanda Does Transylvania〉(1990) 등에서는 오럴 섹스를 통해 희생자들을 공격하는 여성 흡혈귀가 등장하고 있다.

More Tips

* 흡혈귀는 '창백한 얼굴(pallid face)'에, '반짝반짝 빛나는 눈동자(staring eyes)'를 가지고 있으며, '송곳처럼 튀어 나온 가위처럼 날카로운 이빨(protruding incisor teeth)'로 '희생자의 목을 물어뜯어 피를 빨아 먹는(biting and sucking blood from the victim's throat)' 특징을 가지고 있다.
* 고대 그리스, 로마 시대에서도 흡혈귀들은 존재했다. 방종한 여인들의 시체인 '라미아(Lamia)', 심야에 나타나 어린아이들의 피를 빨아 먹는 '스트리게스(Striges)'가 그들이다.

▲ 에단 호크 주연의 〈데이브레이커스 Daybreakers〉
(2009)는 뱀파이어 장르가 흥행가에서 장수 인기를 누리
고 있음을 재차 입증시켰다.

▶ 로버트 패틴슨이 꽃미남 흡혈귀역을 맡아 전 세계 여
심(女心)을 사로잡은 〈트와일라잇〉.

◀ 21세기 흥행가에 흡혈귀 신드롬을 조성하고 있는
〈트와일라잇〉 속편 〈뉴문〉. 이 소재는 시리즈 4부작으
로 완결된다.

〈해리 포터〉에서 해리의 이마에 번개 치는 모양의 상처가 있는 이유는?

21세기 지구촌 엔터테인먼트업계에 판타지 열풍을 주도한 효시작이 바로 크리스 컬럼버스 감독의 〈해리 포터와 마법사의 돌 Harry Potter and the Sorcerer' s Stone〉이다. 고아 소년 해리가 마법 학교에 입학한 뒤 펼쳐지는 흥미진진한 모험담은 〈해리 포터와 비밀의 방 Harry Potter and the Chamber of Secrets〉(2002), 〈해리 포터와 아즈카반의 죄수 Harry Potter and the Prisoner of Azkaban〉(2004), 〈해리 포터와 불의 잔 Harry Potter and the Goblet of Fire〉(2005), 〈해리 포터와 불사조 기사단 Harry Potter and the Order of the Phoenix〉(2007), 〈해리 포터와 혼혈왕자 Harry Potter and the Half-Blood Prince〉(2009), 〈해리 포터와 죽음의 성물 : 파트 1 Harry Potter and the Deathly Hallows : Part I〉(2010) 등이 연속 공개되면서 10년 이상 흥행가의 아성을 구축해 나가고 있다.

조엔 롤링 여사가 발표한 소설이 전 세계 출판가에서 근 2억 권이 팔려 나가면서 판타지 신드롬을 불러 일으켰던 만큼, 영화로도 큰 성원을 받아내 끝없는 해리 포터 열기를 짐작시켜 주었다. 원작은 고아로 이모 집에서 구박을 받으면서 성장한 해리 포터가 호그와트 마술학교(Hogwarts School of Witchcraft and Wizardry)에 입학하면서 부모가 죽은 이유, 출생에 얽힌 비화와 함께 세상을 구한다는 마법사의 돌을 지키기 위한 모험 이야기로 꾸며지고 있다.

시리즈 영화는 평균 2시간이 넘는 장편으로 구성이 되고 있다. 1편의 경우 영화의 마지막 무렵 마법학교 교장이 젤리를 먹은 뒤 '이런, 귀지 맛이야!'라고 말하는 장면을 비롯해 고양이가 맥고나걸 교수로 변하는 것, 해리가 9¾번 승강장이라는 보이지 않는 정거장에서 '호그와트 직행 열차'를 타는 장면, 차 안에서 '양배추 맛', '정어리 맛'이 나는 강낭콩 모양의 젤리를 먹는 모습, 기숙사에 숨어 있는 유령, 공중에 둥둥 떠 있는 촛불, 부엉이들이 우편물을 배달하는 모습, 세 개의 머리를 가진 개, 살아 움직이는 체스판, 마법학교 학생들이 빗자루를 타고 세 개의 공을 가지고 벌이는 폴로와 풋볼 등을 혼합한 퀴디치 경기 장면 등 세세한 소설 속 묘사를 최첨단 컴퓨터 그래픽으로 완벽하게 재현시켜 영화에 대한 호응도를 확산시키는데 결정적인 역할을 했다는 평을 받았다.

영화에서는 곳곳에 유럽 전통 마법 신화를 보여주는 장면이 다수 삽입돼 흥미를 지속시켜 준다. 그중 궁금증을 불러일으킨 것 중의 하나가 주인공 해리 포터 이마에 왜 번개 치는 형상을 가지고 있는 상처가 새겨져 있느냐는 것이다.

해리 부모를 살상한 볼드모트는 독수(毒手)를 이용해 핏덩어리인 해리마저 죽이려고 시도하나 웬일인지 실패하고 자신의 육체가 소멸돼 간신히 도망치는 신세가 되고 만다. 이렇게 해서 해리는 세상 모두가 두려워하고 대적할 수 없는 두려운 존재였던 볼드모트를 물리치는 기적을 이루지만 이때 이마에 번개 모양의 상처를 당하는 부상을 입게 된다. 그렇지만 이러한 상처는 해리의 존재를 뚜렷이 각인시키는 영웅의 흔적이 되며 마법계에서 어디를 가나 유명한 존재로 추앙을 받고 있는 상징적인 흔적이 된다.

흔히 눈썹 위와 머리털 사이에 마치 초원 같은 완충지대 역할을 하는 것이 이마여서 이곳에 상처가 있으면 금방 눈에 뜨인다는 특징이 있다. 이 때문에 『구약성서』의 「창세기」에는 동생 아벨만이 신(神)으로부터 총애를 받고 있다고 생각한 형 카인이 질투심에 눈이 멀어 결국 동생을 죽여 인류 사상 최초의 살인자가 되고 만다. 이 같은 죄를 저지른 카인에 대해 조물주께서는 그의 이마에 상처를 새겨 그가 저지른 죄를 영원히 기억할 수 있도록 하는 동시에 다른 사람들에게 그의 업보를 지켜 볼 수 있는 장치로 활용해 카인이 어느 장소에 가더라도 그가 살인자라는 것을 쉽게 짐작할 수 있도록 했다고 한다.

그런데 흥미로운 점은 카인은 평생 살인을 저질렀다는 것을 떠올리면 후회스런 삶을 살았겠지만 그의 후손인 인도인들은 이마에 난 상처에 대해 행운이나 권위를 가져다주는 존재로 받아 들여 힌두교의 최고신 시바 신(神)과 불타의 이마 가운데는 '초월적인 예지(叡智)'나 '종교적 깨달음'을 상징하는 표시를 하고 있는 것을 쉽게 발견할 수 있다. 이렇게 본다면 '해리'의 이마에 난 상처는 '악(惡)'을 퇴치하고 선(善)의 가치를 드높인 영광스런 훈장'과도 같은 상징으로 풀이를 할 수 있는 것이다.

그렇다면 왜 상처를 번개 모양으로 했을까? 이에 대해 유럽의 신화학자들은 '벼락'은 흔히 천지를 경천지동(驚天地動)하게 만드는 소리와 강렬한 빛을 동반하고 있기 때문에 '범접할 수 없는 신의 존재'로 받아 들여졌다.

그리스 신화에서도 제우스, 로마 신화의 제노 등이 모두 뇌신(雷神)의 화살을 가지고 있는 것으로 묘사되고 있다. 이렇게 본다면 해리 포터의 이마에 남겨진 번개 모양의 상처는 앞서 언급한 대로 부모를 죽인 볼드모트가 남겨준 것이지만, 해리가 그와 격렬한 싸움을 벌였다는

증거이자 해리가 선(善)의 가치를 이 세상에서 지켜 나가기 위한 수호
자로서 신의 선택을 받은 존재라는 것을 입증시켜 주는 상징으로 풀이
될 수 있는 것이다.

그리스 신화와 유럽권에서 '번개'는 신의 힘을 상징하는 동시에 신이 구사할
수 있는 최고의 강력한 무기로 해석되고 있다.

▲ 해리 포터의 이마에 나 있는 번개가 내려친 상처는 영웅의 흔적으로 풀이될 수 있다.
▼ 번개 상처 덕분인지 해리는 마법계에서 어디를 가나 유명한 존재로 추앙받고 있다.

마녀의 빗자루와 생리혈

앤드류 아담슨 감독의 〈나니아 연대기 : 사자, 마녀 그리고 옷장 The Chronicles of Narnia : The Lion, the Witch & the Wardrobe〉 (2005)은 제2차 세계대전 중의 영국에서 이야기가 시작된다. 공습을 피해 디고리 교수의 시골 별장으로 간 페번시 가의 네 남매는 마법의 옷장을 통해 신비로운 나라 나니아로 들어선다. 말하는 동물들과 켄타우로스, 거인들이 평화롭게 어울려 사는 땅. 하지만 나니아는 사악한 하얀 마녀 제이디스의 농간으로 긴 겨울에 감금되어 있는 풍경으로 묘사되고 있다.

'마녀(Witch)'는 '다방면에 대해 알고 있다'는 앵글로색슨어 'Witan'에서 유래됐다. 중세 시절. 세월의 연륜이 묻어나는 여성들은 법률을 만들고 실행을 주도하는 사회적 원로 대접을 받았다. 이들은 정치, 사회를 주도하는 남성 세력이 급부상하면서 급격히 위세가 하락하고 급기야 '악마에게 빠진 천덕꾸러기 신세'로 전락하고 만다.

남자인 예수가 기적을 행하면 존경과 함께 숭배를 받았지만, 여자가 초자연적인 행동을 보인다면 그녀는 단번에 마녀로 취급받아 죽음을 당해야 했다. 신화연구가들은 '남성들은 여성들이 가지고 있는 신비한 힘을 두려워했으며 이러한 잠재의식이 여성을 근거 없이 마녀로 몰아 사형(私刑)의 희생물로 삼았다'는 의견을 내놓고 있다.

기독교에서 '성'을 죄악시하자 남성들은 불시에 끓어오르고 있는 자신들의 육체적 욕망에 대해 죄책감을 느끼게 된다. 그래서 본능적인 욕구에 대한 죄의식을 벗어나기 위한 희생양이 필요했는데 그것이 바로 자신들의 곁에 있는 여성에게 화살을 돌렸다고 한다. 심지어 이브의 첫 아들 카인은 에덴동산에서 그녀가 뱀과 교미를 해서 얻은 악마의 자식이라는 험담도 제기됐다. 유대인들의 최고 경전인 『탈무드』에서 조차 '세상의 모든 여성들은 마력을 가지고 있다' 고 주장할 정도였다. 랍비들도 '여성은 섹스라는 불경스런 수단으로 남성을 유혹해서 악의 구렁텅이로 빠트린다' 라고 덧붙였다.

여성이 가지고 있는 마력 중 가장 두려워했던 것은 단연 '생리혈' 을 꼽고 있다. 여성만이 보유하고 있는 이 재능은 '현명한 피' 라는 애칭으로 불리기도 한다. 여성이 마녀로서 원숙한 경지를 유지하려면 '현명한 피' 를 유지할 수 있는 폐경기 이후의 나이여야 한다.

마녀들은 보름달이 뜨는 심야에 빗자루에 올라 타 하늘을 날아다닌다. 마녀들의 애용품인 빗자루는 두 가지 의미를 가지고 있다. 우선 남근의 은유물, 또 하나는 혼돈한 질서를 일시에 정리해 내는 능력을 뜻하고 있는 것이다. 깔때기 뿔을 연상시키는 모자 역시 남근을 떠올려 주는 것으로 해석되고 있다.

포크 댄스에 참석하는 여성들이 흰색과 붉은색을 선호하고 있는데 이것 또한 남성과 여성의 성적 분비액을 상징하는 것으로 받아들여지고 있다. 결혼식 날 신부가 행진하는 통로도 붉은 카펫으로 장식된다. 이것 또한 생리혈의 흐름을 암시하는 장치라고 한다.

▲ 마녀들은 보름달이 뜨는 심야에 빗자루에 올라 타 하늘을 날아다닌다. 마녀들의 애용품인 빗자루에는 남근의 은유물이라는 뜻을 가지고 있다.

▼ 〈나니아 연대기 : 사자, 마녀 그리고 옷장〉에서 등장하는 사악한 하얀 마녀 제이디스.

조물주에 대한 맹목적 숭배 의식

인류는 만물의 영장이라는 오만한 생각을 가지고 있다. 하지만 폭설, 태풍, 벼락 등 자연재해를 당하면서 자신들이 한갓 보잘 것 없고 무기력한 존재라는 것을 깨닫는다. 한계 상황에 도달했을 때 '구원', '도움'의 대상으로 찾는 대표적인 것이 종교이다.

특정 종교를 독실하게 믿는 것뿐만 아니라 일상생활을 통해 알게 모르게 조물주의 보살핌이나 관심을 갈망하는 행동을 쉽게 찾을 수 있다. 찬송가나 예불을 암송하고 성당, 절 등에서 무릎을 꿇고 엎드려 절을 하는 것 등이 대표적인 것들이다. 눈여겨 볼 사항은 신의 대리자를 자처하는 이들은 믿음이나 조물주의 보살핌을 갈망하는 이들에게 여러 장치 등을 동원해 압력이나 압제를 가하고 있다는 것이다. 그것은 복종자들에게 오랜 동안 순종을 강요하기 위한 방법이자 신의 대리자인 성직자들의 지위를 확고하게 만들기 위한 장치로 알려졌다. 대표적인 본보기는 다음과 같다.

• 자신들의 신앙과 배척되는 신을 믿는 자에게는 철저한 압박을 가한다. 설득이라는 온건한 방법부터 분노감, 물리적 위해 등 여러 가지 수단이 동원된다. 이를 통해 특정 종파에 대한 세력을 규합시켜 '파벌'을 만들어 낸다. 이런 이유 때문에 대부분의 종교가 '포용'과 '관용'을 가지고 있다는 것은 어불성설이라는 비판도

받고 있다.

- 믿음이 부족하거나 복종하지 않는 이들에게 재앙이 내릴 것이라는 것을 수시로 제시한다. 지진, 괴질, 폭설, 홍수 등 여러 자연재해 등이 바로 조물주가 내리는 대표적인 징벌이라고 언급한다. 종교계에서 '미신'이라고 알려진 사항을 역설적으로 예배자들에게 충성심을 강요하는 수단으로 활용하고 있는 것이다.

- 중국 진시황제 사후 수많은 토용과 부장품을 매장한 것에서 엿볼 수 있듯이 내세관(來世觀)을 만들어낸다. 이것은 이승에서 충직하게 복종한 자에게는 행운을 그렇지 않은 자에게는 징벌이 가해질 수 있다는 것을 합리화시키기 위한 수단으로 활용된다.

성룡 주연의 〈신화: 진시황릉의 비밀 The Myth〉.

공상 과학 영화에서 '시간 여행'이 단골로 언급되는 이유는?

　'시간 여행'은 불가능한 일을 가능하도록 만들어 주고 있는 공상과학 영화만의 특징이라고 할 수 있다. 이 같은 설정은 '현실 생활 속에서 은연중 강요당하고 있는 역사적인 시간의 흐름 속에서 벗어나고 싶은 인간의 잠재적 욕망을 해소시켜 주는 동시에 한편에서는 문명 세계가 전망하고 있는 다가올 세계에 대한 모습을 미리 엿보고 싶은 욕구를 동시에 충족시켜 주고 있는 장치'라는 풀이를 받고 있다.

　스티브 핑크 감독의 〈핫 텁 타임머신 Hot Tub Time Machine〉(2010)은 4명의 죽마고우들이 성인이 된 후 늘 반복되는 따분한 일상에서 벗어나기 위해 타임머신을 타고 80년대로 시간 여행을 떠난다. 사이먼 웰스 감독의 〈타임머신 The Time Machine〉(2002)에서는 시간 여행이 가능하다고 믿는 과학자 겸 발명가 알렉산더 하트겐(가이 피어스)이 약혼녀의 죽음을 되돌리기 위해 과거로 돌아가지만 그곳에서 과거는 결코 변하지 않는다는 교훈을 깨닫게 되자 다시 미래에 해답이 있을 것으로 생각하고 2030년 미래로 향했다가 예기치 못한 사건에 휘말리게 된다는 이야기이다.

　동·서양을 막론하고 역사적인 시간의 운행(運行)을 하나의 큰 사이클로 파악했을 때 60년을 주기로 해서 죽음과 재생(再生)을 반복하고 있다고 분석하고 있다. 이런 가치관 때문인지 20세기 초만 해도 60년

은 평범한 인간이 누릴 수 있는 여생의 시간으로 파악했다. 불교에서
도 부모, 자식 그리고 손자 등 3세대가 한자리에 모일 수 있는 주기도
60년으로 파악해 이를 인간관계의 윤회(輪回)라고 봤다.

'시간 여행'을 소재로 한 영화들은 조물주가 구축해 놓은 영역을 짧
은 시간이지만 마음대로 좌지우지할 수 있는 유일한 유흥인 동시에 역
사적으로 축조된 시간을 인위적으로 다시 짜서 극중 등장인물이 느끼
는 시간적인 혼란을 서스펜스로 이끌어 나가는 것을 최고의 특징으로
내세우고 있다. 이 때문에 시간 여행을 소재로 한 영화에서 가장 큰 흥
미를 고조시켜 주는 장치는 단연 시간적인 흐름을 뒤바꿔 여기서 느끼
는 혼란을 흥미 있게 끌어가는 점이라는 지적도 하고 있다.

데이비드 N. 투오이 감독의 〈그랜드 투어 The Grand Tour〉(1992)
는 어느 한적한 마을 호텔에 정체불명의 투숙객이 머물고 있다. 그는
현재 시점인 이 마을에서 곧 대참사가 벌어질 것을 알고 미래 세계에
서 온 관광객이었다. 지금 살고 있는 현대인들에게는 악몽인 이러한
재앙을 한편에서 은밀하게 즐긴다는 것을 알아차린 호텔 경영주는 마
을에서 벌어질 참사를 차단시키려고 동분서주 하지만 마을 주민들은
그의 주장에 일체 동조하지 않는다.

이 영화에서는 시간 여행 속에서 벌어지려는 참사를 주인공만이 알
고 있는데 마을 주민들은 그의 말에 콧방귀도 뀌지 않는다. 이런 설정
이 관객들에게는 묘한 흥분과 스릴감을 전달해 준다. 이 영화에서는
궁지에 빠진 주인공이 사건을 풀어갈 해답을 찾는데 그것은 바로 결과
를 알고 있는 어제의 자신이라는 해법을 제시하고 있다. 〈그랜드 투어〉
의 주인공은 비록 대참사를 미연에 방지하는 데는 실패했지만 피해를
최소한으로 했다는 것이 위안을 얻고 있다. 아울러 재해로 목숨을 잃
는 사람들은 당연히 구제 받을 수 없는 존재인 동시에 미래 역사에는

관여할 수 없는 존재라는 것도 이 영화가 던져주는 메세지 중의 하나이다.

　로버트 제멕키스 감독의 〈백 투 더 퓨처 Back to the Future〉 (1985)는 괴짜 발명가 브라운 박사의 도움으로 과거 여행을 떠난 고교생 마티(마이클 J. 폭스)가 미래 자신의 부모가 될 청춘 남녀를 맺어 주기 위해 애쓴다는 기발한 상황을 담아 흥행가를 석권했다. 반면 현재 죽을 운명에 놓여 있는 사람들을 미래 세계로 데려 간다는 가정(假定)을 소재로 한 것이 SF 전문 작가 존 배리 원작, 각본 마이클 앤더슨 감독의 〈밀레니엄 Millennium〉(1989)이다. 비행기 사고로 죽을 운명에 놓인 사람들을 골라 밀레니엄 세계로 보내려는 특수 지령을 하달 받고 임무 수행을 위해 불철주야 뛰고 있는 한 공작원의 이야기를 다루고 있다. 이것은 인구가 격감해 존망에 기로에 놓인 미래 사회가 생식 능력이 뛰어난 현재 지구인간을 미래로 이송시켜 다가올 새로운 1000년의 시간을 행복하게 만들려는 시도였던 것이다. 이런 설정은 결국 죽은 자들이 부활할 수 있는 행운을 얻게 된다는 그리스도의 예언을 실현한다는 구도를 엿볼 수 있게 했다.

　〈프리잭 Freejack〉(1992)은 〈밀레니엄〉과는 달리 개인의 사사로운 욕구를 위해 현실의 인간을 악용한다는 미래 인간의 추한 모습을 보여주어 이목을 끌었다. 미래 지구의 통치자인 안소니 홉킨스는 하루가 다르게 늙어가는 자신의 육신을 영원한 상태로 유지시키기 위해 레이스 경주 도중 사고로 죽을 운명에 있는 에밀리오 에스테베스의 육신을 미래 세계로 이송시킨다.

　그가 이토록 육체적인 성능을 회춘(回春)시키려고 하는 것은 젊은 애인인 르네 루소의 환심을 얻기 위한 것이 가장 큰 요소다. 그런데 안소니 홉킨스의 현재의 애인이 바로 에밀리오와 한때 뜨거운 관계였다는 것이 밝혀지면서 극의 흥미를 유발시킨다. 결국 인위적인 신체 강탈은 성공했더라도 신체를 이식하는 데는 실패한다는 것은 보여주어 미래 인간들이 갈망하는 인위적인 건강 획득은 불가하다는 것을 교훈으로 남겨 주고 있다.

〈타임 캅 Time Cop〉(1994)은 제목 그대로 시공간을 초월해 악의 무리를 일소(一掃)하려는 경관의 활약상을 소재로 하고 있다. 미래에서 온 악인에게 아내를 잃은 경관 장 클로드 반담. 그는 어느 정도 시일이 지난 뒤 타임 머신이 실용화 되자 이를 이용해 억울하게 죽은 아내의 복수를 위해 미래 세계로 날아가 악인을 처지 하는 등 시공간을 뛰어 넘어 범죄 행각을 소탕하는 타임 캅으로 명성을 얻는다. 이때 강력한 타임 캅의 존재에 위기감을 느낀 미래 세계의 악인들이 타임머신 개발 이전에 일개 평범한 경찰이었던 반담을 찾아내 처단하려는 반격 작전을 벌이지만 이를 알아채고 미래에 살고 있던 반담이 현대 세계로 거슬러 올라와 과거 자신과 아내를 악인들의 공격으로부터 보호한다는 내용을 보여주고 있다.

이런 설정에 대해 과학 비평가들은 '과거와 미래의 자신이 동일 공간에 있을 수 없다는 타임 패러독스라는 과학적인 설정을 구현 시켜준 뛰어난 구도로 연출자인 피터 하이엄스의 뛰어난 과학적인 지식을 엿보게 하는 증거' 라는 격찬을 보냈다. 미래 지구 통치자를 잉태할 여인을 처단하기 위해 미래로부터 날아온 잔혹한 로봇을 묘사한 〈터미네이터 The Terminator〉(1984)는 〈타임 캅〉의 원조격이라고 할 수 있다. 한편 시간 여행은 아니지만 교통사고로 죽은 애인을 위해 반복되는 하루 동안의 시간을 얻게 된 남자 애인이 연인을 위해 지순한 사랑을 펼치고 자신의 목숨을 던져 연인을 구한다는 길 영거 감독의 〈이프 온리 If Only〉(2004)는 '청춘 관객들에게 진실한 사랑의 의미를 깨닫게 해주는 기회를 제공' 했다.

'시간 여행'의 묘미는 단연 '인간이 엄격하게 전개되고 있는 시간의 사이클에서 일단 이탈할 수 있는 여유를 던져 준다는 것이 가장 큰 매력점'으로 거론되고 있다.

▲ '시간 여행'을 소재로 한 영화들은 조물주가 구축해 놓은 영역을 짧은 시간이지만 마음대로 좌지우지할 수 있는 등 시간적인 혼란을 서스펜스로 이끌어 나가는 것을 특징으로 내세우고 있다.

▶ 애절한 로맨스극 〈이프 온리〉에서는 교통사고로 죽은 애인을 위해 반복되는 하루 동안의 시간을 얻게 된 남자 애인이 지순한 사랑 담아냈다.

◀ 반복되는 일상에서 탈출하기 위해 4명의 친구들이 시간 여행을 떠난다는 스티브 핑크 감독의 〈핫 텁 타임 머신〉

〈패션 오브 크라이스트〉에서 등장하고 있는
스티그마타(stigmata)의 정체는?

성서에서 '스티그마타(Stigmata)'는 기독교에서 종교적인 교리로 도저히 해석이 되지 않고 있는 일련의 미스터리한 사건이나 증상, 또는 예수님이 돌아가실 때 입은 상처를 그대로 받은 현상으로 성흔(聖痕)을 말한다. 이 증상은 마치 예수가 십자가에 못이 박혀 순교했을 때의 상황과 같이 신체에 상처가 나거나 죽음에 이르는 것 같은 극심한 육체적 고통 등이 손, 발, 머리, 어깨, 심장 등 신체 각 부위에서 나타나는 것을 지칭한다. 이중 머리는 가시 면류관을 쓴 예수의 고통을 상징하며 등 부위의 고통은 십자가를 매고 골고다 고원을 행군했던 예수의 행적을 떠올려 주는 육체적 고통이라는 풀이를 해주고 있다. 일부 기독교인들은 이러한 증상은 독실한 교인에게만 나타나는 종교적인 환희(religious ecstasy)라는 주장도 제기하고 있다.

이런 징조는 1224년 알베노 산의 동굴 속에서 수행을 하고 있었던 성 프란시스 오브 아시시의 신체 중 5군데에서 예수가 당했음직한 깊은 상처가 처음 나타난 것이 시초로 기록되고 있다. 프란시스 사후 교황 알렉산더 4세도 이런 증상을 겪자 가톨릭 교계에서는 교황의 충직한 종교적인 수행이 이러한 결과로 나타났다는 칭송을 보냈다. 14세기 때는 당시 23세였던 도미니칸 수녀인 캐서린 베니카사가 여성 신자로서는 처음으로 이 같은 증상이 신체에서 발견됐다고 전해지고 있다. 15세기부터 20세기까지 이러한 '스티그마타' 증상은 근 330여 명의 신자나 종교인들의 육체에서 나타나 이중 60여 명이 로마 가톨릭교회로 부터 성자(saints)라는 칭송을 들었다고 한다.

멜 깁슨이 제임스 카비젤을 기용해 선보인 〈패션 오브 크라이스트 The Passion of the Christ〉(2004)는 처형 직전 예수의 행적을 24시간 동안 담고 있다. 특히 예수에게 가해지는 육체적 고통을 극대화시켜 시각적 충격을 던져 주어 큰 파장을 일으켰다. 이 영화에서는 손바닥 밖으로 못이 뚫고 나오고 몸이 매달아 있는 상태에서 십자가는 앞뒤로 뒤집히고 있다. 날카로운 창이 옆구리를 뚫고 들어가 선혈이 낭자하다. 서구 극장 개봉 당시 예수의 고난에 동감해 신체에 동일한 고통을 느껴 발과 손바닥에 예수의 것과 동일한 못과 채찍 자국이 형성됐다는 관객들이 나타났다. 이것을 '성흔(stigmata)'이라고 지칭하고 있다. 열정적인 반응을 반영하듯 해외 평단에서는 '멜 깁슨은 〈패션 오브 크라이스트〉를 통해 관객의 영혼과 신체에 충격을 던져 예수의 고통을 전달하고 있다'는 평가도 보냈다.

루퍼트 웨인라이트 감독은 패트리샤 아퀘트, 가브리엘 번 등을 기용해 〈스티그마타 Stigmata〉(1999)를 공개한 바 있다. 초자연적인 힘에 영혼과 육체를 저당 잡힌 피츠버그의 한 미용사(패트리샤 아퀘트)의 몸에 예수의 성스러운 상처가 새겨지자 이에 대한 실체를 알아보기 위해 바티칸에서 교회의 기적을 전문으로 조사하는 학자이자 과학도인 앤드루 신부(가브리엘 번)가 조사차 그녀를 방문한다. 조사 끝에 그녀를 조종한 힘이 이단으로 몰려 바티칸으로부터 파문당한 한 신부의 영혼이었음을 밝혀낸다. 아울러 앤드류 신부는 미용사의 스티그마타 현상은 예수가 현 교회 체제에 대한 비리를 고발하는 복음 메시지가 담겨 있다는 것을 알게 된다. 복음 내용이 현재 교회 체제를 전면적으로 거부하는 어마어마한 내용이기 때문에 바티칸은 이 내용을 철저히 은폐시켜 왔다. 이런 음모를 알게 된 앤드류는 신이 보여주는 초자연적인 힘에 의해 고통을 받는 그녀를 구해야 한다는 생각과 종교계에서 자행되는 비리를 개선시키기 위해 위험을 무릅쓰고 바티칸과 정면충돌을 감행한다. 공개 당시 바티칸은 신성한 '스티그마타'에 대해 그릇된 가치관을 심어 줄 수 있다는 이유로 불편한 심기를 드러냈다. 할리우드 공개 당시 〈스티그마타〉는 심리 스릴러 〈식스 센스 The Sixth Sense〉의 흥행 열기를 잠재우면서 흥행 탑을 차지하는 기염을 토했다.

◀ 멜 깁슨 감독의 〈패션 오브 크라이스트〉는 예수의 성스러운 상처를 언급한 '스티그마타' 현상을 보여주고 있다.

▶ 기독교에서 종교적인 교리로 도저히 해석이 되지 않고 있는 일련의 미스터리한 사건이나 증상을 스티그마타 현상이라고 한다.

〈쏘우〉 시리즈 등 공포 영화가 시기를 초월해 호응을 받고 있는 이유는?

'영리한 스릴러'라는 선전 문구를 내걸고 무려 시리즈 6부작까지 공개된 〈쏘우: 여섯 번의 기회 Saw 6〉(2009)를 비롯해 〈텍사스 전기톱 연쇄살인사건 The Texas Chainsaw Massacre〉(2003) 등 선혈이 낭자한 죽음과 잔인한 고통의 풍경을 보여주고 있는 공포 영화가 흥행가에서 끊임없이 제작, 발표되고 호응을 얻는 이유는 무엇일까?

종교학자들은 '인간 내면에 도사리고 있는 절대 신(神)을 부정하는 사악한 심성 탓'이라고 진단을 내리고 있다. 영화학자들이나 심리학자들은 '두려운 장면을 보고 소리를 지르는 것을 통해 일상생활에서 죄어오는 체면과 허울 등의 억압감을 해소할 수 있고 질주하는 소 떼들의 모습처럼 인간의 내면에 자리 잡고 있는 피안(彼岸)의 세계로의 도피 심리를 매우 효과적으로 자극시켜 주기 때문에 공포 영화에 끊임없는 호응을 보내고 있는 것'이라는 의견을 제시하면서 전형적인 판정에 이의를 제기하고 있다.

즐거움보다는 불쾌함을, 기쁨보다는 우울한 감정을 들게 만드는 공포 영화가 대중적인 호응도를 유지하는 데는 나름대로의 이유가 있을 법하다. 공포 영화는 줄거리 상의 차이는 있지만 속 깊은 진행구도는 거의 흡사한 형식을 취하면서 관객들에게 두려움의 실체를 보다 극적으로 느끼게 하고 있다. 대표적인 이야기 설정 공식 7가지를 알아본다.

- 공포물은 '어버이날', '할로윈 데이', '졸업식날' 등 다소 들뜨고 흥겨운 시기를 전후로 해서 흉포한 사건이 발생하면서 시작을 알린다.
- 밥 클라크 감독의 〈포키스 Porky's〉(1981) 시리즈, 〈나이트 메어 Nightmare A Nightmare On Elm Street〉(1984) 시리즈에서 입증했듯이 공포 영화의 희생자들은 '알콜 중독자', '심신 장애자', '마약 중독자' 등 도덕적으로 건전치 못한 정신을 가지고 있는 하류 인생들이어서 수난을 당해도 측은한 동정을 받지 못한다.
- 어수룩한 피해자들이 줄줄이 피해를 당하는 사건의 연속으로 진행이 된다.
- 성(性)적 쾌락을 끝낸 여성들은 무자비하게 살해당해 흡사 도덕적 타락에 경종을 울리는 방법을 취한다. 이 때문에 순결을 간직한 여성은 피해대상에서 제외되는 혜택을 입는다.
- 살인자는 인간의 힘으로는 대적할 수 없는 막강한 능력을 가진 초월적인 유령으로 등장한다.
- 악령에게 희생될 여성을 미리 지목해 관객들에게 두려움의 감정을 고조시킨다.
- 어둠의 세력은 십자가 등 전통적인 퇴치방법에도 별다른 피해를 입지 않아 인간들에게 끊임없는 희생을 강요한다.

공포 영화 전문 연출가들은 관객들로부터 극적 스릴과 서스펜스의 묘미를 불러일으키기 위해 공식화된 공포 영화 진행 방식을 쓰고 있다. 대중적으로 가장 잘 알려진 기법을 역시 7가지로 요약해 인용해 보면 아래와 같다.

- 공동묘지, 죽은 사람이 들어 있는 관(棺), 해골, 귀신 등은 인간들에게 알지 못하는 '미지 세계에 대한 두려움'을 가장 효과적으로 불러일으킬 수 있기 때문에 빈번하게 이런 대상들을 등장시킨다.
- 스필버그의 〈죠스 Jwas〉(1975)에서처럼 살벌한 식인상어는 영화가 2/3이 진행될 때까지 정체를 드러내지 않고 단지 꼬리만 바다를 헤엄치는 모습을 보여준다. 이렇게 '보이지 않는 영역'을 만들어 놓아 이를 보는 관객들은 시종 초조한 공포감에 젖어있게 된다.
- 인간의 시각으로는 파악할 수 없는 '노출되지 않는 영역'을 만들어 놓은 다음 이번에는 삐꺽거리는 발자국 소리, 신경을 거슬리게 하는 음향, 세찬 바람으로 인해 거실 문이 흔들리고 창가의 커튼이 휘날리는 등 두려움의 대상이 눈앞에 있다는 것만 알게 만들면서 공포의 존재가 가능한 오래 나타나지 않도록 하는 지연 수법을 쓴다.
- 천둥과 벼락이 치고 세찬 바람에 거대한 나무가 송두리 채 뽑힌다. 여기에 목재로 만든 저택에서 쉴 새 없이 삐꺽거리는 소리가 나거나 등불에 매달려 있는 입간판이 정신없이 흔들거리는 장면 등 '신경을 곤두세우게 하는 소리'를 동원해 청각에 의한 두려움을 유발시킨다.
- 특정한 곳이나 위치에 가면 반드시 피의 보복을 당한다는 '위치'를 설정해 놓는다. 그런 다음 주변 사람들은 이를 알고 '가지 말라'고 만류를 해도 어린 소녀나 순진한 여인 등이 그곳으로 들어가 '희생양'이 되어 살아있는 이들은 더욱 큰 두려움을 가지게 만든다.
- 〈엑소시스트 The Exorcist〉(1973), 〈오멘 The Omen〉(1976), 〈에일리언 Alien〉(1979), 〈폴터가이스트 Poltergeist〉(1982) 등에서

와 같이 외계나 미지의 세계에서 온 적대자는 '강하게', 이에 맞서 싸우는 인간들은 '허약' 하게 설정을 해놓아 관객들로 하여금 동정심을 유발시킨다.

- 피해자가 인정머리 없는 악한을 피해 달아난다. 하지만 곳곳에서 더 이상 피할 수 없는 '폐쇄 공간' 을 만들어 놓아 보는 이들로 하여금 탈출구가 나타나기를 바라는 희망과 안타까운 장면 전개에 대한 긴장감을 불러일으킨다.

 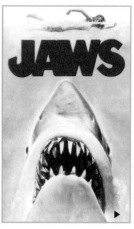

◀ 〈쏘우〉 시리즈 등 공포 영화가 장수 인기를 누리고 있는 것에 대해 종교학자들은 '인간 내면에 도사리고 있는 절대 신(神)을 부정하는 사악한 심성 탓' 이라고 분석해 주고 있다.

▶ 심리학자들은 '두려운 장면을 보고 소리를 지르는 것을 통해 일상생활에서 죄어오는 체면과 허울 등의 억압감을 해소할 수 있는 것이 공포 영화가 끊임없는 호응을 받고 있는 것' 이라는 의견을 제시하고 있다.

〈러브 매니지먼트〉 등에서 '촛불'이 남녀 간의 로맨스 분위기를 자극하는 소품으로 자주 등장하고 있는 이유?

남녀의 사랑이 그윽하게 무르 익어갈 즈음 이들의 관계를 더욱 친밀하게 조성해 주고 있는 소품으로 빈번하게 등장하고 있는 것이 바로 '촛불'이다. 어두컴컴한 공간, 서로의 얼굴이 보일 듯 말 듯 하는 커플의 모습을 더욱 정겹게 조성해 주고 있는 촛불은 로맨스 영화의 달콤함을 더욱 자극하는 요소임에 틀림없다.

제니퍼 애니스톤, 스티브 잔의 〈러브 매니지먼트 Management / Love Management〉(2008)에는 오전 9시 출근, 오후 5시 퇴근, 6시 운동, 8시 사회 봉사활동 등 철저한 스케줄 관리와 확고한 인생철학으로 커리어 우먼의 진면목을 보여주는 수(제니퍼 애니스톤)가 등장한다. 다른 누군가의 애정 어린 시선조차 허락하지 않는 그녀의 일상은 숨막힐 정도로 건조하다.

그런데 아리조나로 출장을 떠난 수의 방 앞에 어설퍼 보이는 모텔 매니저 마이크가 나타나면서 서서히 삶의 변화를 맞는 로맨스 사연을 엮어간다. 두 사람이 장고(우디 해럴슨)와 함께 식사를 하는 장면에서 테이블 위에 놓여 있는 촛불은 머지않아 사랑의 결실이 맺어질 것을 암시하는 소품이 되고 있다.

〈댄싱 히어로 Strictly Ballroom〉(1992)로 1990년대 댄스 영화의

새로운 장을 개척했다고 칭송을 받은 연출가가 바로 호주의 바즈 루어만 감독 자신의 특기를 살려 파격적인 각색을 시도해 관심을 모았던 〈로미오와 줄리엣 Romeo and Juliet〉(1996)에도 촛불이 등장한다. 원작의 무대는 중세 도시 베로나인데 비해 최신작은 복합 기업의 이기적인 탐욕이 득실대는 거대도시 베로나비치로 바뀌어 있고 서로 마주 보고 있는 숙적 관계의 카풀렛 가(家)와 몬타뉴 가(家)는 고층빌딩을 사이에 두고 여전히 사사건건 신경전을 벌이고 있다. 여기에 양가의 젊은이들은 흑인, 라틴 계통의 히스패닉으로 구성돼 히피 취향의 청바지를 입고 스포츠카를 몰고 다니면서 이유 없이 총알을 발사하는 무서운 10대들로 등장한다.

격세지감의 변화 속에서 그나마 향수를 불러일으키는 것은 로미오(레오나르도 디카프리오)가 양가의 갈등에 무관심하면서 원수의 딸인 줄리엣(클레어 데인즈)과 뜨거운 사랑을 펼쳐간다는 것이다. 이 커플이 물고기 어항을 사이에 두고 심상치 않은 관계로 발전을 하더니 급기야 칠흑 같은 어둠이 내려 덮인 수영장과 촛불이 환하게 비쳐주는 침대 위에서 사랑의 밀어(蜜語)를 속삭이다 아침햇살을 받으면서 뜨거운 정사를 나누는 전개 과정은 보는 이들에게 여전히 로맨스의 가치를 떠올려 주고 있다.

'촛불'이 남녀 간의 뜨거운 관계를 북돋워 주는 요소로 자주 활용되는 근거는 무엇일까? 기독교에서는 '촛불'에 대해 '태양 같은 생명력', '생명의 불확실성', '허망한 사랑'으로 해석하고 있다. 이 같은 근거 때문인지 '촛불'을 사이에 두고 사랑의 밀어를 나누는 커플은 '행복'보다는 '비극적 불행'으로 두 사람의 관계가 종결될 수도 있다는 것을 암시한다. 노처녀의 결혼 행진곡을 담은 마리아 슈레이더 주연의 〈파니 핑크 Kelner Liebt Mich〉(1995)에서도 그토록 간절히 원했던 남자 친구를 구하지 못하고 쓸쓸히 29번째 생일 파티를 자축하는 파니 핑크의 모습을 보여줄 때도 '29개'의 환하게 불타오르는 촛불이 그녀의 심적 공허감을 강조하는 역할을 했다. 장례식장에서도 죽은 이의 관(棺) 주변을 밝히고 있는 것이 '촛불'이다. 이때는 '죽은 이가 맞게 되는 어둠을 밝혀주는 이승의 빛'이라는 역할을 하고 있다고 한다.

그리스 정교회에서는 예배당에다 '3개의 촛불'을 켜놓고 있다. 이는 '성(聖) 삼위일체'를 나타내면서 종교인의 '예지(叡智), 엄격한 교리 그리고 종교인의 숭고한 아름다움'을 칭송하는 흔적으로 알려졌다. 스필버그 감독의 〈쉰들러 리스트 Schindler's List〉(1993)에서 보여준 유태교 의식에서는 주변에 '7개의 장식물이 있는 촛대'가 등장하고 있다. 이것은 '북두칠성', '세상을 움직이고 있는 7개의 힘', '1주일을 나타내는 것'으로 알려졌다.

More Tips

'촛불'은 개별화된 빛을 뜻하기 때문에 보편적인 생명과는 대비되는 개인적인 생명을 상징하는 대상이다.

◀ '촛불'은 남녀 간의 그윽한 사랑을 더욱 친밀하게 조성해 주고 있는 소품이다. 〈러브 매니지먼트〉의 한 장면.

▶ 〈로미오와 줄리엣〉에서는 촛불이 비극을 맞고 있는 두 남녀의 애틋한 감정을 부추겨 주는 역할을 해내고 있다.

〈노인을 위한 나라는 없다〉 등에서 보안관이
달고 있는 배지가 별 모양을 하고 있는 이유는?

　미국 현대 문학을 이끌고 있는 코맥 매카시 원작을 재기 넘치는 연출력을 내세워 미국 독립 영화계의 프런티어로 대접 받고 있는 코엔 형제의 저력을 재차 입증시킨 히트작이 바로 〈노인을 위한 나라는 없다 No Country for Old Men〉(2007)이다. 이 작품은 미국 텍사스를 배경으로, 사냥을 하던 모스(조쉬 브롤린)가 우연히 시체로 둘러싸인 현장에서 총상을 입고 죽어 가는 한 남자와 돈 가방을 발견하게 되면서 이야기가 시작된다.

　갈증을 호소하는 그 남자와 240만 달러의 현금이 든 가방 사이에서 갈등하던 모스는 돈 가방을 선택하지만 집에 돌아온 순간, 두고 온 남자에 대한 가책을 느끼며 새벽에 물통을 챙기고 현장으로 돌아온다. 하지만 그를 기다리고 있는 건 빗발치는 총탄 세례와 자신의 뒤를 쫓는 추격자의 존재였다. 자신을 찾아온 행운을 빼앗기지 않으려는 모스와 자신의 동료마저도 죽이며 빼앗긴 것을 찾으려는 살인 청부업자 안톤 쉬거(하비에르 바르뎀), 그리고 사건 현장에서 그들의 존재를 깨닫고 추격하는 관할 보안관 벨(토미 리 존스) 등이 얽혀 사연을 펼쳐주고 있다.

　벨의 직업의식을 부추겨 주는 심벌이 바로 왼쪽 가슴 부위에 달고 있는 '보안관 배지'다. 존 웨인이나 게리 쿠퍼 등은 서부극에서 보안관의 역할이 확립되는데 기여한 공신 배우들이다. 보안관은 한 마을에서 일어나는 부당한 사건이나 억울한 사연 등을 청취하고 이를 즉석에서 해결을 해주는 법 집행관이자 외부의 불순 세력으로부터 자신이 지키고 있는 마을 영토를 수호하는 통치권자의 역할도 도맡아서 담당을 해 서부 시대를 연상할 때 반드시 거론되는 대상이다.

보안관들은 자신의 신분을 나타내는 배지를 달고 다녀 뭇사람들의 숭배를 받았다. 〈가을의 전설 Legends of The Fall〉(1994) 중 몬타나 주에 정착한 안소니 홉킨스의 농장을 보안관들이 방문하는 장면에서도 보이듯 이들 보안관 배지를 보면 별 모양을 하고 있다. 보안관 배지가 별 모양으로 만들어 진 이유는 서양에서는 오래 전부터 별(星: Star)을 세상의 모든 일을 해결하는 전지전능한 능력을 가지고 있는 마법 같은 존재로 여겨왔기 때문이다. 그렇기 때문에 별을 가슴에 달고 다니는 보안관은 마을 주민들이 겪게 되는 세상의 악한 일과 나쁜 일로부터 보호를 해준다는 믿음을 형상화한 것이라고 볼 수 있다. 서양인들의 별에 대한 이러한 의식은 점성술(占星術)로 나타나 별의 움직임으로 인간의 운명이 좌우된다는 것을 굳게 믿고 있는 것이다.

문학비평가들은 '별'이 어둠 속에서 빛을 발한다는 것 때문에 '어둠의 힘', '투쟁하는 정신적 의지력' 등으로 풀이하고 있다. 이집트 상형문자에서 별은 '세계가 시작된 기원을 향해 떠오르는 힘'으로 해석되고 있다.

▲ 보안관 배지가 별 모양으로 만들어 진 이유는 서양에서는 오래 전부터 별(星: Star)을 세상의 모든 일을 해결하는 전지전능한 능력을 가지고 있는 마법 같은 존재로 여겨왔기 때문이다. 〈노인을 위한 나라는 없다〉 중 텍사스 관할 보안관 벨(토미 리 존스)의 모습.

▼ 보안관이 별을 가슴에 달고 다니는 것은 마을 주민들이 겪게 되는 세상의 악한 일과 나쁜 일로부터 보호를 해준다는 믿음을 형상화 한 것이라고 볼 수 있다.

〈캅 아웃〉에서처럼 경찰을 '캅'이라고 부르게 된 기원은?

케빈 스미스 감독이 〈다이 하드 Die Hard〉 시리즈로 유명한 브루스 윌리스를 출연시켜 선보인 것이 〈캅 아웃 Cop Out〉(2010). 베테랑 뉴욕 경찰이 야구장 출입 카드를 분실하자, 갱스터와 유착 관계를 가지고 있다고 추정되는 절도범 체포 작전에 나선다는 과정을 시종 코믹하게 펼쳐주어 눈길을 끌어낸 작품이다.

케빈 제임스 주연의 〈쇼핑몰 캅 Paul Blart : Mall Cop〉(2009)에서는 경찰이 되는 것이 소원인 싱글 대디 폴 블라트가 등장한다. 하지만 비만 체중 때문에 체력검사에서 낙방한 뒤 뉴저지 쇼핑몰에서 경비원으로 근무하고 있다. 어느 날 쇼핑몰 전체를 점거한 채 인질극을 벌이는 사건이 발생하자 외부에 있는 경찰들에게 몰 안의 상황을 무전기로 전달하는 한편 직접 범죄 퇴치에 나서면서 경찰 버금가는 활약을 펼친다.

'캐나다 온타리오에 오신 것을 환영합니다'는 문구로 휘감겨 있는 변사체가 발견된다. 엽기적 살해 사건 수사를 위해 원리원칙 주의자 형사 마틴(콤 페오레)과 사리사욕을 챙기는 것에 더욱 관심이 많은 탐욕스런 나쁜 형사 데이비드(패트릭 후아드)가 투입된다. 스타일이 전혀 다른 두 형사는 사사건건 대립하는 등 내부 분열에 휩싸이면서 강력 범죄 사건을 해결해 나간다는 것이 에릭 카누엘 감독의 〈굿캅 배드캅

Bon Cop, Bad Cop〉(2006)이다.

에디 머피, 로버트 드니로 주연의 〈쇼타임 Showtime〉(2002)은 경찰 특공대 활약상을 케이블 TV로 생중계로 방송한다는 아이디어를 담고 있는 작품이다.

경찰 영화의 흥행성을 입증시켜준 것은 단연 에디 머피의 출세작인 〈비버리 힐즈 캅 Beverly Hills Cop〉(1984~1994) 3부작이다. 디트로이트에서 천방지축(天方地軸) 범죄와의 전쟁을 벌이고 있던 엑셀 포리 형사(에디 머피)는 절친한 친구가 살해당하자 용의자를 찾기 위해 갑부들의 도시인 LA로 거점을 옮겨 악한들과 목숨을 건 대결을 펼친다는 것이 주된 줄거리이다.

타이틀에서도 표기했듯이 미국에서 경찰에 대해 공식적인 명칭인 '폴리스(Police)' 보다는 다소 경멸의 메시지가 담겨있는 '캅(Cop)' 을 일상생활 속에서 더 빈번하게 사용하고 있고 영화 제목으로도 즐겨 차용되고 있다. '캅' 이 경찰의 별칭으로 불린 것에 대해서는 여러 가지 설이 제기되고 있다. 고대 영어 중 '붙잡는다' 에서 유래된 '캅' 은 19세기 런던 경찰 간부들의 제복에 문장(紋章)으로 부착해서 달고 다닌 커다란 '구리 단추(Copper)에서 유래됐다' 는 것이 가장 설득력 있게 전해 내려오고 있다. '잡새', '개구리', '사냥개', '팔뚝', '황소' 등은 국내 대학생층을 포함해 서양의 서민들이 경찰을 지칭하는 점잖지 못한 대표적 별명들이다.

영국에서는 '존(John)' 이라고도 불리고 있는데 이는 프랑스어로 '경찰(Gendarme)' 에서 나온 말로 알려졌다.

'존' 도 미국에서는 '존 로(John Law)', 호주에서는 '존 던(John Dunn)', 뉴질랜드에서는 '존 홉(John Hop)' 등으로 분파가 되어 불리고 있다.

알란 파커 감독의 〈미드나잇 익스프레스 Midnight Express〉(1978)에서는 터키 공항에서 마약 소지 혐의로 수감된 미국 청년 빌리(브래드데이비스)가 교도소 내에서 부당한 대우를 받자 경찰 교도관에게 '돼지(Pig)'라고 조롱을 가하다가 보복으로 구타를 당하고 급기야 종신형에처해지는 장면이 등장하고 있다. 이처럼 '돼지'는 경찰 당사자들에게매우 기분을 상하게 하는 경멸(輕蔑)적인 호칭이다. 1840년부터 쓰였다고 하니 그 사용 역사는 상당히 오래된 것이다.

▲ 〈다이 하드〉 시리즈와는 달리 절도범을 추격하는 코믹한 뉴욕 경찰의 풍경을 담은 브루스 윌리스 주연의 〈캅 아웃〉.
▼ 경찰 배지가 가지고 있는 공권력의 당당함을 보여주고 있는 케빈 제임스 주연의 〈쇼핑몰 캅〉.

〈나는 전설이다〉에서 윌 스미스를 공격하는 좀비의 정체는?

　〈나쁜 녀석들 Bad Boys〉(1995)의 히어로 윌 스미스가 미래 인류의 구원자로 등장하는 〈나는 전설이다 I Am Legend〉(2007)에서는 2012년 인류가 멸망한 가운데 과학자 로버트 네빌(윌 스미스)만이 살아남아 지난 3년간 매일같이 또 다른 생존자를 찾기 위해 절박한 심정으로 방송을 송신한다. 하지만 그가 애타게 찾았던 생존자들은 더 이상 인간의 모습이 아니었다. 그들은 바이러스에 감염되어 '변종 인류'인 좀비로 변해 버린 것이다.

　니콜 키드만의 〈인베이젼 The Invasion〉(2007)도 이와 유사한 암울한 미래 초상화를 다룬 작품이다. 정신과 의사 캐롤 버넬(니콜 키드먼)은 환자 중 한 명인 자기 남편이 완전히 다른 사람이 되어 버렸다는 이야기를 듣지만 대수롭지 않게 여기고 간단한 약을 처방한다. 그리고 아들 올리버와 친구들의 할로윈 행사를 지켜보다 사탕 주머니 속에서 정체불명의 이상한 물질을 발견하게 되고, 아들의 친구 중 한 명이 이상하게 달라졌음을 느낀다. 거리를 무표정한 얼굴로 오가는 사람들 모두 이상 물질에게 감염된 뒤 '신체를 강탈' 당한 것이다. 이 영화에서처럼 인간 종족을 자신들의 종족으로 변이시키려는 외계 생명체가 지구에 살아남은 인간들을 공격한다는 것도 '좀비'의 변형이라고 할 수 있다.

공포나 스릴러 영화의 단골 악역으로 꾸준히 등장하고 있는 것이 '좀비(Zombies)'다. 이들은 흔히 '걸어 다니는 시체'로 통칭되고 있다. 이들이 살아있는 인간들에게 두려움을 극대화 시켜 주는 것은 '이미 죽은 상태이기 때문에 더는 처단을 할 수가 없다는 점'이다.

조지 A. 로메로 감독은 인적이 드문 교외에 갇힌 7명의 주민이 인간을 잡아먹는 좀비들의 공격을 막아내는 과정을 담은 〈살아있는 시체들의 밤 The Night of The Living Dead〉(1968)을 공개하면서 공포 영화 팬들에게 두려움과 스릴을 동시에 안겨 주었다.

인간의 신선한(?) 육체나 두뇌를 가장 좋아하는 먹이로 여기고 있는 이들 좀비의 행각은 웨스 크레이븐 감독의 〈뱀과 무지개 The Serpent and The Rainbow〉(1988)로 다시 한 번 공포감을 심어 주었다. 이 영화는 인류학자가 남태평양 섬나라인 아이티에서 인간을 제물로 바치고 있는 부두(Voodoo)교도들의 기이한 풍습을 체험해 나가는 과정을 다루고 있다.

'좀비'라는 존재가 처음 문학권에서 언급된 것은 1974년 로버트 커크(Robert Kirk)가 출간한 『좀비 대 유물론자 Zombies vs. Materialists』부터다. 키스 캠벨(Keith Campbell)은 1970년에 발표한 『육체와 정신 Body and Mind』에서 '모조 인간(Imitation-man)'이라는 단어를 언급했다. 이것이 희미하게나마 '좀비'의 실체를 처음 기술한 것이라는 주장도 제기되고 있다.

좀비(Zombies)는 종교 제례 의식의 하나로 인간의 상상 속에 머물고 있는 가상의 창조물(hypothetical creatures)이라고 할 수 있다. 아울러 좀비는 인간의 형체를 연상시키는 육체적인 몰골을 가지고 있지만 생각을 할 수 있는 지능은 소유하지 못한 것으로 보고 있다. 또한 밝은 곳보다는 어두운 곳을 생리적으로 선호해 호감이 가지 않는 존재로 인식되고 있다.

좀비의 존재가 널리 알려지게 된 것은 단연 할리우드 공포 영화가 주요 소재로 활용하면서부터이다. 좀비 영화들은 시체를 주로 먹으면서 살아가고 있는 이들 좀비가 어떻게 태어났으며 어떤 이유로 존재하는가에 대한 뚜렷한 설명은 해주지 않고 있다. 그럼에도 불구하고 이들 좀비를 등장시킨 일련의 영화들은 비록 바람직한 상태는 아니지만 어찌됐든 죽은 이들이 다시 생명을 이어갈 수 있다는 한 가지 방법을 제공해 주어 이목을 끌게 된다.

좀비 영화에서는 좀비에 대한 특성이나 성격, 행동 등을 규정시켜 이들을 독창적인 극중 배역으로 인식시켰다. 좀비들이 가지고 있는 특징을 정리하면 다음과 같다.

좀비가 보여 주는 11가지 특성

- 좀비는 살아있는 인간의 육체를 주요 먹잇감으로 삼는다.
- 좀비는 죽은 시체를 보금자리로 해서 기거하고 있다.
- 인간 뿐 아니라 살아 있는 생명체는 모두 먹는다.
- 좀비는 시력을 가지고 있어 다른 좀비를 관찰할 수 있으며 인간을 식별할 수 있다.
- 좀비는 먹을 것을 놓고 다투기는 하지만 먼저 상대방을 공격하지는 않는다.
- 좀비는 한 번 정착한 곳에 늘 머물러 있는 토착성을 가지고 있다.
- 좀비는 외모는 혐오스럽지만 인간을 해칠 수 있는 힘은 거의 없다. 단지 새벽이나 심야에 주로 활동하다 인간의 눈에 띄지만 이때 대부분 인간이 먼저 도망을 치기 때문에 좀비를 두려운 존재로

인식하게 된 것이다.

- 조지 A. 로메로 감독의 〈사자들의 날 Day of the Dead〉(1985)에 서는 좀비가 인간을 토막 내서 먹거나 난폭하게 뜯어먹는 장면이 묘사돼 관객들에게 무한대의 공포감을 안겨 주었다.
- 좀비는 자신이 잡아먹은 인간이 생전에 가지고 있던 지식이나 기 억을 그대로 유지하고 있다.
- 좀비의 손길이 닿아 뇌가 파괴된 시체는 몇 시간 후 걸어 다닐 수 있게 된다.
- 좀비는 대체적으로 초등학교 저학년 수준의 어눌한 말투를 가지 고 있다. 그렇지만 간간이 몇몇 좀비는 매우 달변의 능력을 가지 기도 하지만 지적 능력은 매우 낮다.

좀비의 생리적 기능(Zombie Physiology)

영화 속에서 묘사된 좀비가 가지고 있는 생체적인 특징을 정리한 것 이다. 이 정보는 공포 영화 애호가들에게 '좀비'의 특성을 좀 더 명쾌 하게 파악하는 사전 정보가 될 것이다.

- 좀비는 외부의 공격을 받아 대체적으로 손상된 뇌를 가지고 있다. 이것은 자신들의 존재를 은폐시키기 위한 하나의 수단으로 여기 고 있다.
- 좀비는 인간의 시체를 활용해 다시 생명을 얻지만 그 수명은 10년 정도이다. 이들이 다시 부패되어 갈 때는 움직이는 팔다리(limbs) 가 가장 먼저 썩어 들어간다.
- 좀비가 부패되어 가는 과정은 지극히 느리게 진행되기 때문에 이

런 상태에 있는 좀비들의 모습은 상당히 혐오스런 분위기를 풍기게 된다.

- 좀비의 외부 모습은 거의 액체 같은 느낌을 주고 있다. 하지만 이들은 주로 음식은 먹고 있지만 음료수나 수분을 다량 함유하고 있는 물체는 거의 먹지 않는다.
- 좀비는 내부 기관을 끊임없이 서로 이동시켜 신체 기능을 유지할 수 있는 능력을 가지고 있기 때문에 정상적인 활동을 위해 인간처럼 일정한 시간을 두고 음식을 섭취해야 할 필요성은 없다.
- 좀비가 가지고 있는 신체 내부 기관 중 심장은 대부분 파괴되어 있기 때문에 피가 순환하지 않고 있다. 그렇지만 이들이 활동하는 데는 전혀 지장을 받지 않고 있다. 이 때문에 세포의 정상적인 활동을 위해 영양분을 수급 받을 필요도 없는 것이다. 단지 이들 기관에는 시체가 가지고 있던 세포 조직 중 일부는 손상 받지 않고 일정 기간 동안은 유지되고 있다.

좀비의 정체는 무엇인가

'신의 심판이 내린 최후의 날(Judgement Day -Punishment by God)'의 모습인가? 영화 관객들은 '좀비'의 출현 이유에 대해 여러 가지 의문점을 가지고 있을 것이다. 그들이 인간 사회에 등장한 진정한 목적이나 이유는 무엇일까? 이에 대해 여러 가지 이론적인 가설이 제기되고 있지만 그중 가장 정확한 진단은 '조물주가 인간이 자행하고 있는 무책임한 행동에 대한 처벌 수단'이라는 것이 서구 영화 전문가들의 대체적인 진단이다. 이 때문에 좀비는 늘 인간이 가지고 있는 신선한 육체를 탐한다는 것이다.

좀비의 존재는 인간에게 '지옥의 사신(死神)'과 같은 역할을 수행해 목숨을 부지하고 있는 인간들에게는 앞으로 정직하고 올바른 가치관을 가지고 살아갈 것을 은연중 주문하고 있는 것으로 파악되고 있다. 일부에서 좀비는 외계인들의 바이러스 공격을 받은 생물체의 모습이라는 명쾌한 해석(?)도 내놓고 있다. 〈나는 전설이다〉, 〈인베이전〉 등의 최신작에서 이를 엿볼 수 있다.

　이런 가설은 외부 바이러스의 공격을 받았을 때 단시일 내에 전 지구촌이 그 피해를 받을 수 있다는 가능성도 제기돼 중세시대 인류를 거의 전멸시킬 위세를 발휘했던 흑사병(black plague)의 재래(再來)를 상징하는 것으로도 풀이되고 있다.

좀비는 인간만을 노리는가

　많은 생물체 가운데 좀비는 왜 유독 인간의 시체만을 탐식(貪食)할까? 하지만 육식성(carnivorous nature)을 가지고 있는 '좀비'는 인간뿐 아니라 모든 살아 있는 생물체는 소비의 대상으로 여기고 있다. 단지 공포 영화에서만 인간을 공격하는 좀비의 모습을 단골로 묘사하다 보니 이 같은 편견이 생겼다고 서구 영화 전문가들은 진단하고 있다. 다른 생물체보다 인간이 도처에 깔려(?)있는 풍족한 먹잇감으로 여겨져 그만큼 좀비들의 공격을 수월하게 받을 수 있다는 색다른 견해도 제기됐다.

　좀비 가운데 가장 널리 알려져 있는 것이 '아이티 좀비(Haitian zombies)'이다. 이들은 알란 파커 감독의 〈엔젤 하트 Angel Heart〉(1987)에서 묘사됐던 서인도제도에 있는 아이티(Haiti) 종족의 무속 신앙인 부두(voodoo)교의 주술적인 특성을 가지고 있다. 그들은 영혼은 없지만 외형적으로는 인간의 형상을 하고 있다.

'철학적 좀비(Philosophical zombies)'도 존재하고 있다. 단어 그대로 철학적인 교과서에서 인간의 내면 의식 속에 자리 잡고 있는 존재로 풀이되고 있다. 이들은 거창하고 품위 있는 명칭을 부여받고 있지만 여러 경험을 지식으로 습득할 수 있는 의식은 가지고 있지 못하고 단지 인간이 노출시키고 있는 육체적인 행동 양식을 모방하고 있을 뿐이다.

영화 속에서 묘사되고 있는 '할리우드 좀비'와 '아이티 좀비'는 '철학적인 좀비'와 동일한 존재는 아니다. '할리우드 좀비'가 주로 살아 있는 인간을 공격하는 것에 비해 '철학적인 좀비'와 '아이티 좀비'는 시체를 더욱 선호하는 차별성을 가지고 있다. 생각할 수 있는 의지력이 없다는 점에서는 아이티 좀비와 할리우드 좀비를 동일 선상에 놓고 있지만 그래도 우열을 나눈다면 최하가 아이티 좀비, 중간 단계가 할리우드 좀비 그리고 이들 두 종류보다 다소 우월적인 입장에 있는 것으로 철학적인 좀비를 언급하고 있다.

대다수 사람들은 현실 세계에서 좀비는 존재하지 않는 것으로 생각하고 있다. 그럼에도 불구하고 마음 한 편에서는 좀비들이 살아갈 가능성 있는 세계가 존재할지도 모른다는 생각을 하고 있다. 이와 같은 논리적인 가능성을 영화계가 적절하게 활용해 관객들에게 공포감을 주는 것이라고 볼 수 있다.

영화 전문지 프리미어 선정 좀비 영화 베스트 5

〈살아있는 시체들의 밤 Night of the Living Dead〉(1968)
조지 A. 로메로 감독을 B급 공포 영화의 대가로 부상시켜 준 작품. 1960년대 당시의 미국 정치, 사회제도의 모순점을 좀비들의 행태를 통해 고발해 주었다는 평가를 받았다. 극중 좀비들의 공격을 눈앞에 두고 극단적인 내분을 겪는 인간들의 모습은 1960년대 당시 미국인들의 가치관을 꼬집고 있는 동시에 인간을 먹어 치우면서 탐욕을 드러내는 좀비들은 자본주의에 세뇌된 대중들의 모습이라는 풀이도 받았다. 남매지간인 해리(칼 하드만)와 바바라(주디스 오디어)는 죽은 아빠의 무덤을 찾아왔다가 그만 좀비들의 공격을 받아 오빠는 죽음을 당하고 바바라는 간신히 피신을 하게 된다. 그녀가 은둔한 곳은 다름 아닌 좀비들의 공격을 피해 여러 사람들이 숨어 있는 곳이었다. 이곳에 몰려 있는 사람들이 좀비를 앞에 두고 여러 갈등을 불러일으키지만 마침내 주 정부군의 토벌대가 좀비 사냥에 나서 모두 퇴치한다. 그리고 지하실에 숨어 있는 사람들을 구출해 내지만 이들을 구하는데 일등 공신 역할을 했던 벤(두안 존스)은 좀비로 오인 받아 그만 피살당하고 만다. 감독 조지 A. 로메로, 주연 두안 존스, 주디스 오디어, 칼 하드만, 마릴린 이스트먼.

〈좀비 Zombie〉(1979)

조지 A. 로메로 감독의 좀비 시리즈 붐에 편승해 제작한 이탈리아산 좀비물. '프랑켄슈타인 박사' 처럼 죽은 사람을 다시 살리겠다며 생체 실험에 몰두하고 있는 과학자. 그는 여러 실험 끝에 드디어 생물체를 탄생시키지만 그만 사람을 먹어 치우는 괴물을 만들어 내고 만다. 사탄이 십자가를 가장 두려워하듯 괴물은 머리에 총을 맞아야 죽는 치명적인 약점을 가지고 있어 간신히 이 괴물을 제압해 낸다. 감독 루치오 풀치, 주연 티샤 패로, 리처드 존슨, 이안 맥클로치.

〈이블 데드 The Evil Dead〉(1982)

5명의 절친한 친구들이 어느 날 캠핑을 갔다가 숲 속에서 말로는 설명할 수 없는 사악한 물건들을 발견한다. 그들이 발견한 것은 인간의 가죽으로 된 표지와 피 문자가 적힌 '죽음의 책(The Book of the Dead)' 과 테이프에 녹음된 저주의 주문 '네크로노미콘(Necronomicon)' 이다. 이 테이프가 돌아가면서 오랫동안 은둔해 있던 악마가 외부 세계로 정체를 드러내게 된다. 일행 중 4명의 10대들은 좀비로 변하고 한 명만이 유일하게 좀비의 공격을 피하게 된다. 이때부터 홀로 인간으로 남은 청년은 막강한 괴력을 가진 좀비들을 대상으로 살아남기 위한 투쟁을 시작해 간신히 난관을 극복하고 악몽에서 벗어나게 된다. 감독 샘 레이미, 주연 브루스 캠벨, 엘렌 샌드웨이즈, 할 델리치.

〈좀비오 H.P. Love Craft 's Re-Animator〉(1985)

스튜어트 고든의 명성을 드높여준 작품. 공포 영화로는 매우 드물게 시체스 국제영화제 작품상을 비롯해 판타페스티벌, 아보리아즈 판타스틱 국제영화제 등 1985~1986년 주요 공포 영화제의 상을 독식했다. 죽은 사람을 부활시킬 수 있는 혈청을 발명한 의학도 허버트 웨스트(제프리 콤브). 그가 탄생시킨 예기치 못한 괴물로 인해 인간 사회가 잠시 아수라장이 된다. 극중 되살아난 시체의 내장이 인간의 목을 눌러 죽이는 장면 등이 전율감을 한껏 심어 주었다. 감독 스튜어트 고든, 주연 제프리 콤브, 브루스 애보트, 바바라 크램튼.

〈데드 얼라이브 Braindead〉(1992)

뉴질랜드 출신의 공포 전문 연출가로 명성을 얻은 피터 잭슨의 무명 시절 흥행작. 마마보이인 라이오넬(티모시 밸미). 어느 날 엄마의 심부

름 가는 도중 파퀴타(다이아나 페날버)라는 정체불명의 여인을 만나 호
감을 느끼지만 엄마(엘리자베스 무디)에게 길들여져 있던 그는 선뜻 그
녀와의 교제를 망설인다. 이때 수마트라 쥐 원숭이에게 물린 라이오넬
의 엄마는 상처가 점점 부풀어 오르면서 좀비로 전락한다. 엄마 좀비
의 공격을 받은 마을 사람들은 점차 좀비로 변해 마을은 온통 좀비 투
성이가 된다. 그리고 최후 순간에 마을의 유일한 생존자인 라이오넬과
좀비들의 괴수가 된 엄마와의 대결이 펼쳐지지만 예상을 깨고 라이오
넬의 승리로 사건은 귀결된다. 화면 곳곳에서 살점과 피가 튀기는 장
면 때문에 서구 극장가에서 공개될 당시에도 관객들로부터 찬반양론
에 휩싸였다. 좀비끼리 결혼해서 새끼 좀비를 낳는다든가 내장만 남은
좀비가 집요하고 끈질기게 라이오넬을 괴롭히고 그가 잔디 깎는 기계
로 좀비들을 완전 퇴치하는 장면이 하이라이트. 감독 피터 잭슨, 주연
다이아나 페날버, 엘리자베스 무디, 이안 와트킨, 티모시 밸미.

More Tips

무시무시한 존재인 '좀비'가 영화가에 첫 등장한 것은 1932년 〈화이트 좀비
White Zombie〉가 효시로 기록되어 있다.

◀ '좀비'는 외계인들의 바이러스 공격을 받은 생물체의 모습이라는 명쾌한 해석(?)도 제기하고 있
다. 〈나는 전설이다〉 등에서 이런 현상을 살펴 볼 수 있다.
▶ 니콜 키드만의 〈인베이젼 The Invasion〉은 인류가 바이러스에 감염되어 '변종 인류'인 좀비로 변
해 버린다는 암울한 미래 초상을 묘사했다.

초콜릿이 남녀 간의 성적 흥분제로 각광 받는 이유는?

명성황후 민자영과 호위무사 무명의 가슴 시린 사랑을 다룬 〈불꽃처럼 나비처럼〉(2009)에서 민자영이 각국의 외교 사절로부터 초콜릿을 선물 받고 시식하는 장면이 에피소드로 담겨졌다.

버니 골드만 감독의 〈굿바이 초콜릿 Meet Bill〉(2007)에서는 30대 중반의 빌(아론 에크하트)은 초조하거나 스트레스가 쌓이면 초콜릿을 먹는다. 그 후 빌은 여성 속옷 매장에 근무하는 루시(제시카 알바)를 소개받으면서 삶의 생기를 되찾게 된다.

줄리엣 비노쉬 주연의 〈초콜릿 Chocolate〉(2005)은 어린 딸과 함께 정처 없이 떠돌던 한 중년 여인이 한적한 전원 마을을 찾아와 초콜릿을 만들어 파는 가게를 열면서 조용한 마을에 활기를 불어 넣어준 뒤 홀연히 사라진다는 이야기를 담고 있다.

어느 날 마을로 찾아온 모녀가 초콜릿 상점을 열자 마을 시장(市長)은 그녀가 만드는 초콜릿이 마을 주민들에게 성적으로 타락하게 만드는 주범이라고 여겨 그녀를 쫓아내려는 음모를 꾸민다. 하지만 마을 주민들이 그녀를 감싸고돈다. 한편 마을 시장은 우연히 시식하게 된 초콜릿의 오묘한 맛에 푹 빠져 오히려 이전의 태도에서 돌변해 열렬한 초콜릿 애호가가 된다.

아기자기한 에피소드를 담고 있는 〈초콜릿〉은 영화 내용에서 잠시 언급됐듯이 일부 종교계와 완고한 보수주의자들은 '성적인 음탕함을 불러 일으켜 주는 음식'으로 경원(敬遠)의 대상으로 여기고 있다. 초콜릿이 왜 이토록 남녀 간의 성적 타락을 조성하는 원흉으로 지목되고 있을까? 서구 학자들은 영화 〈초콜릿〉에서도 등장하고 있듯이 '초콜릿은 애정생활에 도움이 된다'는 풀이를 해주고 있다. 미혼 청춘 남녀들이 밸런타인데이에 사랑하는 이에게 초콜릿을 선물하는 것과 같이 초콜릿은 '사랑의 상징'으로 여기고 있는 것이다. 중세 때는 상류사회의 귀족들이 초콜릿을 '애정생활에 도움을 주는 약'으로 사용했는데, 이는 초콜릿에 기분을 상승시키는 '페닐에칠아민'이란 성분이 있기 때문이라고 한다. 초콜릿을 먹으면 기분이 좋아진다는 것은 통계상으로도 입증된 사실이다.

오늘날과 같은 형태의 가공 초콜릿을 만든 사람들은 약 3천 년 전 멕시코 남부 산림지대에 살았던 올멕족. 마야족의 먼 조상인 이들이 인류 최초로 초콜릿을 마시는 법과 카카오란 말을 만들어냈다고 한다. 이러한 초콜릿이 중앙아메리카에 퍼지기 시작하면서 왕족, 귀족, 전사 등 특권층만이 먹는 신분의 상징이 됐다. 초콜릿이 유럽인과 처음 만난 것은 1502년, 과하나에서 콜럼버스가 카카오를 선적한 원주민 배를 만나면서부터인데 당시 초콜릿은 아즈텍족과 마야족 사이에서 음료뿐만 아니라 화폐로도 사용할 정도로 주요한 농작물이었다.

17세기 작가인 프란시스코 데 카르데나스는 '카카오 콩이 중앙아메리카 원주민들 사이에서 현금 구실을 해 가정용 소품들을 구입하는데 사용된다'고 기록하고 있다. 이는 스페인 식민 지배 이후에도 계속됐는데, 아즈텍족 중엔 가짜 카카오 콩을 만드는 사람들이 많아 화폐 관리에 골머리를 앓았다고 한다. 유럽인들은 처음 원주민들이 입술과 수염에 붉은색 초콜릿을 묻혀가며 먹는 것을 보고 '돼지들이 먹는 음료'

라고 생각했다. 그러나 곧 문화가 교류하면서 초콜릿은 스페인으로 파고든다. 1590년 예수회 수사 호세 데 아코스타가 '스페인 여자들은 이 검은 초콜릿 음료에 사족을 못쓴다'고 표현할 정도로 인기를 얻는다. 스페인을 점령한 초콜릿은 바로크 시대(17~18세기)에 이르러 유럽 전역으로 확대된다.

초콜릿이 현재의 고체 형태로 등장한 20세기에 들어서다. 그전까지 초콜릿은 물에 타 마시는 음료가 전부였다고 한다. 초콜릿은 적어도 2800여 년 동안 특권층이나 부유한 계층의 전유물이었지만 고체 초콜릿이 탄생함으로써 일반인들도 즐길 수 있게 됐다.

초콜릿이 유럽대륙에 상륙할 때 웃지 못 할 일이 많이 생겼다고 한다. 성직자들은 초콜릿을 먹는 것이 단식에 위배되는지 아닌지를 놓고 논쟁을 벌였는가 하면 스페인에서는 최음제로 쓰이면서 초콜릿이 음탕한 음식 중의 하나로 인식되는 계기를 주었다고 한다. 서구 역사학자들은 초콜릿은 유럽인의 생활문화 나아가 유럽의 역사까지 바꾸어 놓은 음식물로 인식하고 있다.

초콜릿이 스페인에 가장 먼저 전해지자 스페인 왕실은 중앙아메리카에 의사를 파견했는데 그 의사로부터 '초콜릿은 위를 따뜻하게 하고 숨을 향기롭게 하며 독을 제거하고 장(腸)의 통증 등을 완화시킨다'는 보고가 전달된다. 더우기 '사람의 성욕도 자극한다는 점'을 언급했는데 이것이 초콜릿이 인기를 끈 숨은 비결이었다는 분석을 하고 있다. 이런 견해 때문에 기독교에서는 '성적 욕망을 불러일으키는 초콜릿을 마신다는 것은 반종교적'이라는 주장을 하면서 이 음식에 대한 혐오감을 확산시켰다고 한다.

18세기 계몽주의 시대엔 초콜릿이 진보 철학자와 보수 철학자들의 편 가르기에 이용됐다. 당시 초콜릿이 상류층의 전유물이어서 진보적인 계몽주의 철학자들은 초콜릿이 부르조아적인 음식이라고 해서 마시지 않았다는 웃지 못할 이야기도 전해지고 있다.

초콜릿에는 지방 분해 효소인 리파아제를 저하시키는 성분을 비롯해 올레인산(酸)이 다른 식품보다 많이 함유되어 있어 꾸준히 섭취하면 동맥경화의 주범 콜레스테롤을 예방할 수 있으며 충치를 억제하는 카카오 폴리페놀과 변비를 막아주는 리니그린이라는 식이섬유, 노화를 방지해 주는 폴리페놀 성분 등을 다수 함유하고 있어 '신이 인간에게 준 식품'이라고 극찬하는 이들이 많다.

▲ 〈불꽃처럼 나비처럼〉에서는 초콜릿이 극중 에피소드로 등장하고 있다.
▼ 달콤한 초콜릿이 남녀 간의 로맨스 해프닝의 잔재미를 부추겨 준 〈굿바이 초콜릿〉.

〈드리븐 Driven〉에서 결별과 화합의
신호로 주고받는 반지의 의미는?

　레니 할렌 감독의 〈드리븐 Driven〉(2001)은 최고의 카레이서 타이틀을 놓고 야심만만한 청춘 레이서들의 승부욕과 사랑 이야기를 담은 영화다.

　초반에 카레이서로 명성을 지속하기 위해 오래 사귀였던 미모의 연인 소피아(에스텔라 워렌)에게 보 브란덴버그(틸 슈바이거)가 결별을 선언한다. 충격을 받은 소피아는 보의 자취방 식탁 위에 손에 끼고 있는 반지를 손가락에서 빼놓으면서 이별의 아픔을 달래는 장면이 보인다. 하지만 후반에는 자신의 숙적인 지미 블라이(킵 파듀)와 교제를 나누는 소피아에게 다가가 자신이 그녀를 진정으로 사랑하고 있음을 밝히면서 그녀가 두고 간 반지를 다시 건네자 이를 받아 들여 두 사람의 관계가 다시 복원된다.

　〈미키 블루 아이즈 Mickey Blue Eyes〉(1999)에서는 뉴욕에서 경매일을 하고 있는 영국 신사(휴 그랜트)가 우연히 알게 된 여인(진 트리플혼)과 몇 차례 만난 뒤 천생연분임을 느껴 정혼을 약속하는 반지를 건네주는 장면이 보인다.

　이처럼 사랑과 이별을 상징하는 소품으로 반지가 적절하게 활용되고 있다. 손가락을 장식하는 도구로 알려진 반지는 흔히 금, 은 그리고 여러 물질 금속으로 만들어졌다. 반지는 흔히 손가락에만 끼는 것으로 알고 있지만 발가락에도 끼고, 귀에도-이때는 귀고리- 착용한다. 최근에는 일부 젊은이들 사이에서 코에도 부착하는 등 우리 인간 신체의 여러 부분을 치장해 주는 소품으로 활용되고 있다.

서양에서 반지는 앞서 인용한 것처럼 신체의 의미를 부각시켜 주기 위한 장식 외에 권위(authority), 성실이나 충직성(fidelity) 그리고 사회적인 지위(social status)를 드러내 주는 상징물 역할도 하고 있다.

반지는 통상 원(circle), 테(hoop), 홈을 만들 수 있는 넓이의 쇼울더(shoulders), 그리고 보석을 박을 수 있는 홈(bezel) 등으로 구성됐다. 원은 다시 고리 모양의 원형(circular), 반원형(semicircular), 서로 교차하는 사각형(square cross-section) 등으로 세분화 된다. 쇼울더는 보석을 박아야 하기 때문에 다소 두툼한 넓이와 다소 확대된 원형으로 이루어져 있다고 할 수 있다. 홈은 반지의 최상 부분에 위치하고 있다. 이 부분을 확대하면 다소 넓은 탁자와 같은 모양을 하고 있어 보석(gem)이나 다른 장신구(ornament)를 디자인 할 수 있는 여지를 제공하고 있다.

반지의 존재는 고대 이집트 왕의 무덤가에서 발견될 정도로 유구한 역사를 자랑하고 있다. 당시 이집트인들은 반지를 인장(signet)의 개념으로 사용해 홈(bezel)에는 소유자의 이름이나 직업적인 신분을 상형문자(hieroglyphics)로 새겨 넣었다고 한다.

고대 그리스에서 반지는 주로 개인적인 취향을 드러내는 장식적인 역할이 강해서 가공하지 않은 천연 그대로의 보석(cabochon stones)으로 장식한 것을 선호했다고 한다. 로마에서는 반지를 사회적인 신분을 드러내는 중요 상징물이어서 일반 서민들 보다는 집권층에서 이를 더욱 즐겨 활용하는 등 각국의 정서에 따라 여러 다른 용도로 반지의 역할이 존재했음을 엿보게 하고 있다. 로마가 공화정으로 통치될 때 반지는 주로 철로 만들어졌고 일부 총독이나 귀족 등 특권층들만이 황금으로 치장한 반지를 착용했다.

〈드리븐〉에서 보이는 것처럼 흔히 이성(異性)끼리 결혼을 전제로 해서 정혼(betrothal rings)이나 약혼(engagement rings)을 상징하는 풍습으로 반지를 활용한 것은 로마 제국 시절부터 유래된 관습으로 전해지고 있다.

중세 유럽에서는 막도장으로 사용하는 반지(signet ring)는 종교나 법률적인 거래를 할 때 필수적으로 요구되는 도구였다. 로마 가톨릭 교회에서는 추기경이 신입 주교(bishops)로 임명됐다는 증표로 반지를 하사했다. 이때 수여 받은 반지에 대해서는 '에피소팔 링(episcopal rings)'이나 '파팔 링(papal rings)'이라는 명칭을 부여했다. '파팔 링'은 주로 청동으로 만들어졌고 천주교에서 행하는 여러 서식 문서(pontifical documents)에 활용되는 인장 역할도 했다.

이들 형태 외에도 우리보다 서양 문화권에 더욱 친숙한 반지는 활용 목적이나 용도에 따라 다양한 형태가 존재해 오고 있다. '추모 반지(memorial rings)'는 단어 그대로 죽은 이에 대한 생전에 추억을 기릴 수 있는 짧은 명귀나 사자(deceased person, 死者)의 생년월일, 이름 등을 새겨 넣고 있다. '꽃다발 반지(posy rings)'는 인생을 살아가는데 귀감으로 여길만한 명언 등을 새겨 넣고 있다. '오컬트 반지(occult rings)'는 소장하고 있는 이에게 신비스런 힘을 발휘해 달라는 주술적인 여념을 담은 지니고 다니는 부적(talismans)이나 목에 걸 수 있는 호신패(amulets)를 새겨 넣고 있다. 무시무시한 느낌을 주고 있는 '독약 반지(poison rings)'는 보석을 박는 홈(bezels)에 자살(suicide)이나 살인(homicide)을 할 수 있는 독약을 담아 넣고 있다. 하지만 앞에 열거한 다양한 반지 형태는 19세기부터는 거의 소멸되고 점차 일률적인 형태를 띠기 시작한다.

시대적인 분위기 때문에 오늘날 반지는 동·서양을 막론하고 황금, 은, 다이아몬드 이외 값나가는 보석 등을 박아 놓고 기계적인 손질을 거쳐 대량으로 제품을 제조하고 있다. 현대인에게 반지는 단순한 장식품이나 약혼(betrothal)했다는 표시 그리고 기혼자들이 부부간의 정절(marital fidelity)을 반려자에게 모두 바치겠다는 뜻으로 착용하고 있다.

More Tips

종교계에서 '반지'는 '권위', '위임된 권리'를 뜻한다. 교황은 베드로가 그물을 당기는 모습이 새겨져 있는 '어부의 반지'를 착용하고 있는데 이는 가톨릭 최고의 인장(印章) 역할도 한다. 당사자가 서거하면 반지는 부순다. 수녀들이 끼는 금반지는 그리스도의 신부라는 구속력을 나타내는 상징물이라고 한다.

◀ 카레이서 타이틀을 놓고 야심만만한 청춘 레이서들의 승부욕과 사랑 사연을 담은 〈드리븐〉에서는 반지를 통해 남녀의 애정 전선의 현실을 은유해 주는 방법을 보여주고 있다.

▶ 서양에서 반지는 신체의 의미를 부각 시켜 주기 위한 장식 외에 권위, 충직성, 사회적인 지위를 드러내 주는 상징물이다.

시금치 오류를 퍼트린 뽀빠이

〈뽀빠이〉는 2010년 국내 보험회사가 운전자 보험 상품 이미지로 뽀빠이 캐릭터를 사용하면서 다시 한 번 관심을 끌었다. 사랑하는 연인 올리버에게 시도 때도 없이 치근거리는 털보 선장 브루투스, 그리고 그의 행동을 탐탁하지 않게 여기고 있는 선원 뽀빠이. 하지만 완력과 체격에서 열세인 뽀빠이는 번번이 브루투스로부터 일격을 당해 체면을 구긴다. 이런 그가 위기에 처했을 때 갑자기 괴력을 발휘해 악한 브루투스를 통쾌하게 응징을 하는데, 그 괴력의 비밀은 바로 시금치였다. 캔에 들어있는 시금치 한 통을 단숨에 들이켜고 굵어진 알통을 드러내며 일격을 가하는 뽀빠이는, 지난 1929년 엘지 세가르라는 만화가에 의해 탄생된 가공의 만화 주인공이다.

그의 활약상은 허약 체질의 청소년이나 열악한 체격으로 고민을 하는 청년층에게 가히 보배 같은 존재로 숭배되면서 자연히 극중 뽀빠이에게 원기를 제공해 주는 시금치는 만병통치 식품처럼 각광 받는다. 미국 농수산부 집계에 따르면 만화 시리즈 〈뽀빠이 Popeye〉가 TV로 공개된 직후 시금치 소비량이 전년 대비 무려 40% 이상이 증가돼 이 만화 한 편이 가져온 시금치 파동이 어떠했는지를 가늠하게 해주었다.

이처럼 일반 소비자들에게 폭발적 소비 욕구를 불러 일으켰던 시금치에 대해 미국 식품학자들은 '시금치가 힘을 발생시킨다는 것은 근거 없는 억측'이라고 주장하면서 '단지 다른 식품에 비해 푸른색의 엽산(葉酸)이 다량 함유된 것이 인체에 도움을 줄 뿐'이라고 단정했다. 그렇지만 만화 〈뽀빠이〉가 가져다준 시금치에 대한 효능은 일반 주부들에게는 흡사 종교 교리처럼 받들어져 상당기간 동안 시금치 소비 추세가 수그러들지 않아 만화 한 편이 가져다준 가장 큰 영향력을 실감케 해주는 사건으로 남아있다.

이후 시금치는 만화와 영화의 단골 소재로 수차례 리바이벌 된다. 〈매쉬 M.A.S.H〉(1970), 〈패션쇼 Pret-A-Porter〉(1994)의 로버트 알트만 감독, 로빈 윌리암스 주연의 〈뽀빠이〉(1980)에서도 시금치를 먹고 원기를 회복하는 뽀빠이의 모습을 보여주고 있다. 2000년대 들어서는 미국 신세대들에게는 잊힌 존재로 박대를 당하고 있던 뽀빠이의 복귀 운동이 벌어지면서 전국적인 규모의 팬클럽이 결성되기도 했다.

More Tips

〈뽀빠이〉의 성원이 지속되자 〈인디아나 존스〉, 〈이티〉, 〈백 투더 퓨처〉 등 히트 영화를 활용한 테마 파크 건설로 알찬 재미를 본 유니버셜 스튜디오는 99년 뽀빠이 테마 공원을 착공해 21세기 초 또다시 뽀빠이 선풍을 불러일으킨 바 있다.

◀ 시금치 효능을 다소 과장시켰다는 오명을 듣고 있는 〈뽀빠이〉.
▶ 시금치를 먹고 괴력을 발휘하는 〈뽀빠이〉가 TV로 공개된 후 시금치 소비량이 전년 대비 무려 40% 이상이 증가되는 파장을 불러 일으켰다.

의적의 대명사 로빈 후드는 허구적인 인물?

　혹독한 전제 정치로 시름하고 있는 중세 서민들의 곤궁한 처지에 반기를 들고 부자들의 재물이나 재산을 강탈해 이를 빈곤에 시달리는 서민들에게 제공해 민중 영웅으로 칭송 받고 있는 주인공이 로빈 후드. 그의 활약상을 칭송하는 이야기는, 리들리 스코트 감독이 〈글래디에이터 Gladiator〉(2000)에서 호흡을 맞추었던 러셀 크로우를 기용한 〈로빈 후드 Robin Hood / Nottingham〉(2010)를 비롯해 케빈 코스트너 주연의 〈로빈 후드 Robin Hood: Prince of Thieves〉(1991), 멜 브룩스 감독의 풍자극 〈로빈 후드 Robin Hood: Men in Tights〉(1993) 등 빈번하게 영화화할 정도로 각광받고 있는 소재이다.

　영국의 혹독한 군주였던 노팅검 영주와 인정 없는 존 왕을 골탕 먹여 일반 민중들의 박수갈채를 받았다는 로빈 후드는 실제 존재하지 않는 가공의 인물이라는 것이 역사학자들의 공통된 의견이다. 일부에서는 이 같은 지적에 대한 구체적인 증거를 찾기 위해 백방으로 수소문을 하는 소동도 벌어지기도 했다. 하지만 로빈 후드가 생존했다는 13세기 전후에 영국에서는 로버트 후드, 로빈 호데, 로버드 후드, 로빈 호드 등이 살았다는 기록은 있지만 정작 의적(義賊)으로 알려진 로빈 후드라는 사람의 실존 여부는 정확히 남아있지 않은 것으로 밝혀졌다.

　역사학자들은 중세 영국에서는 혹독한 군주 정치에 반발해서 의도적으로 범죄를 저지른 뒤 처벌을 피하기 위해 숲속으로 잠입하는 사람들이 많았다고 한다. 이들 중 일부 사람들이 로빈 후드라는 가공의 범법자에 관한 이야기를 근사하게 포장을 하는 가운데 그가 의적으로 둔갑을 하게 됐다는 분석을 제기하고 있다.

　로빈 후드의 이야기는 14세기 들어 문학가들로부터 민요와 시의 찬양 대상으로 숭배를 받았다. 윌리암 랭글런드의 서사시 「농부 피어스」에서 언급이 되면서 세계 각국에서도 칭송을 받는 영웅적 인물로 대접받기 시작한 것이다. 16세기 들어서는 셰익스피어의 〈뜻대로 하세요 As You Like It〉에서 '학정을 피해 아덴의 숲속으로 피신을 한 공작과 그의 추종자들은 마치 로빈 후드처럼 생활을 했다' 는 문구가 등장한다. 이때부터 로빈 후드는 실존 인물처럼 떠받들어졌다고 한다. 로빈 후드가 민중 영웅으로 부각이 되자 일부 사학자들은, 후드라는 명칭은 숲속의 정령(精靈)이나 요정을 뜻하는 독일어 '호데킨' 에서 유래된 것이라는 풀이를 덧붙이기도 했다.

More Tips

로빈 후드 전설은 정치권에 대해 혐오감을 가지고 있는 대다수 국민들의 심리를 위안해 주는 설화가 되고 있다. 그가 권력을 가지고 있는 자들을 향해 벌였던 유쾌하고 통쾌한 일들은 그것이 흡사 실제로 벌어진 것 같은 흥미를 전달해 주면서 앞으로도 세월을 초월해 관심을 받을 것으로 예상되고 있다.

◀ '로빈 후드' 는 실존하지 않는 가공의 인물이라는 것이 역사학자들의 공통된 의견이다.
▶ 리들리 스코트, 러셀 크로우가 〈글래디에이터〉 이후 팀워크를 이뤄 2010년 극장가에 선을 보인 〈로빈 후드〉.

'공포', '성적 매력', 웃음'은 영화 관람을
부추기는 결정적 요소

"포스터가 왠지 확 끌려서요!", "늘씬한 미녀의 유혹적인 시선이 마음에 들어서!", "웃음이 가득한 선전문구 때문에!", "친구가 추천해서!" 신작 개봉 영화를 관람하고 나온 관객들에게 무작위로 영화를 관람하게 된 동기를 물어본 결과 대체적으로 앞서 네 가지 응답이 가장 많은 빈도수를 차지하고 있다.

일단 '개봉 1주일 만에 전국 관객 100만 명 돌파', '네티즌들이 꼭 관람하기를 추천한 흥행작', '이 시대를 살아가는 사람으로서 꼭 봐야 할 영화!' 등의 대대적인 선전문구는 유독 남의 행동에 관심이 많은 한국인들에게 '다른 사람에게 뒤쳐져 있다!', '문화적 흐름에 자신만 따돌림을 당하는 것 아닌가?' 라는 두려움을 던져주게 된다. 결국 이러한 심리적 속성은 짧은 시간 안에 승부를 걸어야 하는 블록버스터 시장에서는 매출 액수를 증가시킬 수 있는 흥행 포인트가 될 수 있는 것이다.

성적 코드는 관객들을 가장 손쉽게 끌어 들일 수 있는 요소다. 브리트니 머피 주연의 〈러브 앤 트러블 Love and Other Disasters〉(2006)의 경우 '키스 데이에 가장 보고 싶은 영화', '짜릿한 로맨스'를 선전문구로 내걸었다. 에드거 라이트 감독의 〈뜨거운 녀석들 Hot Fuzz〉(2007)은 제목에서부터 윌 스미스의 출세작 〈나쁜 녀석들 Bad

Boys〉(1995)을 패러디한 코믹 액션 경찰극이라는 이미지를 풍겨주어 만만치 않은 웃음을 서사할 것이라는 기대치를 높여주고 있다.

국내 개봉 시 선전문구에는 '정의를 위한 두 남자의 거침없는 삽질', '유쾌, 상쾌, 통쾌, 초대박', '코미디에 양념으로 스릴러까지' 등 코믹적인 포인트를 전면에 내세워 '공포', '성적 코드', '웃음' 등 세 가지 홍보 전략이 영화 흥행을 부추기는 가장 적절한 요소로 활용되고 있음을 입증시켜 주었다.

More Tips

'숨막히는 20분', '실오라기 하나 걸치지 않는', '헤어 누드', '실연(實演) 의 혹' 등 근래 공개되고 있는 로맨스 영화에서는 '성적 코드'를 전면에 부각시키는 흥행 전략을 적극 시도하고 있다.

◀ 에드거 라이트 감독의 〈뜨거운 녀석들〉은 윌 스미스의 출세작 〈나쁜 녀석들 Bad Boys〉을 패러디한 코믹 액션 경찰극이라는 이미지를 풍겨주어 흥행몰이에 성공했다.

▶ 성적 코드는 영화 흥행을 부추겨 주는 핵심 요소가 되고 있다. 사진은 브리트니 머피 주연의 〈러브 앤 트러블〉.

구두(신발)는 속세의 허물을 상징하는 장치

"당신은 이제 이곳에서 벗어날 수 없을 거야!"

팀 버튼 감독의 동화극 〈빅 피쉬 Big Fish〉(2003)에서 젊은 시절의 아버지 에드워드 블룸(이완 맥그리거)은 고향의 평화를 위협하는 거인과 함께 마을을 떠나 숲속에 나 있는 오솔길을 걷다가 정체불명의 마을 스펙터에 발을 들여 놓게 된다.

마을에서 저녁 대접을 받고 있는 블룸. 그의 책상 밑으로 기어 들어 온 제니(헬레나 본햄 카터)는 블룸의 신발을 벗긴 뒤 이를 다시 찾으려는 블룸을 따돌리고 마을 입구에 빨래 끈처럼 쳐 놓은 줄에 구두를 허공으로 던져 걸어 놓는다. 그 줄에는 이미 수많은 구두와 신발이 한 켤레 씩 묶여서 걸려 있고 신발을 걸어 놓게 된 이방인들은 지금까지 마을을 떠나지 못했다는 말을 전해 듣는다.

마지막 장면에서 임종을 맞게 된 늙은 아버지 블룸(알버트 피니)은 병상에서 탈출해 아들 윌(빌리 크러딥)의 품안에 안겨 강어귀에 도착한다. 그곳에는 블룸을 환대하는 스펙터 마을 사람들이 모두 모여 있다. 강속에 발을 담그고 자신을 기다리고 있는 아내에게 입 안에 물고 있던 결혼 금반지를 건네준 블룸은, 지극히 행복한 표정을 지으면서 가슴에 양팔을 올리고 강 속으로 빠져 들어간다. 그리고 곧바로 거대한 물고기가 세차게 헤엄치는 장면이 보인다.

〈빅 피쉬〉에서 매우 상징적인 의미로 활용되고 있는 것이 구두(신발)

이다. 서양인들은 흔히 노예들이 구두(신발)을 신고 있지 않았다는 것에 착안해 '세속의 명예, 부, 굴레, 고민 등 온갖 시름에서 탈피하는 의미'로 풀이하고 있다. 서부극에서는 총에 맞아 죽은 동료의 장례를 치르기 직전에 부츠와 같은 검정 신발을 벗겨 주는 장면이 보인다. 이때는 죽은 이가 신발을 신고 저승에 가는 경우 영원히 지옥으로 떨어진다는 속설에서 벗어나게 해주기 위한 산 사람의 배려라고 알려져 있다. 불교 등에서 제례를 치르기 위해 제단이 있는 성역(聖域)으로 들어갈 때도 신발을 벗도록 요구 받는다. 이 경우에는 세속에서 누리고 있는 온갖 권세와 인연을 끊어버리고 신이나 조물주에게 절대 복종하겠다는 의미로 받아들이고 있다. 〈빅 피쉬〉에서의 아버지의 구두는 만능 스포츠맨에서 마을 해결사, 세일즈맨 등 숨 가쁜 인생행로를 살아온 것을 모두 정리하고 저승에서 맞을 신의 섭리에 순응하겠다는 것으로 해석할 수 있다.

〈박쥐〉에서도 수혈을 받은 뒤 흡혈귀가 된 가톨릭 신부 송강호는 친구 아내 김옥빈과 불륜에 빠진다. 육신의 탐욕에 빠진 두 사람은 마침내 신의 응징을 받아 뜨거운 태양열에 의해 신발만을 남겨두고 신체는 모두 재(灰)로 변하는 것을 마지막 장면으로 보여졌다.

구두(신발)을 벗는다는 것은 '세속의 명예와 부'에서 탈피하려는 의지를 표상하는 행위이다.

◀〈빅 피쉬〉에서 수많은 구두(신발)이 한 켤레씩 묶여서 걸려 있는 장면은 '세속의 명예, 부, 굴레, 고민 등 온갖 시름에서 탈피하는 의미'로 풀이하고 있다.

▶〈빅 피쉬〉에서 아버지는 만능 스포츠맨에서 마을 해결사, 세일즈맨 등 숨 가쁜 인생행로를 살아온 것을 모두 정리하고, 저승에서 맞을 신의 섭리에 순응하겠다는 의지를 신발이 널려 있는 은유적 장면으로 보여 주었다.

세계적인 기호 식품이 된 패스트푸드

최근 영국에서는 햄버거 등 패스트푸드가 어린아이의 비만을 촉발하는 주요 음식이라고 판정하면서 소비 금지 운동을 벌이고 있다. 이런 논란에도 불구하고 패스트푸드는 시간에 쫓기는 현대인들에게는 간편한 식사대용식으로 즐길 수 있는 음식으로 각광 받고 있다.

햄버거와 핫도그는 빵 사이에 가공된 육류를 넣는 단순한 발상에서 태어난 대표적인 요리이다. 이 간편식은 이제 미국을 대표해서 전 세계에서 선호되는 음식으로 명성을 얻고 있다.

햄버거에 대한 가장 날선 비판을 가한 영화는 단연 다큐멘터리 전문 감독 모건 스펄록이 연출과 주연을 맡아 선보인 〈슈퍼 사이즈 미 Super Size Me〉(2004)이다. 이 영화는 비만의 주범으로 지탄 받고 있는 패스트푸드의 폐단을 고발하기 위해 1개월 동안 하루 세끼 맥도날드의 음식만 먹으면서 신체 변화를 기록하고 의사, 영양사, 당국의 전문가들의 비만에 대한 각종 견해를 듣는 방식으로 제작되었다.

그는 하루 9개의 빅맥을 먹어치우는 빅맥 추종자에서부터 예수와 대통령의 얼굴은 몰라도 맥도날드 마스코트인 로널드는 정확히 알고 있는 어린아이들을 통해 전 세계인들에게 파고든 패스트푸드 문화의 위력을 보여 주었다.

〈올드 보이〉가 칸느 영화제 심사위원대상을 수상하는데 결정적으로 기여한 쿠엔틴 타란티노 감독의 〈펄프 픽션 Pulp Fiction〉(1994)에서는 프랑스 파리의 맥도널드에서 판매되고 있는 '치즈 쿼터 파우더'와 '치즈 로열'이라는 상품명이 보인다. 간편한 햄버거에 '로열'이라는 기품 있는 단어를 사용한 것은 프랑스다운 고상한 취향을 보여주는 사례로 지목됐다. 에디 머피의 출세작 〈커밍 투 아메리칸 Coming to America〉(1988)에서는 맥도널드의 이름과 마크를 패러디한 가게가 나오기도 한다.

필 조아누 감독의 〈헬스 키친 State of Grace〉(1990)에서 현직 경찰관인 테리 느난(숀 펜)은 도시 전체에 만연되어 있는 악의 뿌리를 제거하기 위한 사전 조사를 위해 고향을 떠난 지 12년 만에 아일랜드 갱들의 아지트인 '헬스 키친'으로 돌아온다. 하지만 고향은 온통 마피아의 온상지로 변해 있었고, 더욱 충격적인 것은 가장 친한 친구인 재키(게리 올드만)와 그의 형 프랭키(에드 해리스)가 마피아 조직에 깊이 관련되어 있다는 사실을 알게 된다.

야심 많고 잔인한 프랭키는 갑작스런 테리의 등장에 의심을 품고 테리를 옹호하는 동생 재키를 살해한다. 친구의 죽음까지 불러온 경찰직에 환멸을 느낀 테리는 프랭키에게 자신의 신분증을 건네며 정처 없는 길을 떠난다.

이 영화에서는 프랭키가 출소하자마자 포장마차에서 핫도그를 구입해서 먹는 장면이 보인다. 이처럼 햄버거와 핫도그는 '비만의 원흉(元兇)'이라는 악평을 듣고 있지만 한편에서는 간편하게 먹고 곧바로 일을 해야 하는 현대인들에게는 없어서는 안 될 식사대용식이라는 양면성을 가지고 있다.

▲ 괴짜 다큐 감독 모건 스펄록이 패스트푸드 음식의 폐해를 고발한 〈슈퍼 사이즈 미〉.

▼ 맥도날드로 상징되는 패스트푸드는 5대양 6대주에서 간편 음식으로 명성을 얻고 있다.

〈엑스 파일: 나는 믿고 싶다〉에 등장하는 '깊은 목구멍'의 정체는?

2008년 극영화로 공개됐던 〈엑스 파일: 나는 믿고 싶다 The X Files : I Want to Believe / The X Files 2〉(2008)는 초자연적인 현상을 믿으며 영감에 의한 수사를 하는 FBI 요원 멀더(데이비드 듀코브니)와 이성적인 판단 하에 과학적인 분석을 고집하는 지적인 요원 스컬리(질리안 앤더슨)가 의기투합해서 의문의 사건들을 파헤쳐 가는 미스터리 스릴러이다.

1993년 9월 10일부터 2002년 5월 19일까지 방송됐던 미드 〈엑스 파일 The X-Files〉을 대형 화면으로 각색한 이 작품에서, 수사관 멀더에게 사건 해결을 위한 고급 기밀을 제공해 주는 정체불명의 정보원이 바로 '깊은 목구멍(Deep Throat)' 이다.

존 그리삼의 원작 소설을 극화한 〈펠리칸 브리프 The Pelican Brief〉(1993)에도 '깊은 목구멍' 이 등장한다. 미모의 법대생 다비(줄리아 로버츠)는 행정부의 부도덕성을 고발하던 대법원 판사의 폭사와 이 사건 배후를 파헤치던 뉴올리언즈 법대 교수마저 자동차 폭파 사고로 죽음을 당하는 것을 목격하고 큰 충격에 빠진다. 그녀는 일련의 피살사건 배후에는 음흉한 정치적 음모가 있다는 것을 직감적으로 간파하고 워싱턴 해럴드 기자 그랜섬(덴젤 워싱턴)과 함께 사건 배후를 풀어나간다.

후반부에서 다비가 정원에서 TV를 보고 있을 때 방송 사회자가 그랜섬에게 '의혹 사건의 해결에 결정적 제보를 해준 여인이 당신이 여러 인물을 조합해서 창조해낸 인물 아닌가요? 깊은 목구멍은 존재하지 않는다고 믿는 사람들이 있듯이 다비라는 여인도 존재하지 않는 사람 아닙니까?' 라고 질문을 던진다.

이 대사에서 인용되는 '깊은 목구멍' 은 1972년 워싱턴 포스트 지 기자에게 닉슨 대통령 진영이 상대당인 민주당 대통령 선거 본부에 도청을 하고 있다는 일급 정보를 제공해 결국 사건 전말이 폭로돼 닉슨 대통령은 미국 역사상 최초로 재임 중 도중하차한 대통령이라는 불명예를 지게 만든 주역이다. 케네디 대통령 암살 사건에 대한 전말도 제보한 것으로 알려진 깊은 목구멍의 실체는 아직도 명확히 밝혀지지 않고 있어, 깊은 목구멍은 지금도 '일급 정보를 제공해 주는 정체불명의 인물' 로 거론되고 있다.

〈펠리칸 브리프〉를 공개한 알란 J. 파큘라 감독은 로버트 레드포드와 더스틴 호프만을 기용해 닉슨 대통령의 사임을 몰고 왔던 워싱턴 포스트 지의 두 명의 민완기자의 활약상을 다룬 〈모두가 대통령의 사람들 All The President's Men〉(1976)을 공개한 바 있어, 자신의 과거 영화에서 아이디어를 얻어 신작을 만든 흔적을 보여주고 있다.

일명 '워터게이트 사건' 으로 불리는 이 사건의 전말을 참고로 설명하자면, 닉슨 대통령 재선 위원회 위원장인 존 미첼, 재무위원장 모리스 스컨즈 등 닉슨의 핵심참모들이 뉴욕의 상징인 포토맥 강 기슭에 위치했던 U자형 고층 빌딩인 '워터게이트' 에 선거대책본부를 설치한다. 이 빌딩 6층에는 경쟁당인 민주당 전국위원회본부가 위치하고 있었다. 그런데 대통령 선거 열기가 점차 가열될 즈음인 6월 17일 토요일, 5명의 남자가 빌딩 침입죄로 체포되는데 이들은 다수의 필름, 무전기, 도청기 등을 소지하고 있었다. 처음에는 단순한 절도 사건으로 유야무야될 이 사건은 워싱턴 포스트 지의 밥 우드워드와 칼 번스타인이 정치적 의혹이 있음을 감지하고 사건 전말을 추적, 마침내 공화당이 민주당 선거 사무소를 의도적으로 도청을 해왔다는 엄청난 사실을 밝혀내 결국 닉슨의 도덕적 이미지에 결정타를 날린다. 여론의 질타를 받은 그는 마침내 1974년 9월 9일 대통령직에서 사임한다. 세계 정치사상 최대의 추악한 스캔들로 기록되고 있는 이 워터게이트 사건의 시발점이 바로 정체불명의 제보자인 '깊은 목구멍'이었던 것이다.

〈펠리칸 브리프〉에서는 로젠버그 대법관과 젠슨 대법관의 암살 배후를 파헤치는데 결정적 자료 역할을 한 것은 '펠리칸 브리프'였다. 이를 매스컴에 보도한 그랜섬에게 방송 사회자는 '혹시 워터게이트 사건처럼 존재하지 않는 제보자를 신문기자인 그랜섬이 꾸민 것은 아니냐'는 의미로 질문을 던진 것이다. 하지만 근현대사의 영원한 미스터리로 남을 뻔한 '깊은 목소리'의 주인공이 마크 펠트 전 미 연방수사국(FBI) 부국장이었다는 뉴스가 2005년 6월 5일 발표되면서 모든 의혹은 풀리게 되었다.

제라드 다미아노 감독의 〈목구멍 깊숙이 Deep Throat〉(1972)는 후두부 안에 클리토리스가 있다는 여성의 성적 기행을 다룬 성인 영화다.

▲ 본능에 의해 의혹의 사건을 수사해 나가는 멀더 요원에게 기밀 정보를 제공하는 존재 '깊은 목구멍(Deep throat)'의 존재가 등장하고 있는 〈엑스 파일: 나는 믿고 싶다 The X Files : I Want to Believe / The X Files 2〉.

▼ '깊은 목구멍'은 닉슨 대통령 사임이라는 초유의 파문을 불러일으키는 주역이 된다. 〈모두가 대통령의 사람들〉은 그러한 내막을 다룬 작품이다.

〈형사 콜롬보〉 등의 수사극에서 사립 탐정을 '프리이빗 아이즈(Private Eyes)'라고 하는 이유는?

　듀엣 가수인 홀 앤 오츠가 부른 히트곡 중 '프라이빗 아이즈(Private Eyes)'가 있다. '사립 탐정'을 지칭하는 이 용어는, 코난 도일 원작의 추리물이나 탐정영화에 등장하여 의혹에 쌓인 사건을 뛰어난 지식과 판단 능력으로 해결해 젊은 층들로부터는 큰 호응을 불러일으킨 인물이다. 드라마 시리즈물로 68시즌이 방영될 정도로 큰 인기를 끌었던 피터 포크 주연의 〈형사 콜롬보 Columbo〉(1971~2003)도 사립 탐정의 활약상을 살펴 볼 수 있었던 대표적인 방송극이다.

　미국 최고의 사립 탐정 사무소 중 하나로 대접을 받았던 '핑커톤 사립 탐정소(Pinkerton Detective Agency)'는 1925년 다른 탐정 사무소와의 차별화를 위해 '우리는 결코 잠들지 않는다(We Never Sleep)'라는 표어를 내걸고 한쪽 눈을 뜨고 있는 포스터를 내걸었는데, 이때부터 사립탐정을 '프라이빗 아이즈(Private Eyes)'라고 지칭했다고 한다.

　핑커톤 탐정 사무소의 운영주였던 알란 핑커톤은 스코틀랜드 출신의 미국 탐정. 1850년에 자신의 이름을 따서 '핑커톤 사립 탐정소'를 설립하여 흑인 해방을 주창(主唱)한 링컨이 대통령 취임 직전 백인 극우주의자들로부터 암살을 당할 거라는 첩보를 입수해 이를 저지시킨 공적으로 링컨의 절대적인 후원을 받으면서 대표적인 미국의 사립 탐정 사무소로 명성을 얻었다고 한다. 언어학자들은 'Private Eyes' 에서 'Eyes' 는 '수사관', '조사관' 등을 나타내는 'Investigator' 에서 유래가 됐다는 의견도 제시하고 있다.

'프라이빗 아이즈(Private Eyes)' 는 '사립 탐정' 을 지칭하는 용어. 피터 포크 주연의 〈형사 콜롬보 Columbo〉는 사립 탐정의 활약상을 볼 수 있었던 대표작이다.

다이아몬드가 사랑의 징표로
받아들여지는 이유는?

　에드워드 즈윅 감독, 레오나르도 디카프리오 주연의 〈블러드 다이아몬드 Blood Diamond〉(2006)에서는 세계 다이아몬드 시장의 추악한 거래 실상을 폭로했다. 제목인 '블러드 다이아몬드(피 묻은 다이아몬드)'는 아프리카 분쟁지역에서 살인과 노예노동을 통해 유출되는 불법 다이아몬드를 지칭한다. 극중 무대는 치열한 내전을 치른 아프리카 국가인 시에라 리온. 반군인 혁명연합전선(RUF)은 군자금 마련을 위해 다이아몬드 광산을 빼앗고 사람들을 데려다가 살인과 강제노동을 시키는 만행을 자행한다. 여기에 유럽과 미국의 다이아몬드 거래상들은 불법거래를 통해 반군이 캐낸 피 묻은 다이아몬드를 전 세계로 유통시킨다. 이런 과정을 통해 찬란한 보석의 이면에는 인권 유린의 추악함이 숨어있다고 꼬집어 주었다.

　'Diamonds are Girl's Best Friend'는 마릴린 몬로가 〈신사는 금발을 좋아한다 Gentlemen Prefer Blondes〉(1953)에서, 니콜 키드만이 〈물랑 루즈 Moulin Rouge〉(2001)에서 열창하면서 '보석 특히 다이아몬드에 치명적으로 약해지는 여성의 심리를 잘 드러내준 노래'로 손꼽히고 있다.

　이제는 나이 들어 평범한 노인이 된 엘리자베스 테일러는, 최고 전성시기인 50~60년대에 세기의 미녀라는 칭호에 어울리게 고혹적이고 우아한 자태를 은막에서 드러내면서 뭇 남성들의 애간장을 태웠던 주역이었다. 한창 콧대가 높았던 그녀도 〈클레오파트라 Cleopatra〉(1963)를 촬영하기 직전 리처드 버튼이 건넨 수십 캐럿짜리 다이아몬드를 받고 일순간 '오 마이 다링'을 외치며 사랑의 포로를 자처했다는 일화로 유명하다.

수많은 보석 가운데 남자가 여성의 마음을 사로잡기 위한 수단으로 다이아몬드를 선택하는 이유는 무엇일까? 수많은 의견이 제시되고 있지만 가장 설득력 있는 유래는 그리스 로마 신화에서 찾아볼 수 있다. 고대 그리스인들은 다이아몬드가 '변치 않는 사랑의 불꽃'을 상징한다고 믿고 남성이 자신의 뜨거운 열정을 여성에게 표현하는 대상으로 이용했다고 한다. 이를 입증하듯 신화 속 '큐피드의 화살촉'도 다이아몬드로 만들어졌다고 한다. 반면 푸른빛을 가진 다이아몬드는 소지한 자를 불행의 수렁으로 빠트린다는 속설이 전해지고 있다. 그동안 프랑스의 마리 앙투아네트 왕비와 루이 16세는 이 같은 빛깔의 다이아몬드를 착용했기 때문인지 모두 사형대에서 비참한 최후를 맞은 주인공이 됐다.

15세기 때는 '권력(Strength)', '용기(Courage)', '무적(Invincibility)'을 상징하는 보석으로 받아 들여져 최고 통치권자인 국왕만이 이를 치장(治粧)할 수 있는 특권을 누렸다는 이야기도 전해지고 있다. 그리스어로 '정복할 수 없는'이라는 의미를 가지고 있는 'Adamas'에서 유래가 됐다는 다이아몬드는 현대에 들어 와서는 남성이 여성의 마음을 정복하기 위한 가장 효과적인 수단으로 활용을 하는 아이러니를 보여 주고 있는 것이다.

대부분이 탄소로 구성된 이 보석은 지구상에서 가장 단단한 광석이다. 무게를 나타내는 캐럿(Carat)은 '구주콩 껍질(Carob Pod)'에서 파생된 단어로 보고 있다. 이는 옛 아랍인들이 이 콩을 사용해 다이아몬드의 무게를 잰 것에서 유래가 됐다. 무색 다이아몬드(Colorless)가 최고 품으로 평가를 받고 있으며 2캐럿이 1캐럿보다 2배의 값어치로 대접받고 있다.

다이아몬드는 '변하지 않는 성실성'을 상징하기 때문에 약혼이나 결혼식 때 주고받는 패물로 각광 받고 있다. 15세기 오스트리아의 막시밀리안 황태자가 프랑스 부르고뉴의 메리 공주와 약혼을 한 기념으로 다이아몬드를 선사한 이후 이 보석은 최고의 결혼 예물로 대접을 받기 시작했다고 전해진다. 불도(佛道)를 수련할 때 쓰이는 방망이인 '금강저(vajira)'는 신적인 힘을 상징하기 때문에 다이아몬드로 만들어졌다고 한다.

More Tips

다이아몬드의 어원은 '빛나는 존재'라는 산스크리트어 'dyu'에서 유래됐다. 이 때문에 '빛', '광명', '빛을 발산하고 있는 중심'이라는 의미도 가지고 있다. 모든 보석과 같이 다이아몬드도 '재물', '풍요', '지적으로 풍족'하다는 뜻을 가지고 있다.

◀ 다이아몬드는 '변하지 않는 성실성'을 상징하기 때문에 약혼이나 결혼식 때 주고받는 패물로 각광 받고 있다. 고가의 패물로 미모의 클럽 여걸의 환심을 사려는 장면을 담은 〈물랑 루즈〉의 한 장면.
▶ 15세기 오스트리아의 막시밀리안 황태자가 프랑스 브르고뉴의 메리 공주와 약혼을 한 기념으로 다이아몬드를 선사한 이후 이 보석은 최고의 결혼 예물로 대접을 받기 시작했다고 전해진다.

샤이아 라보프 주연의 〈지상 최고의 게임〉의 배경지 골프 홀은 왜 18홀로 구성되어 있을까?

'골프'는 1990년대 중반 박세리, 김미현 등에 이어 2000년대 들어서는 안시현, 홍진주, 미쉘 위, 양용은 등 한국 출신 골퍼들이 미국 PGA, LPGA 등 프로 대회에 출전해 단시일 내에 기량을 유감없이 발휘하는 등 혁혁한 공적을 세우면서 국민적인 스포츠로 각광 받고 있다. 우리에게는 다소 호사스런 스포츠 중의 하나로 인식되고 있는 골프지만, 미국에서는 남녀노소 부담 없이 즐기는 대중 스포츠로 자리잡고 있다.

〈내 생애 최고의 경기 The Greatest Game Ever Played〉(2005)는 1913년 US 오픈 골프에서 바돈 그립(Vardon's Grip)으로 유명한 영국 골퍼 해리 바돈(Harry Vardon)을 꺾은 캐디 출신 아마추어 골퍼 프란시스 위멧(Francis Ouimet)의 무용담을 다룬 골프 실화극이다. 당시 아마추어 골퍼가 영국 챔피언을 상대로 승리를 거두었다는 믿기 힘든 실화를 청춘 스타 샤이아 라보프가 열연해 뉴스거리를 제공했다.

빅 보이, 제프리 존스의 〈후즈 유어 캐디? Who's Your Caddy?〉(2007)는 애틀랜타에서 유명세를 치르고 있는 성격 급한 랩퍼가 캐롤라이나 주 골프 컨트리클럽에서 골프 내기를 하다 벌어지는 남자들의 승부 근성을 코믹하게 다룬 스포츠극이다.

에피소드로 골프 장면이 등장했던 영화도 부지기수다. 실베스터 스탤론의 〈겟 카터 Get Carter〉(2000)에서는 스탤론이 고향으로 귀환해서 골프장으로 손님을 만나러 가는 장면이 나왔다. 〈웰컴 프레지던트 Welcome to Mooseport〉(2004)에서는 한적한 마을인 무즈포트의 시장자리를 놓고 전직 대통령(진 핵크만)이 마을 철물점 사장 겸 배관공 해롤드 핸디 해리슨(레이 로마노)의 여자 친구를 놓고 내기 골프를 친다는 코믹한 설정을 담고 있다. 〈첫 키스만 50번째 50 First Dates〉(2004)에서는 천방지축 골프를 치는 아담 샌들러의 행동을 담았고, 〈역전에 산다〉(2003)에서는 김승우가 어려서는 골프 신동 소리를 들었지만 재능을 펼치지 못하고 증권사 영업사원으로 지내다가, 세계 챔피언과의 골프 대결을 통해 답답한 인생에서 벗어나기 위한 역전을 노린다는 설정이 나온다.

로버트 레드포드가 메가폰을 잡은 골프 영화 〈베가번스의 전설 The Legend of Bagger Vance〉(2000)에서는, 조지아 주 사바나의 우상이었던 골프 선수 래널프 주너(맷 데이먼)가 제1차 세계대전에 참가한 뒤 전쟁의 상처에서 벗어나지 못하고 약혼녀 아델(샤를리즈 테론)과도 연락을 끊고 12년 동안 잠적하는 등 은둔 생활을 한다. 한편 아버지의 사업을 이어 받은 아델은 위기에 처한 골프장을 구하기 위해 시범 경기를 계획하고 주너를 찾아내 시합에 참가하라고 요구한다. 주너는 망설이지만 한밤중에 찾아 온 흑인 캐디 베가 번스(윌 스미스)를 만나 골프를 통해 의욕을 가지고 재기에 성공한다는 내용을 담고 있다. 케빈 코스트너가 할리우드 사상 최대의 제작비를 투입했던 〈워터월드 Waterworld〉(1995)의 흥행 참패 이후 의기소침해 있다가 재기작으로 출연한 〈틴 컵 Tin Cup〉(1996)도 골프를 소재로 한 작품이다. 이 작품은 골프계의 최고 명예인 PGA 챔피언 자리를 눈앞에 두고 스윙에서 실패를 하는 바람에 라이벌 심슨(돈 존스)에게 명예와 부를 넘겨주고,

실의에 빠져 퇴역 골프강사로 생활을 하다가 교습생으로 만난 몰리(르네 루소)의 격려를 받고 재기에 나선다는 것이 주요 내용이다. 애초 '골프 영화는 대중성이 약하다'는 우려를 들었지만 '미국에서 가장 대중화된 스포츠의 이면에 도사리고 있는 승부의 세계를 그리겠다'는 주역 케빈 코스트너의 의지에 〈19번째 남자 Bull Durham〉(1988)에서 호흡을 맞추었던 론 셸튼 감독의 화답으로 제작이 추진돼 일반에 공개가 됐다. 공개 후 '필드의 제왕으로 군림을 하고 있는 골퍼들의 세계를 차분히 묘사했다'는 호평을 받은 이 작품은, 우리에게는 사치 운동 종목으로 대접을 받고 있는 골프에 대한 숨겨 있는 정보를 접할 수 있었던 영화이다.

이 영화에는 골프의 세세한 규칙과 승부 세계가 차분히 담겨 있다. 그중 가장 궁금증을 불러일으킨 것이 전체 18홀로 구성된 골프 코스이다. 골프 코스는 생성 초기부터 홀수에 관해 많은 변화가 있어 왔다고 한다. 이 같은 변천 과정 속에서 오늘날 통용되는 18홀(18 Hole)로 굳어진 것은 18세기 중반 스코틀랜드의 성(聖) 앤드류 골퍼 협회(St. Andrews Society of Golfers)의 주도로 이루어 졌다는 것이 정설이다.

애초 앤드류가 제안한 것은 12홀이었는데, 이 방식으로 골프를 치다 보니 한 방향에서 11홀 밖에 칠 수 없었고, 이렇게 하다 보니 다시 되돌아오면서 11홀을 더 치는 것이 관례가 돼 결국 22홀을 치게 되는 꼴이었다. 그러다 1764년 앤드류는 1번 홀부터 4번 홀 사이의 거리가 너무 짧다고 생각해 이들 사이 간격을 400야드 정도 더 넓혀 2홀을 줄였다고 한다. 이렇게 개선된 방식으로 인해 골퍼들이 한 방향에서 칠 수 있는 홀은 9개가 됐고 다시 역순으로 되돌아오니 총 18홀이 되었다. 당시 성 앤드류 클럽은 골프에 관한 최고의 권위와 명성을 누리던 곳이어서 이 클럽이 정한 쌍방 각 9홀씩의 골프 코스는 이후 다른 지역 골프 클럽에서도 속속 도입을 하면서 정착이 되기 시작해 골프 코스가 18홀로 구성이 되었다고 한다.

◀ 영국 골퍼 해리 바돈을 제압한 캐디 출신 아마추어 골퍼 프란시스 위멧의 영웅담을 다룬 〈내 생애 최고의 경기〉.

▶ 유명 래퍼가 내기 골프를 벌인다는 빅 보이 주연의 〈후즈 유어 캐디?〉.

〈8마일〉에 등장하는 KKK단(團)

　에미넴 주연의 〈8마일 8 Mile〉(2002)은 디트로이트 빈민 흑인들의 삶의 탈출구이자 에너지인 힙합을 다룬 영화이다. 결손 가정에서 살고 있는 지미(에미넴)를 비롯해 퓨처, 낙천적 몽상가 솔, 행동파 DJ IZ, 느리지만 꾸준한 체다 밥 등은 언젠가는 성공하겠다는 청운의 꿈을 품고 있다. 이들은 저녁만 되면 디트로이트의 힙합 클럽에 모여 랩 배틀을 진행한다. 리듬에 맞춰 랩으로 상대방을 공격하는 장면에서 백인의 인종적 지배를 목표로 활동하고 있는 극우단체 KKK단을 상징하는 복장을 착용하고 노래를 부르는 모습이 나온다.

　존 그리샴의 원작 소설을 극화한 〈타임 투 킬 A Time to Kill〉(1996)은 백인우월주의가 극심한 미국 남부 미시시피주를 배경으로 한 작품이다. 백인 건달 2명이 술과 마약에 취해 흑인 소녀를 강간한다. 공정한 판결이 내려지지 않을 거라고 생각한 소녀 아버지 칼(사무엘 L. 잭슨)은 기관총으로 법정 앞에서 범인들을 살해한다. 이에 변호사 제이크(매튜 맥커너히)와 정의감에 불타는 법학도 엘렌(산드라 블록)이 칼의 변론을 맡자 두 사람은 KKK단의 위협과 미시시피에 만연된 흑인에 대한 인종차별주의, 불공정한 법정 분위기에 대항하며 법정 공방을 시작한다.

　〈아메리칸 히스토리 X American History X〉(1998)에서는 소방관이었던 아버지가 죽은 후 데릭(에드워드 노튼)은 유색인종에 대한 증오로 백인우월주의자들의 모임인 DOC에 가입해 흑인 살해를 주도하지만 수감 생활을 한 뒤 참회한다는 화합적인 메시지를 담아냈다.

윌렘 대포우, 진 핵크만 주연의 〈미시시피 버닝 Mississippi Burning〉(1988)은 1964년 뜨거운 여름 미시시피 지역에서 발생한 세 명의 흑인 인권 수호 노동자가 의문의 실종을 당한 사건을 쫓는 두 명의 FBI 수사관들의 활동상을 그린 영화이다. 이 작품에서 흑인들을 무자비하게 징계하는 악명 높은 백인우월주의자 집단으로 선을 보이고 있는 단체가 바로 KKK단이다. 미국 사회의 가장 고질적 병폐 중 하나인 흑인에 대한 인종차별을 적극적으로 주도를 하고 있는 이 단체는 할리우드 정치, 사회를 소재로 한 영화 외에도 브루스 베레스포드 감독의 〈드라이빙 미스 데이지 Driving Miss Daisy〉(1989) 마지막 부분에서도 이들이 자행한 폭동 사건이 묘사되는 등 대중예술계에서도 자주 떠올려지고 있는 집단이기도 하다.

'Ku Klux Klan'의 약자로 알려진 KKK의 문자 중 'Ku-Klux'는 그리스어의 집단을 나타내는 'Kiklos'에서 유래됐다. 남북전쟁 때 링컨이 주창한 흑인해방운동에 적극적으로 반기를 들었던 남부 출신 백인들이 결성한 비밀 결사 조직으로 출범을 했다가, 후에는 정치 세력화해서 흑인들에 대한 살상을 마다하지 않는 테러를 자행해 사회 문제를 야기하기도 했다. 이들은 1차 대전 발발 시에는 미국 전역에 지부를 둘 정도로 세력을 확장해 백인의 우월적 권리 확보와 신교를 신봉해 구교 신앙자인 흑인들 탄압에 사사건건 개입을 하기 시작했다.

흰 천으로 얼굴 전체를 가리고 다니는 것을 이들 단체의 특징. 근래 들어 흑인들에 대한 인식 변화로 인해 예전보다 세력이 상당히 위축이 됐지만 아직도 백인들의 우월성을 과시하기 위한 집회나 행동을 활발하게 전개시키고 있어 미국 사회의 해결책 없는 딜레마 같은 존재로 자리 잡고 있다.

〈미시시피 버닝〉은 케네디 대통령이 주창한 이상적 민주주의를 신봉하는 워드(월렘 대포우)와 잇속을 차리는데 일가견을 가지고 있는 남부인 앤더슨(진 핵크먼)이 두 명의 유태인과 한 명의 흑인으로 구성된 인권위원이 모두 살해당한 사건을 수사하는 과정이 주된 이야기로 꾸며지고 있다. 여기서 흑인들이 예배를 보는 교회를 습격해 방화와 살인을 벌이고 있는 KKK단의 모습을 그렸는데, 이들은 어려서부터 증오심을 품고 자라온 이들로 묘사되고 있다.

More Tips

남북전쟁(1861~1865) 이후 미국 연방의회를 장악한 공화당 급진파들은 해방된 흑인들을 정치세력으로 끌어들임으로써 내전 이전의 백인들의 권력구조를 분쇄하려고 기도한다. 이에 반발한 남부 백인들이 1866년 급진적인 지하 저항세력의 중추조직인 KKK단을 조직하게 된다. 이들은 철저한 위계질서와 준(準) 종교적 의식, 얼굴을 흰 두건으로 가린 것이 특징이다. 위협, 공갈, 협박으로 백인의 지배권 회복을 확산시켜 나가지만 과도한 폭력 행위가 비난을 받게 됐고 1960년대 들어 흑인인권운동이 거세지면서 급속히 약화된다.

◀ 에미넴의 〈8마일〉 중 랩 배틀 장면에서 KKK단 복장이 등장하고 있다.
▶ 백인우월주의 폭력단으로 악명을 떨친 KKK단.

한국 영화 〈주홍글씨〉, 〈달콤한 인생〉에 등장하는 첼로의 의미는?

'연주가가 가슴에 보듬어 안고 연주해야 하는 특성상 모성애를 드러내거나 자극시켜 주는 가장 적합한 악기.' 고전 음악계에서 정의 내린 '첼로'에 대한 특성중의 일부이다. 이런 풀이에 화답하려는 듯이 2000년대 들어 '첼로'는 한국 영화의 극적 구성을 부추겨 주는 악기로 애용되고 있다. 암흑가 보스의 부탁을 받고 정부(情婦)의 동태를 감시하던 중간급 부하가 그만 그녀에게 묘한 감정을 느끼게 된다. 이것을 알아챈 보스의 공격을 받자 두 사람은 이제 상대방을 죽이기 위한 파국으로 치닫게 된다는 이야기를 담은 김지운 감독의 〈달콤한 인생 A Bittersweet Life〉(2005)에도 첼로가 등장한다.

호텔을 운영하는 폭력 조직 보스 강사장(김영철)의 감춰진 젊은 애인 희수(신민아)에게 선우(이병헌)가 단번에 빠져 들게 되는 설정 중 하나가, 음악도인 그녀가 첼로 연주를 하는 공연장을 찾으면서부터이다. 피아노 연주자 유키 구라모토의 '로망스'를 첼로로 연주하는 그녀의 모습은 늘 죽음을 염두에 두어야 하는 어둠의 세계에서 잠시 나마 벗어 날 수 있는 마음의 평온을 주게 된다. 선우가 묘령의 여인 때문에 자신이 한때 온 열정을 바쳤던 조직과 전면전을 벌여야 하는 상황을 만들어 낸 희수의 캐릭터는 '남성을 파국으로 유인한다는 악녀(惡女)'의 설정인 '팜므 파탈(Femme Fatale)'이다.

험프리 보가트 주연의 〈말타의 매 The Maltese Falcon〉(1941)에서 본격 도입된 '팜므 파탈'은 여성이 자신의 성적 매력을 십분 발휘해 남성을 자신의 의도대로 악용해 곤경에 빠트린다는 존재를 지칭한다. 〈달콤한 인생〉에서 희수는 10대 소녀와 같은 순진무구함과 첼로 연주로 상징되는 모성을 동시에 갖춘 여인으로 제 역할을 해냈다.

한 가지 흥미로운 점은 이전 할리우드나 유럽 영화권에서 등장하는 팜므 파탈은 늘 뇌쇄적인 매력을 의도적으로 드러내는 것이 관행이었는데, 〈달콤한 인생〉에서는 섹스어필은 철저히 감추고 미니스커트, 운동화 등을 즐겨 착용하는 존재로 묘사돼 남성의 보호 본능을 자극하는 '롤리타'와 '요부' 모습을 절충시키고 있다.

2004년 방영된 SBS 수, 목 드라마 〈남자가 사랑할 때〉 중 인혜(박정아)와 영화 〈주홍 글씨〉에서 형사 한석규의 아내 수현(엄지원)은 모두 첼리스트라는 배역을 맡은 바 있다. 〈남자가 사랑할 때〉에서 인혜는 첼리스트로 성공하고 싶다는 열망 때문에 첫사랑인 지훈(고수)을 배반하고 갑부 집안의 석현(배수빈)과 유학길을 택한다. 〈주홍 글씨 The Scarlet Letter〉(2004)에서 수현(엄지원)은 자신을 사랑하지 않는 친구 애인 기훈(한석규)과 결혼한 첼리스트로 등장한다. 현모양처의 태도를 가지고 있지만 결혼 후에도 친구 가희(이은주)와 밀회를 즐기면서 남편 기훈에게 느끼는 감정적인 죄책감을 첼로 연주를 통해 드러내 준다.

변혁 감독은 '바이올린은 소리가 다소 높고 콘트라베이스는 소리가 다소 낮은 반면 첼로는 사람의 음역과 가장 비슷하다'고 악기 특성을 설명하면서, 자신의 〈주홍 글씨〉에서 '남편과 불륜행각을 벌이는 피아니스트 가희와 협연하는 첼리스트 수현의 모습에서 음악을 통해 친구인 가희와 계속 인연을 맺고 있다는 것을 암시하는 설정'이라고 풀이해 준 바 있다. 영화 속에서 첼로를 연주하는 여주인공의 모습은 다소 큰 부피를 차지하고 있는 악기에 대비돼 작고 연약해 보이는 여성 캐릭터로 부각되어, 보는 이들로 하여금 보호 본능을 불러일으키고 있다.

'유럽에서 발생한 저음 발현 악기'로 풀이되는 '첼로'는 음질은 힘차고 영상적이며 음량도 풍부해 합주에서 저역(底域)을 담당하고 있다. 통상 비올론첼로(violoncello)의 약칭으로 쓰이고 있으며 바이올린, 비올라, 콘트라베이스와 함께 바이올린족에 포함되고 있다. 바이올린만큼의 풍부한 곡목 수는 없으나 독주악기로서 중요한 위치를 차지해 이탈리아의 도메니코 가브리엘리가 '첼로를 위한 리체르카르'와 '소나타'를 작곡한 것이 '첼로'의 악기 특성을 드러낸 최초의 독주곡으로 기록되어 있다.

18세기 중엽 이탈리아의 프란치세로가 엄지손가락을 지판 위에서 사용하는 연주법을 개발, 고역(高域) 연주가 가능해지면서 클래식계에서 점차 중요 악기로 부각되기 시작했다고 한다. 하이든은 '첼로'를 내세운 현악 4중주 양식을 확립 시켜 이후 여러 작곡가들이 첼로 독주곡을 작곡해 바흐의 '모음곡', 베토벤의 '소나타와 비발디', 드보르작, 하차투리안, 카발레프스키, 쇼스타코비치 등의 '첼로 협주곡' 등은 지금도 애청되고 있다. 2003년에는 베르나르도 베르톨루치, 마이크 피기스, 마이클 래드포드, 끌레어 드니, 지리 멘젤, 폴커 슐렌도르프, 이스트반 자보, 장 뤽 고다르 등 세계 영화가를 좌지우지하고 있는 1급 감독들이 의기투합한 각국에서 벌어지는 다양한 인생 애환을 담은 옴니버스 작 〈텐 미니츠 : 첼로 Ten Minutes Older : The Cello〉 (2002)가 공개돼 극중 '첼로'가 각 에피소드를 연결해 주는 주요 악기로 활용됐다.

'첼로'는 감상적인 분위기에 빠져 드는 가을날의 정취를 돋울 만한 소리 때문에 연주자의 교양미를 은연중 드러내 주는 대표적인 악기로 주목받고 있다.

◀ 〈주홍 글씨〉에서 '남편과 불륜행각을 벌이는 피아니스트 가희와 협연하는 첼리스트 수현의 모습에서 첼로는 음악을 통해 친구인 가희와 계속 인연을 맺고 있다는 것을 암시하는 설정으로 쓰였다.

▶ 〈달콤한 인생〉 등 영화 속에서 첼로를 연주하는 여주인공의 모습은 다소 큰 부피를 차지하고 있는 악기에 대비돼 작고 연약해 보이는 여성 캐릭터를 부각 시켜 보는 이들로 하여금 보호 본능을 불러일으키고 있다.

왜 영화 관객들은 〈인셉션〉처럼 '꿈'에 열광할까?

'남의 꿈을 훔친다'는 발칙한 소재를 다룬 〈인셉션 Inception〉이 〈아바타〉 이후 전 세계 흥행 시장을 석권하면서 새삼 '꿈(dream)'을 소재로 한 영화가 주목을 받게 됐다. LA타임즈는 2010년 7월 25일자를 통해 '1930년대 〈오즈의 마법사〉 이후 덴젤 워싱턴 주연의 〈만추리안 후보자〉까지 할리우드는 인간 주변에 관여하고 있는 꿈을 가공시키고 만들어 나가는 영화 제작에 천착하면서 알찬 흥행을 얻고 있다'는 흥미 있는 기사를 보도했다. 또한 LA타임즈는 2010년 국내외 흥행가를 강타했던 크리스토퍼 놀란 감독의 〈인셉션〉이 '꿈을 소재로 한 일련의 영화의 완결'을 보여주고 있다는 호평을 보냈다.

셰익스피어는 명작 〈템페스트 The Tempest〉를 통해 '인간은 꿈을 통해 형성된 것을 소유하고 싶은 갈망을 느끼고 있다'고 설파한 바 있다. 할리우드는 이 같은 심리를 대형 화면으로 각색해 돈방석을 차지하고 있다고 해도 과언이 아닌 것이다.

'잠을 자면 안 된다. 꿈속에서 살인마 프레디가 다가와 당신을 공격할 것이다.'라는 기발한 소재를 담아 객석의 비명을 불러 일으켰던 웨스 크레이븐 감독의 〈나이트메어 A Nightmare On Elm Street〉 (1984)도 꿈을 다룬 대표작이다. 빨간 바탕에 검은 줄무늬 스웨터, 중절모에 흉측한 얼굴, 긴 손톱칼을 가진 살인마 프레디를 등장시킨 이 공포 영화는 변종물까지 무려 10여 편 이상의 시리즈물이 공개될 정도로 큰 호응을 얻어냈다.

공포 영화에서 '악몽(nightmares)' 은 단어 그대로 '흉몽(凶夢)' 으로 그려지지만, 〈오즈의 마법사 The Wizard of Oz〉(1939)에서 도로시(주디 갈란드)가 회오리바람에 휩쓸려 찾아가게 되는 '노란색 길의 에메랄드 시티' 는 도로시의 소원을 풀어 주는 마법의 공간이 되고 있다.

'꿈' 에 대한 상업적 가치를 새삼 각성시켜 주고 있는 〈인셉션〉은 타인의 꿈속에 침투해 생각을 훔칠 수 있는 미래 사회가 배경이다. 꿈 절도범이지만 이 분야 최고 실력자로 대접 받고 있는 코브(레오나르도 디카프리오)는 어느 날 아내를 살해했다는 누명을 쓴 채 도망자 신세가 된다.

그는 대기업 후계자의 머릿속에 새로운 생각을 심어 기업의 합병을 막아 주면 거액의 보상금과 억울한 누명을 벗겨주겠다는 의뢰를 받으면서 '타인의 꿈을 자의적으로 활용한다' 는 기발한 작업을 추진하게 된다.

평론가 폴린 카엘은 1921년 무성 영화 시절 버스터 키튼(Buster Keaton)이 공개한 슬랩스틱 코미디 〈플레이하우스 The Playhouse〉를 '꿈을 소재로 한 할리우드 효시작' 으로 거론하고 있다. 이 영화는 영화관 영상 기사로 일하고 있는 주인공 키튼은 탐정 셜록 홈즈의 무용담을 다룬 영화를 영사하다 잠깐 잠이 든 사이에 진주 목걸이를 근거로 해서 도둑을 잡는 활약을 펼친다는 내용을 담아 관객들의 웃음을 자아내게 된다.

〈스펠바운드 Spellbound〉(1954)는 알프레드 히치콕 감독, 잉그리드 버그만, 그레고리 펙 등의 황금 조합을 통해 미스터리 스릴러의 진수를 선사한 작품이다. 그린 매너스 정신병원의 원장 머치슨 박사(레오 G. 캐롤)가 은퇴하고 후임자로 정신과 의사인 에드워드 박사가 부임한다. 그리고 그 병원의 미모의 여의사 콘스탄스 피터슨 박사(잉그리드 버그만)는 새로 부임한 에드워드를 사랑하게 된다. 하지만 그린 매너스에 부임한 콘스탄스는 진짜 에드워드가 아니었다. 존 발란타인(그레고리 펙)이라는 이름의 이 남자는 기억상실증과 편집증에 시달리고 있으며 자신이 에드워드 박사를 살해했다고 믿고 있다. 피터슨 박사와 존은 경찰의 추적을 피해가면서 에드워드 박사 사건의 진실을 밝혀 나간다. 〈스펠바운드〉에서는 존의 잠재적 내면을 통해 부당한 살인자 혐의를 벗겨내려는 심리학자 피터슨의 행적을 통해 기억상실증(amnesiac) 환자가 겪게 되는 고통을 해소시킨다는 설정을 담아 눈길을 끌었다.

〈스펠바운드〉에서는 추상화가 살바도르 달리의 그림을 보여주면서 존이 꾸고 있던 초현실적 꿈을 통해 단서를 잡아간다는 방식은, 후에 로만 폴란스키 감독의 〈리펄전 Repulsion〉(1965)와 〈로즈마리 베이비 Rosemary's Baby〉(1968) 등에서 원용(援用)될 정도로 큰 여파를 남긴다.

존 프랑켄하이머 감독의 정치 스릴러 〈만추리안 후보자 The Manchurian Candidate〉(1962)도 주목할 만한 작품이다. 1950년 한국 전쟁 중 북한에 포로로 잡힌 미국인이 세뇌를 당해 심한 정신적 상흔(Traumatic Stress)을 받는다는 이야기를 담고 있다. 극중 순찰 병사로 나섰다가 북한군에 사로 잡혀 두뇌 세척을 당하게 된 로렌스 하비와 프랭크 시나트라는, 꿈의 조작을 통해 매우 나약하고 현실에서 벌어진 일을 제대로 기억하지 못하는 유약한 남자로 전락하게 된다는 것을 보여주어 최고의 정치 심리극 영화로 대접 받고 있다.

이 소재는 〈양들의 침묵〉으로 아카데미 어워드 5관왕을 차지했던 조나단 데미 감독이 덴젤 워싱턴, 메릴 스트립을 기용해 2004년에 리메이크했다. 2004년 버전의 〈만추리안 후보자 The Manchurian

Candidate〉에서는 상원의원 엘리노 쇼(메릴 스트립)가 아들을 부통령으로 만들기 위해 아들을 세뇌시키고 반대파 정치인들의 암살을 시도한다는 설정을 내세워 공감을 얻어냈다.

LA타임즈의 영화 칼럼니스트 수잔 킹은 '꿈은 인간에게 기쁨 못지 않게 혼란과 복잡함을 통해 상처를 제공하고 있다. 이런 기묘한 대상은 앞으로도 다양한 형식으로 영화계가 각색 작업을 시도할 것'이라고 전망했다.

▲ 〈오즈의 마법사〉는 할리우드가 꿈이 알찬 흥행 성적을 거둘 수 있는 가능성을 제시한 작품으로 거론되고 있다.

◀ 꿈속에서 흉포한 살인 행각을 벌인다는 〈나이트메어〉.

▶ 존 프랑켄하이머 감독의 〈만추리안 후보자〉.

◁ 덴젤 워싱턴이 주역을 맡아 현대판으로 각색됐던 〈만추리안 후보자〉.

▷ 주디 갈란드가 인간이 가지고 있는 꿈에 대한 원초적인 호기심을 묘사해준 〈오즈의 마법사〉.

왜 할리우드에는 드라마틱한 축구 영화가 없을까?

세계 최강을 자랑하는 할리우드가 가장 관심이 없는 소재는 무엇일까? 바로 축구다. 4년마다 지구촌을 들썩거리게 만들고 있는 월드컵 시즌을 맞아 LA타임즈는 2010년 6월 6일자를 통해 이색 기사를 게재했다. 바로 '왜 할리우드에는 위대한 축구 영화가 없을까?(Why is there no great Hollywood soccer movie?)'이다.

할리우드에서 제작된 스포츠 영화 중 로버트 드 니로 주연의 권투 영화 〈분노의 주먹 Raging Bull〉(1980)을 비롯해 풋볼 영화 〈후시어 Hoosiers〉(1986) 등은 명작 반열에 올라 영화 애호가들의 환대를 지금까지 이어가고 있다. 이와 비교했을 때 영화마니아라고 해도 언뜻 떠오르는 축구 영화는 손에 꼽을 만큼 적다는 것을 새삼 깨닫게 될 것이다. 모든 이유는 영화 메카 할리우드가 축구 영화에 관심이 없기 때문이라는 것이 LA타임즈의 진단이다.

미국이 FIFA 랭킹 14위로 남아공 월드컵에서는 C조에 속해 축구 본산 영국, 슬로베니아, 알제리와 16강을 겨뤘지만, 영화 경쟁국인 프랑스, 이탈리아, 독일 등에 비하면 축구 열기는 다소 차갑다고 해도 과언이 아니다. 반면 할리우드에서 권투는 앞서 언급한 대로 〈분노의 주먹〉을 비롯해 실베스타 스탤론의 〈록키 Rocky〉(1976) 시리즈, 야구 〈19번째 남자 Bull Durham〉(1988), 〈꿈의 구장 Field of Dreams〉(1989), 풋볼은 2010년 산드라 블록에게 아카데미 여우주연상을 안겨

준 〈블라인드 사이드 The Blind Side〉(2009), 〈노스 달라스 포티 North Dallas Forty〉(1979), 〈롱키스트 야드 The Longest Yard〉(2005), 농구는 〈후시어 Hoosiers〉(1977), 아이스 하키는 〈미라클 Miracle〉(2004), 〈슬랩 샷 Slap Shot〉(1977), 당구는 〈허슬러 The Hustler〉(1961), 〈칼라 오브 머니 The Color of Money〉(1986), 골프의 〈해피 길모어 Happy Gilmore〉(1996) 등이 손에 땀을 쥐게 만들었던 스포츠 영화 목록이다.

그렇다고 할리우드가 축구 영화를 전혀 도외시한다는 것은 아니다. 존 휴스턴 감독은 실베스타 스탤론, 마이클 케인을 기용해 2차 대전 당시 프랑스 레지스탕스와 영국 장교들이 축구 시합을 통해 연합군 전쟁 포로(allied POW)들을 탈출시킨다는 〈빅토리 Victory〉(1981)를 공개해 흥행가에서 알찬 성적을 거두었으며, 켄 로치 감독의 〈에릭을 찾아서 Looking for Eric〉(2009), 인도 여류 감독 거린다 챠다의 〈슈팅 라이크 베컴 Bend It Like Beckham〉(2002) 등이 축구 영화의 자존심을 세워 준 바 있다.

LA타임즈는 '할리우드에서 축구 영화가 제대로 꽃을 피우지 못하는 이유'를 알아보기 위해 〈디파티드 The Departed〉(2006)로 아카데미 작품상을 받은 제작자 그래함 킹, 월트 디즈니 프로듀서 조 로스, 〈후시어〉 감독 데이비드 앙스퍼프, 〈더 퀸 The Queen〉(2006), 〈위험한 관계 Dangerous Liaisons〉(1988) 등으로 명성을 얻은 영국 감독 스테판 프리어스 등 영화 전문가들의 의견을 취합했다.

현업에서 활발히 재능을 발휘하고 있는 영화인들은 '할리우드산 축구 영화의 빈곤과 저조'에 대해 대체적으로 다음 5가지 의견을 제시했다.

• 미국인들은 풋볼(Super Bowl)과 야구(World Series)를 국기(國技)로

여겨 축구에 대한 열기는 낮다.

• 풋볼은 쿼터별, 야구는 9회가 진행되면서 중간 중간에 휴식이 가능해 배우와 영상의 클라이맥스를 조성할 수 있지만 축구의 경우는 일단 시합이 시작되면 중간 10분 휴식을 빼고는 내리 45분이 진행, 배우들이 드러내는 극적 감정을 화면에 잡아내는데 어렵다.

• 영웅주의를 선호하는 미국 관객들에게 호응을 얻을 수 있는 미국 출신의 걸출한 축구 스타가 없다. 축구 문외한도 알고 있는 '펠레', '마라도나', '베컴', '루니' 등은 모두 제3세계나 유럽 선수들이다.

• 극적 감동을 위해 다소간의 영상 조작(fake)이 필요한데 축구는 화면으로 잡아야 할 범위가 지나치게 넓어 이런 테크닉을 구사하기가 여타 스포츠와 비교했을 때 상당히 어렵다.

• 골문을 향해 공을 넣으면 승부가 결정되는 단조로운 경기 운영 방식 때문에 아기자기하고 돌발 변수를 예상하기가 힘들다.

▲ LA타임즈는 지난 2010년 6월 6일자를 통해 할리우드가 왜 축구 영화에 별다른 관심을 두고 있지 않는가에 대한 흥미 있는 기사를 보도했다.

◀ 인도 출신 여류 감독 거린다 챠다가 선보인 축구 영화 〈슈팅 라이크 베컴 Bend It Like Beckham〉의 한 장면.

▶ 풋볼이나 야구가 미국의 국기(國技)로 대접 받고 있는 축구 영화는 다소 박대당하고 있다는 것이 할리우드 흥행 전문가들의 의견이다.

기발한 소재가 진정한 영화 스타

'배우가 아닌 기발한 소재가 이제 영화 속에서 진정한 스타이다. (Concepts, not actors, are now the real stars at the movies.)'

배우 이름만으로 흥행을 보장받았던 스타 파워 시대가 급격히 쇠퇴하고 있다. 미국 유일의 전국 일간지 USA Today는 지난 2010년 8월 11일자를 통해 '관객들은 A급 스타가 출연했다는 것으로 극장을 찾지는 않는다. 이제 그들은 흥미로운 스토리에 어울리는 배우들의 연기를 갈망하고 있다'고 보도했다.

평균 이상의 흥행 수익을 보장해 준다는 '스타 파워'의 추락을 엿보게 해준 작품으로 〈나잇 앤 데이 Knight & Day〉를 꼽고 있다. 출연료만 각각 2,000만 달러(한화 약 240억 원)를 보장 받아 '할리우드 흥행 탑건'이라는 애칭을 듣고 있는 톰 크루즈와 카메론 디아즈가 의기투합했던 이 작품은 지난 2010년 6월 넷째 주에 공개되자마자 장난감 인형 우디의 모험담을 다룬 애니메이션 〈토이 스토리 3 Toy Story 3〉와 아담 샌들러 코미디 〈그로운 업스 Grown Ups〉에 밀려 흥행 3위를 차지하는 수모를 당했다.

한때 줄리아 로버츠, 톰 크루즈, 카메론 디아즈, 니콜라스 케이지 등의 스타들은 '할리우드에서 가장 많은 흥행 수익을 보장해 주는 안전장치'로 극찬을 받은 적이 있었다. 하지만 니콜라스 케이지의 〈마법사의 제자 Sorcerer's Apprentice〉(2010)를 비롯해 줄리아 로버츠는

〈더블 스파이 Duplicity〉(2009), 〈정원의 반딧불 Fireflies in the Garden〉(2008), 〈찰리 윌슨의 전쟁 Charlie Wilson's War〉(2007) 등이 연이어 흥행 참패를 기록해 과거 명성이 거의 무너져버렸다.

자아 정체성에 고민하는 첩보원 제이슨 본 역을 맡아, '본' 시리즈를 통해 스타덤에 올랐던 맷 데이몬 경우도 이라크를 배경으로 한 〈그린 존 Green Zone〉(2010)이 예상을 깨고 흥행에서 별로 재미를 보지 못했다. 물론 조니 뎁의 〈이상한 나라의 앨리스 Alice in Wonderland〉나 로버트 다우니 주니어의 〈아이언 맨 2 Iron Man 2〉 등은 의심할 여지없이 스타급 배우의 출연 덕분에 2010년도 흥행 차트 정상을 차지했다는 것을 부인하기는 어렵지만 70~80년대처럼 '스타급 배우의 출연이 거대한 수익(big revenues from star power)'을 보장해 주는 시대는 퇴조하고 있는 분위기다.

1급 배우들의 처지가 이렇게 추락한 주요 원인은 무엇일까? USA Today 영화 전문 기자 스코트 보울리스는 'TV 등 여러 대중 매체의 출현으로 이제 유명 연예인들이 신비로운 대상이 아닌 친숙한 존재로 전락했다. 이 때문에 극장을 찾는 관객들은 15달러의 입장료를 내고 영화를 선택할 때 배우가 아닌 뭔가 새로운 것을 갈망하고 있으며 이 것은 바로 기발하고 창의적인 소재를 담은 영화만이 앞으로 수익을 얻을 수 있다는 결론을 제시하고 있는 것'이라고 진단하고 있다.

'두뇌를 놀리는 스릴러(The brain-teasing thriller)'로 공개됐던 〈인셉션 Inception〉의 경우도 레오나르도 디카프리오의 존재를 포스터에서 최소화 시키는 대신 '창의적인 소재를 담았다'는 것에 주안점을 둔 홍보 전략을 시도했다.

할리우드 흥행 전문가 제프 복은 '크리스토퍼 놀란 감독은 다른 사람의 꿈속에 침입해 생각을 훔칠 수 있다는 기발한 내용을 흥행 포인트로 삼기 위해 탑 스타 디카프리오의 존재는 최소화 시키는 흥행 전략을 시도했는데 이것이 결국 완벽하게 성공했다' 는 의견을 제시하면서 스타 파워의 위력이 무력화 되어 가고 있는 추세를 진단해 주었다.

독설적 평으로 유명한 영화 비평가 스코트 맨츠도 '관객들은 이제 스타들의 외모를 염두에 두지 않는다. 이제 그들이 필요로 하는 것은 스토리의 연관성이다(People don't need to recognize the face. They need to connect to the story)' 고 거들고 있다.

'영화배우들에게 영원한 안식을(R.I.P., movie stars)!' 장례 행렬에서 쓰이는 추도사가 스타급 배우들 머리 위로 떠돌고 있는 것이 작금의 할리우드 풍속도가 되고 있다고 해도 과언이 아닌 것이다.

◀ 스타급 배우보다는 흥미 있는 소재가 영화 흥행에 견인차 역할을 하고 있는 것으로 나타났다.
▶ 탑 스타 레오나르도 디카프리오 보다는 기발한 아이디어를 담고 있다는 분위기의 포스터를 만들어 눈길을 끌어냈던 영화 〈인셉션〉.

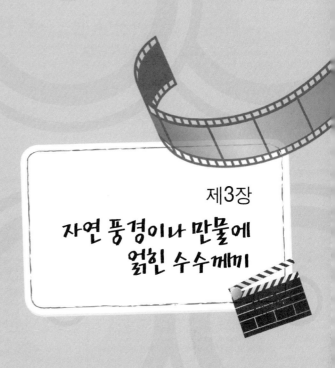

제3장

자연 풍경이나 만물에
얽힌 수수께끼

'세상살이에서 발견되는 하찮은 미물도 다 존재 이유가
있는 것이다.'
종교에서 언급한 창조론을 증명하듯 인간은 우주 만물과
융합과 조화 혹은 의지를 통해 심적 위안을 얻고 있다.
세상에 존재 이유를 드러내며 위용을 자랑하고 있는
자연 풍물에 내포되어 있는 내밀한 의미를 찾아본다.

바다를 동경하거나 배경으로 한 영화가 자주 만들어지는 이유는?

여류 감독 필리다 로이드가 할리우드 탑 스타 메릴 스트립, 콜린 퍼스, 피어스 브로스넌을 비롯해 샛별 아만다 사이프리드 등을 기용해 선보인 산뜻한 뮤지컬 영화가 〈맘마미아! Mamma Mia! – The Movie〉(2008)이다. 이 영화에서 상쾌한 기분을 부추겨 준 요소 중 단연 으뜸은 오염되지 않은 자연절경을 자랑하는 그리스 바다 풍광이다. 여기서 바다는 남편 없이 모텔을 운영하는 도나(메릴 스트립)와 딸 소피(아만다 사이프리드)의 꿈과 낭만 그리고 결혼식을 기회로 아빠로 추정되는 3명의 중년 남자 샘(피어스 브로스넌), 해리(콜린 퍼스), 빌(스텔란 스카스가드)에게 편지를 보내는 과정에서 해후의 기쁨을 연결시켜 주는 상징 공간으로 등장하고 있다.

바다가 주요 무대가 되고 있는 영화 중 〈포세이돈 어드벤처 The Poseidon Adventure〉(1972)를 비롯해 〈타이타닉 Titanic〉(1997) 등도 안하무인(眼下無人)격으로 오만해진 인간을 일순간 응징하는 바다의 사나운 모습을 담아 이목을 끌었다.

밥 딜런의 동명 주제곡을 주제곡으로 삽입시켜 호응을 얻어냈던 작품인 독일 토마스 얀 감독의 〈노킹 온 헤븐스 도어 Knockin' On Heaven's Door〉(1997)도 바다를 배경으로 한 영화에서 빼놓을 수 없는 작품이다. 마르틴(틸 슈바이거)과 루디(얀 요셉 리퍼스)는 각각 뇌종양,

골수암 말기 환자로 같은 병실에서 지내고 있다. 시한부 선고를 받은 두 사람은 마지막으로 바다를 보기 위해 여행을 떠난다는 이야기를 담고 있다.

서구 문명권에서는 '메소포타미아 신화'를 비롯해 대부분의 설화 속에서 '바다'는 '정체불명의 신비한 동경심과 함께 푸른 파도가 풍겨주는 묘한 두려움'을 동시에 안겨주고 있는 존재로 인식돼 왔다. 이런 가치관이 형성된 주요 이유에 대해 여러 가지 풀이가 제기되고 있다. 가장 설득력이 있는 것은 끝이 보이지 않을 정도의 넓이와 짐작할 수 없는 깊이 그리고 사나운 폭풍우와 함께 좌초되는 여러 해난 사고로 인한 희생 등이 이러한 공포심을 안겨준 주요 원인이라고 풀이할 수 있다. 앞서 잠깐 언급했듯이 서구 문명권에서는 바다를 배경으로 했거나 유래된 여러 민담이 존재했고, BC 6세기경 철학의 아버지라고 불리는 탈레스가 '만물의 근원은 물이다'라고 정의를 내려주면서 인간이 가지고 있는 물에 대한 개념을 정립해 주었다.

이런 주장이 아니더라도 인간이나 자연 만물을 형성하는 가장 기본적인 구성 요소는 '물'이라는 것은 상식이다. 수메르 문명에 있어서 여신 나무는 바다를 뜻하는 표의문자(表意文字)로 표기됐고, 그녀가 하늘과 땅을 탄생시킨 어머니로 숭배 받았다고 한다. 바빌로니아 신화에서도 하늘과 땅이 창조되기 이전에는 담수(淡水)로 이루어진 아푸스와 염수로 이루어진 티아마토가 지구상에 유일한 자연 환경이었다는 기록이 전해지고 있다.

이후 두 신이 결합되면서 천신(天神)을 비롯해 지신(地神), 수신(水神) 등 여러 신이 생성됐다. '에어'라는 별칭을 가지고 있었던 수신은 모든 신의 우두머리였는데, 영웅신 마르두크를 낳게 된다. 그런데 마르두크가 성장한 뒤 아푸스와 티아마토 간에 분쟁이 일어나 결국 아푸스는 영원히 잠이 드는 징벌을 받고 티아마토는 피살된 뒤 하늘에서 다시 십자가에 못 박힌다. 이것은 동양권에서 죽어서 무덤에 묻힌 사람을 다시 한 번 죽이는 부관참시(剖棺斬屍)와도 같은 형벌이다. 이런 투쟁 끝에 최후의 승리자가 된 마르두크가 인간을 비롯해 우주와 세계의 질서를 창조하게 된다. 여기서 패배자가 된 바다는 혼돈스럽고 무질서한 존재의 상징이 됐고 이것을 진압하는 것에서 인간의 역사가 태동했다는 설이 제기됐다.

그리스 신화 속에 '바다'의 정체는 혼돈(混沌)을 뜻하는 '카오스의 세계' 속에서 태어난 것으로 규정해 주고 있다. 그리스인들은 '바다'는 천고의 비밀을 간직한 장소이자 지식이 응집되어 있는 곳으로 평가를 하고 있다. 신화 속에는 해신(海神)으로 포세이돈이 있는데 그는 성격이 까다롭고 사나운 폭풍우를 몰아치는 심술을 부리는 존재로 알려졌다. 그는 삼지창(三指槍)으로 된 작살을 자신의 분신처럼 부착하고 다닌다.

대양신(大洋神) 네레우스의 딸 암피트리테와 결혼해 트리톤, 로데, 벤테시키메를 낳았고 본부인 외에 여러 여성과 스캔들을 맺어 페가수스, 오리온 등은 포세이돈의 사생아라고 알려져 있다. 스노리 스투를루손이 편찬한 책 『에다』에 따르면 에기르가 바다를 다스렸는데 이 신이 가지고 있는 턱 부분이 바다에서 헤매는 배를 삼켰다고 한다. 여기에 그치지 않고 에기르의 아내 란은 배에 그물을 걸어서 물속으로 끌어들이는 동시에 항해하는 배를 잡고 멈추게 하는 원흉(元兇)으로 악명을 높인다.

중세 유럽에서 드넓은 바다는 어부나 인간 사회를 괴롭히는 여러 가지 미물이 살고 있다고 생각했으며 르네상스 시기 이후에는 바다를 통한 세계 각국의 무역업이 번창했다. 이때 선원들 간에는 인어(人魚)를 보면 바다가 거칠어지고 해상에서 휘파람을 불면 폭풍이 일어난다는 속설을 갖고 있다고 전해진다.

바다는 끊임없이 움직이는 물과 공기와 같은 무형적인 존재를 함께 포용하는 존재이다. 이런 특성 때문에 바다는 죽음과 삶을 연결시켜주는 이미지로 받아들여지고 있다. 시인들은 바닷물은 삶의 근원인 동시에 삶의 목표로 생각하고 있다. 그래서 '바다로 돌아간다'는 것은 '어머니에게 돌아가는 것'과 동일하다고 보고 있다.

◀ 오염되지 않은 그리스 바다 풍광이 산뜻한 멜로물의 분위기를 부추겨 주었던 〈맘마 미아!〉.
▶ 서구인들은 바다에 대해 삶과 죽음을 연결시켜주는 이미지로 받아들이고 있다.

다양한 의미로 풀이되고 있는 달(月)의 모습

달(Moon: 月)은 그 어떤 사물보다도 다양한 상징적 언어로 쓰이고 있는 대상이다. 지안카를로 탈라리코 감독의 〈문라이트 세레나데 Moonlight Serenade〉(2009)는 재즈 클럽 피아노 연주자(스코트 G. 앤더슨)가 천사의 목소리를 가지고 있는 사랑스런 여성 클로에(에이미 아담스)를 발견하고 뮤지컬 배우로 변신시킨다는 내용이다.

'문 리버, 몇 마일이나 되는 넓은 강이여. 세계를 바라보려고 방황하는 두 사람, 무지개의 끝인 행복, 보배를 추구하면서.'

자니 머서 작사, 헨리 맨시니 작곡의 'Moon River' 가사 일부이다.

'그림으로 그린 바다에 뜨는 종이 달도 그대가 믿어 주면 진짜가 된답니다.'

제임스 댄, 클리프 에드워즈아 추억의 명화 〈테이크 어 챈스 Take A Chance〉 주제곡으로 사용해 인기를 얻은 명곡 'It's Only A Paper Moon'의 가사 일부이다.

〈문라이트 세레나데〉에서도 어빙 벌린의 'They Say It's Wonderful', 조지 거쉰의 'Love Walked Right In'을 비롯해 극중 히로인 에이미 아담스의 보컬이 담겨 있는 'You Go To My Head', 'Fool That I Am' 등이 로맨스극의 정취를 만끽시켜 주고 있다.

'달(Moon)'은 이들 노래에서처럼 '꿈'과 '희망' 그리고, 전도유망한 뮤지컬 여가수로 스포트라이트를 받게 되는 클로에는 뉴욕의 달빛을 보면서 사랑의 기쁨도 만끽하게 된다는 〈문라이트 세레나데〉처럼 '러브 메신저' 역할로 활용되고 있다.

쉐어 주연의 〈문스트럭 Moonstruck〉(1987)은 약혼자 동생과 운명적인 사랑에 빠지는 한 여성의 처지를 소재로 했다. 이 커플이 밀애를 나누다 창밖을 내다보니 그곳에는 둥그런 달이 떠있었다는 설정을 보여 주고 있다.

태양이 '낮의 눈(Eye of Day)'이라면 달은 '밤의 눈(Eye of Night)'으로 통칭이 되고 있는 것처럼, 달은 '자연의 암흑', '인간의 이성', '변화', '변천', '고민', '쇠약' 등 다양한 뜻을 내포한 존재이다. 달은 초승달, 반달, 보름달 등으로 변화되는 관계로 인해 '변화를 가져오는 사람', '지상에 머물고 있는 인간이 겪게 되는 고통과 숙명' 등을 대변하는 자연 물체로 받아들여지고 있다.

보름달은 '힘', '신비한 영력(靈力)', '강인함', '사물의 완성'을 나타내 〈울프〉에서처럼 늑대 인간이 보름달만 뜨면 주체할 수 없는 광포한 힘을 발휘하는 것으로 그려지고 있다. 또한 기우는 초승달은 '불길하고 악마적인 것', 반달은 '인간의 죽음'을 연상되는 것으로 해석되고 있다.

점성술사(Astrologer)들은 '달'에 대해 '성적인 자극', '동물적인 충동', '심적 욕망' 등으로 풀이하고 있는데 〈문스트럭〉에서도 두 남녀가 격정적인 사랑사연을 쌓아가는 정경에 달을 등장시켜 분위기를 돋워 주었다. 신화에서는 '태양'을 남성의 권력으로, '달'은 여성의 힘으로 풀이하고 있기 때문에 '달'은 흔히 여성이 연관된 사건에는 양념처럼 등장하고 있다. 서양인들은 태양과 달이 함께 그려있는 그림은 '성스런 혼례(婚禮)'를 나타내는 것으로 숭배하고 있다.

고대 로마의 문인, 철학자인 철학자 키케로는 '나무들이 자라고 동물들이 성장하는 것은 달의 힘 때문이다'고 설파한 바 있다. 고대 인간들은 이미 달의 순환과 여성의 생리적 변화에는 신비한 연관성을 갖고 있다는 것을 알고 있었다고 한다. 이 때문에 '달'은 '여성들의 지배자'라는 의미로 받아들여지고 있다. 부계 사회가 모계 사회를 지배하게 되자 여성적 특성은 모두 달에 귀속되고 남성적 특징은 태양에 귀속됐다고 한다. 이후 하늘과 땅의 결혼은 태양과 달의 결혼과 동의어로 쓰이기 시작한다. 오늘날 시간을 측정할 때 달의 리듬이 태양의 리듬보다 더욱 효율적이라는 것이 천문학계에서 인정하고 있으며 '겨울 다음에 봄이 오고', '서리가 내려 모든 식물이 죽은 뒤 다시 소생'하듯이 재생이나 부활을 암시하는 존재로도 쓰이고 있다.

지안카를로 탈라리코 감독의 〈문라이트 세레나데〉. 뉴욕의 달 풍경이 멋들어지게 화면에 담겨져 있다.

재앙 영화에서 왜 홍수는 빠지지 않고 등장할까?

〈해운대〉는 2009년 7월 개봉된 뒤 관객 천만 명을 돌파하는 뜨거운 반응을 받은, 설경구, 하지원, 박중훈, 엄정화 주연의 영화이다. 이 영화는 2004년 역사상 유례없는 최대의 사상자를 내며 전 세계에 엄청난 충격을 안겨준 인도네시아 쓰나미를 모티브 삼아 제작되었다. 인도양에 원양어선을 타고 나갔던 해운대 토박이 만식(설경구)은 예기치 못한 쓰나미에 휩쓸리게 되고, 단 한순간의 실수로 그가 믿고 의지했던 연희 아버지를 잃고 만다. 이 사고 때문에 그는 연희(하지원)를 좋아하면서도 자신의 마음을 숨길 수밖에 없다. 그런 어느 날, 만식은 오랫동안 가슴 속에 담아두었던 자신의 마음을 전하기로 결심하고 연희를 위해 멋진 프러포즈를 준비한다. 그러나 한여름 더위를 식히고 있는 수백만의 휴가철 인파와 평화로운 일상을 보내고 있는 부산 시민들에게 초대형 쓰나미가 시속 800km의 빠른 속도로 밀려온다.

〈해운대〉 여파가 채 가라앉기도 전에 11월 전 세계 극장가에서 공개된 작품이 롤랜드 에머리히 감독의 〈2012〉다. 고대 마야 문명에서부터 전해져온 2012년 인류가 멸망하게 된다는 내용을 지진, 화산폭발, 거대한 해일 등을 각종 자연 재해들을 통해 실감나게 묘사해 주었다.

〈해운대〉와 〈2012〉에서 공통적으로 관객들의 간담을 서늘하게 만들어준 설정은 바로 '엄청난 해일을 몰고 오는 홍수' 를 빼놓을 수 없다.

"대홍수가 일어났다. 사방이 어두워지고 검은 비가 쏟아지기 시작했다. 비는 낮과 밤을 가리지 않고 내렸다. 사람들은 동굴 속에서 피난처를 찾았지만 동굴이 무너지면서 사람들의 생명을 앗아가 버렸다. 인류는 멸망했다."-과테말라의 인디오, 키체족의 전설 중에서

"옛날 큰 홍수가 와서 이 세계는 모두 바다가 되어 버렸다. 생물은 물론 인간도 모두 멸망하고 말았다."-한국의 홍수 설화 중에서

"말법 시대에 들어서면 태양도 달도 빛을 볼 수 없게 되고 별들의 위치도 바뀐다. 흰 무지개가 태양을 꿰뚫을 것 같은 불길한 징조가 나타나면 대지는 진동하고 때 아닌 폭풍우가 일어난다. 고약한 병들이 잇달아 번지고 사람과 사람이 서로 죽이고 죽음을 당한다."-불교의 『대집월장경』 중에서

"죄 많은 인간들의 추악한 면을 본 여호와는 인간을 창조한 것을 후회했고 인간을 지상에서 쓸어버리려 하였다. 신은 노아라는 선량한 이에게 대홍수가 있을 것이니 방주를 만들어 대비하라 명령했다. 노아는 방주에 가족과 암수 한 쌍씩의 동물을 태웠다. 이후 40 주야로 걸쳐 내린 비는 만물을 물속에 잠기게 했고 비가 내린지 150여 일이 지나 방주는 아리랏간에 도착했다. 신은 다시는 대홍수를 내리지 않겠다는 약속으로 무지개를 보냈다."-『구약성서』의 「창세기」 중에서

몇 가지 사례에서 알 수 있듯이 '홍수', '거대한 해일', '쓰나미' 등 홍수는 인간 세상에 종말이나 파국을 상징하면서 공포감을 극대화하는 설정이 되고 있다.

바빌로니아의 길가메시 이야기에서부터 이집트 경전, 인도 산스크리스트어 고서, 아메리카 인디언 등 세계 각국에 보편적으로 전해지고 있는 '홍수 설화'는 인류 전체가 잠재적 두려움으로 간직하고 있는 멸

망에 대한 불안감과 위기감을 단적으로 엿볼 수 있는 설정으로 받아들여지고 있다.

'정지된 물'이 아니고 움직이는 '파도'는 세상과 인생의 영고성쇠(榮枯盛衰), 허망을 드러내는 상징물이다. '쓰나미'로 대변되는 '홍수' 또한 바다 위에 떠 있는 달의 위력을 드러내는 것인 동시에 새로운 주기가 시작됐음을 알리는 것이다. 이 때문에 '홍수'의 도래는 '죽음을 초래하지만 그 한편에서는 새로운 생명의 탄생이 조성되는 것'이다.

'홍수'로 인해 인류가 일순간 전멸 당할 수 있다는 두려움은 결국 조물주가 행사하고 있는 권능(權能)에 대한 절대적인 복종을 초래하게 된다. 따라서 인류 종족의 파멸을 막기 위해 신의 노여움을 불러일으키는 행동을 자제해야 했으며 이런 이유로 인해 종교는 더욱 절대적인 힘을 누리게 됐다고 한다.

More Tips

바다는 우주 만물의 원천이자 무덤이다. 그리스 로마 신화에서는 '바다'는 '어머니의 상징'으로 이해되고 있다.

◀ 〈2012〉에서는 재앙 영화에서 빠트리지 않고 등장하고 있는 홍수 설화를 다시 담아 주었다.

▶ 부산 앞바다에 몰아닥친 쓰나미 위력을 묘사해 화제가 된 〈해운대〉.

〈아르헨티나 할머니〉, 〈웨일 라이더〉에서
바다 고래의 의미는?

    군사 정권이 주도했던 창작 예술에 대한 질곡(桎梏)의 탄압이 기승을
부리던 80년대, 배창호 감독의 〈고래 사냥〉에서 '고래'는 '자 떠나자,
고래 잡으러!'라는 노랫말과 함께 현실의 고단함과 답답함에서 벗어
날 수 있는 상징어가 됐다.

    허만 멜빌 원작의 『모비 딕』에서 묘사된 흰 고래는 다리를 절단 당
한 선장 에이햅이 단순한 복수심보다는 자신의 존재 가치를 입증시키
려는 존재로 묘사되고 있다.

    나가오 나오키 감독의 〈아르헨티나 할머니 Argentine Hag〉(2007)
에서는 부인과 일찍 사별한 아버지(야쿠쇼 코지)가 돌로 만든 고래 형상
의 조각을 조그만 선박에 싣고 딸과 함께 바다로 나갔다가 그만 배가
출렁거려 바다에 빠뜨리는 장면이 나온다.

    〈웨일 라이더 Whale Rider〉(2002)는 어린 마오리족 소녀가 고답적
(高踏的)인 운명에 분연히 맞서 승리를 쟁취하는 과정을 담은 휴먼극이
다. 2003년 시카고 아동영화제 심사위원상 등 상업적 테크닉보다는
휴먼 스토리에 점수를 주고 있는 주요 영화제에서 갈채를 받아낸 〈웨
일 라이더〉에서 언급되고 있는 '고래'는, 남아선호사상과 전통적인
의식을 고수하려는 할아버지 세대의 가치관을 서서히 개혁해 가는 10
대 소녀의 행적을 다뤄 호기심을 끌어내고 있다.

〈반지의 제왕 The Lord of the Rings: The Fellowship of the Ring〉(2001)의 촬영 무대가 된 것을 비롯해 제인 캠피온 감독의 〈피아노 The Piano〉(1993), 요정에게 빼앗긴 이불을 되찾기 위해 젖소를 재물로 바친다는 해리 싱클레어 감독의 〈뉴질랜드 이불 도난사건 The Price of Milk〉(2000)에서 엿볼 수 있듯이 뉴질랜드는 혼탁한 첨단 문명의 흔적이 아직 닿고 있지 않은 처녀림과 같은 존재로 주목 받고 있는 국가이다.

〈웨일 라이더〉에서 뉴질랜드 원주민인 마오리족은 전통적으로 고래를 숭배하고 있으며, 조상대대로 고래를 자유롭게 탈 수 있는 차세대 소년 지도자를 갈망해 오고 있다. 족장 역할을 하고 있는 할아버지 코로는 며느리의 출산 소식을 애타게 기다리지만 이란성 쌍둥이 가운데 손자는 죽고 손녀 파이만이 살아남는다. 파이는 막대기를 이용한 전통 무술 타이아와 수영 등에서 뭇 소년들을 제압하는 능력을 보이지만, 조부 코로가 여자는 마을의 지도자가 될 수 없다고 완강한 반대를 표시한다.

하지만 심해에 빠진 고래 뼈로 만든 목걸이 징표를 찾아오고 바다 어귀로 몰려든 고래 떼들을 다시 바다로 돌려보내는 실력을 발휘한 파이는 할아버지를 비롯해 마을 남자들의 축복을 받으면서 마을의 새로운 지도자로 지명 받게 된다.

〈웨일 라이더〉에서는 흥미로운 이야기뿐만 아니라 푸른 바다, 하얀 뭉게구름이 가득한 청정한 뉴질랜드의 풍광을 목격할 수 있어 많은 찬사를 받았다. 덕분에 히로인역의 케이샤 캐슬 휴즈는 2004년 아카데미 여우상 후보에 당당히 지명됐다. 이 영화에서 극의 주요 갈등 요인으로 등장하고 있는 '고래'는 흔히 바다의 신이자 우주 및 개인이 다시 탄생함을 뜻하는 존재이다. 마지막에 소녀가 고래와 함께 깊은 바다 속으로 사라지는 것은 죽음의 암흑 속으로 들어가는 것을 뜻하고 있지만, 『구약성서』 중 '요나의 이야기' 처럼 죽음은 다시 태어남을 의미하는 것으로 해석할 수 있다. 기독교에서 '고래' 는 '악마' , '사탄' 으로, 고래의 굳게 닫힌 턱은 '지옥문' 으로 기술되고 있다.

More Tips

서구 신화에 기술된 고래는 '무덤', '시체', '사물에 대한 은폐' 등을 나타내는 동물로 인식하고 있다. 또한 문단에서는 하늘과 땅의 교차 등 양극을 포괄하고 있는 존재로 기술되고 있다.

 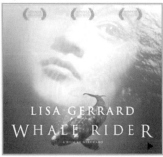

◀ 〈웨일 라이더〉에서 소녀가 고래와 함께 깊은 바다 속으로 사라지는 것은 죽음의 암흑 속으로 들어가는 것을 뜻하고 있다.

▶ 고래는 기독교에서 '악마' , '사탄' 으로, 고래의 굳게 닫힌 턱은 '지옥문' 으로 기술되고 있다.

〈리키〉에서 보여준 깃털에 담긴 뜻은?

프랑소와 오종 감독의 〈리키 Ricky〉(2009)는 날개 달린 아기를 소재로 한 가족영화다. 싱글맘 케이티(엘렉산드라 라미)는 화공약품을 다루는 공장에서 일하고 그녀의 딸은 엄마의 자전거에 매달려 통학하고 있다. 얼마 후 엄마가 외국인 근로자 파코와 눈이 맞아 동거를 한 뒤 날개가 돋는 아기 리키가 출생하면서 사건이 펼쳐진다. 케이티는 리키의 등에 난 상처를 발견하고 파코의 폭력에 의해 발생한 것으로 오해해 결별을 하게 되고, 리키의 등에 날개가 돋자 방송국에서 이를 공개하려 하지만 리키는 하늘로 날아가 버린다.

기이한 아기의 출현으로 가족은 혼란을 겪지만 복권도 당첨되고, 파코도 귀환하고 케이티는 다시 임신했다는 것을 알게 된다. 결국 날개 달린 아기의 출현으로 케이티 집안은 갈망하던 것을 모두 이루게 되는 행운을 얻게 된 것이다.

아이큐가 불과 80 이하인 포레스트 검프가 1960년대부터 1980년대까지 미국의 격변하는 근대사의 와중에 오직 우직한 성실성을 바탕으로 맡은 일을 처리해 나가면서 일반인들이 상상할 수 없는 다양한 업적을 남긴다는 과정을 담은 톰 행크스 주연의 〈포레스트 검프 Forrest Gump〉(1994)는 전 세계적으로 뜨거운 반응을 불러 일으켰다.

이 영화는 '온갖 부조리한 일에 휩싸여 미국의 신화가 날로 퇴색되어 가고 있는 현상을 안타깝게 여긴 대다수 평범한 미국인들에게 다시

한 번 아메리카니즘의 위대성을 일깨워 주었다'는 평가답게 철저한 미국우월주의가 담겨 있는 국수주의적(國粹主義的) 영화라는 비판을 받기도 했다.

그렇지만 이 영화에서 지능이 모자라고 약간은 어수룩해 보이는 저능아 포레스트 검프가 월남전에 참전을 하고 평화의 사절로 중국에 파견되고 이어 사회에 진출해서는 어선을 이용해 막대한 부를 축적한다. 흡사 파노라마처럼 숨 가쁘게 펼쳐지고 있는 과정은 지구촌 영화광들에게 현실에서 당한 혼란과 갈등, 부도덕성에 대한 실망감 등을 일시에 위로해주는 청량제 같은 역할을 함으로써 폭넓은 성원을 받아 내게 된다. 이 영화의 오프닝 장면에서 벤치에 앉아 버스를 기다리는 포레스트 검프의 어깨 너머로 하얀 깃털(Feather)이 사뿐히 내려오자 검프는 깃털을 주워 책갈피에 끼워 넣는 장면이 나온다. 등에 날개가 돋아난다는 〈리키〉와 마찬가지로 〈포레스트 검프〉에서 등장하는 깃털은 새와 같은 대상으로 받아들여지고 있는 상징물이다.

서구인들은 그들의 풍습을 담은 문헌에 기록된 바에 따르면 고대부터 깃털이나 새는 '인간에게 안식처를 제공하는 인도자'라는 의미로 인식을 하고 있다고 전해진다. 또한 영국에서는 깃털 3개는 황태자를 나타내는 상징으로 여기고 있고 2개의 깃털은 빛과 공기, 부활 등의 의미를 가지고 있다. 이외에 출전을 눈앞에 둔 병사들이 투구에 깃털을 꽂는 것은 명예를 지켜 승리를 이루겠다는 각오를 나타내는 것이지만, 전쟁이 한창 벌어지는 도중 흰색 깃털을 내보이면 항복을 뜻하는 것이 된다. 〈포레스트 검프〉에서 보여준 깃털은 급격한 산업사회로 인해 인간 사이의 관계는 소원해 지고 지나친 물질적 탐욕으로 인해 점점 황폐화로 치닫고 있는 '미국 사회의 병리를 치유해 주는 구원자' 역을 수행하고 있음을 나타내고 있다. 이런 가설은 이 영화에서 포레스트 검프가 영악한 처세술 없이도 순리대로 주어진 사물과 운명에 대처해 나가 마침내 인간 승리를 성취하는 과정을 보여주면서 입증을 시켜주고 있다. 아울러 포레스트 검프가 순정을 다하는 제니가 부친으로부터 성적인 학대를 당하자 이를 피해 풀숲으로 피신해 '하나님, 이 고난에서 벗어나기 위해 저를 새로 만들어 주세요'라는 기도를 할 때 수백 마리의 참새들이 날아가는 장면이 나오는데, 이것은 흔히 '참새'가 보잘것없고 비천한 것을 나타내는 조류(鳥類)여서 바로 제니가 처한 암담하고 의지할 곳 없는 처지임을 짐작하게 해주는 장면이 됐다.

존 트라볼타 주연의 〈마이클 Michael〉(1996)에서는 아이오와주에 거주하는 지저분한 모습에 뱃살이 처진, 줄담배에, 여자 밝힘증이 심한, 깃털과 날개가 달린 천사 마이클을 등장시키고 있다. 그는 시카고 내셔널 미러지의 가십 담당 기자 프랭크 퀸란과 앙숙 관계인 도로시를 화해시키고 주변 사람들에게 사랑의 감정을 싹트게 한다는 코믹한 내용을 담아 흥행가의 관심을 끌어냈다. 이 영화에서 보여준 하얀 깃털(Feather)은 '인간에게 안식처를 제공하는 인도자'라는 의미로 해석된다.

◀ 날개 달린 아기의 출현으로 해프닝이 벌어지지만 결국 가족이 갈망하는 것을 이루게 된다는 이야기를 담은 〈리키〉.

▶ 존 트라볼타 주연의 〈마이클〉에서 보여준 하얀 깃털(Feather)은 '인간에게 안식처를 제공하는 인도자'라는 의미로 해석된다.

동·서양 유령(幽靈)의 차이점
-이성적인 서양 귀신 vs 감성적인 동양 귀신

　공포심을 자극 시키고 있는 유령 영화(Ghost Movie)는 동·서양을 막론하고 영화 역사와 더불어 대중적인 선호를 받고 있는 장르이다. 특히 이들 영화들은 동·서양 관점에서 보면 뚜렷하게 구별될 수 있는 차이점을 발견할 수 있어 흥미롭다. 독자들의 기억에도 남아있는 공개작을 중심으로 해서 몇 가지 대별되는 차이점을 살펴보자.

　바람둥이의 처신을 경고해 주기 위해 세 명의 여자 유령이 나타난다는 매튜 맥커너히, 제니퍼 가너 주연의 〈고스트 오브 걸프렌즈 패스트 The Ghosts of Girlfriends Past〉(2009) 등이 공개되었지만, 보름달만 뜨면 늑대인간이 나타난다는 베네치오 델 토로 주연의 〈울프맨 The Wolfman〉(2010), 단골 리메이크 소재로 각광 받고 있는 〈드라큘라 Dracula〉 시리즈와 〈프랑켄슈타인 Frankenstein〉, 치과의사 버트램 핑커스가 갑작스러운 죽음을 당한 이후 죽은 사람을 볼 수 있는 능력을 가지고 환상하면서 벌어지는 해프닝극인 그렉 키니어, 테아 레오니 주연의 〈고스트 타운 Ghost Town〉(2008), 1870년 파리 오페라 하우스를 배경으로 해서 미모의 오페라 뮤즈 크리스틴이 거울 뒤에서 반쪽 얼굴을 하얀 가면에 가린 채 나타난 팬텀으로 인해 정신적 고통을 당하게 된다는 제라드 버틀러, 에미 로섬 주연의 〈오페라의 유령 The Phantom of the Opera〉(2004) 그리고 패트릭 스웨이지 주연의 〈사랑과 영혼 Ghost〉(1990) 등에서 짐작할 수 있듯이 서양 영화에 등장하는 귀신의 성별은 대부분 남성이 주류를 이루고 있다. 이에 비해 홍콩의 〈천녀유혼〉 시리즈와 진희경 주연의 〈은행나무침대〉, TV 드라마 〈전설의 고향〉 등을 보면 알 수 있듯이 동양권의 귀신은 대부분이 여성이 등장한다는 성별 차이점이 있다.

서양권 영화인 〈메이드 인 헤븐 Made In Heaven〉(1987), 〈천사가 된 사나이 Almost An Angel〉(1990), 〈야곱의 사다리 Jacob's Ladder〉(1990) 등에서는 죽음을 당한 남자가 유령으로 다시 환생해 이승에 살고 있는 연인이나 마음에 두고 있던 여성과 사랑을 나누기도 한다.

동양권 영화에서는 악귀로 천대를 받으면서 '부적', '무당' 등 강력한 외부의 차단 세력에 의해 여성이 품고 있는 남자 연인에 대한 원혼 (怨魂)을 풀지 못하고 애절한 사연을 토로하는 심정을 보여주어 관객들의 눈물주머니를 훔치게 만든다.

서양에서 애욕의 갈등으로 죽음을 당한 여자가 귀신으로 등장하는 사례가 전혀 없는 것은 아니지만 대부분 악마로 천대받고 있다. 그 같은 행동을 저지르는 화신으로 등장하는 이들은 신(神)의 뜻을 거역하거나 자연 질서 파괴에 대한 응징을 받는 등 종교적인 면이 이야기의 근간을 이루고 있다. 반면 동양권 영화에서는 주변 인간들이 꾸민 사악한 음모나 질투에 의해 죽음을 당해 이 같은 억울한 사연을 토로하기 위해 유령으로 나타난다는 인간적인 형식을 취하고 있다.

이외에 동·서양 귀신의 주요 차이점을 추가하면 다음과 같다.

서양 귀신
• 범행을 당한 장소를 중심으로 나타난다.

- 어느 누구나 유령의 정체를 알아 볼 수 있다.
- 범인을 직접 처단을 하기 보다는 〈햄릿〉의 부친처럼 자신이 삼촌의 교묘한 수법에 의해 죽음을 당했다고 하는 등 범행 사건을 재연해 주변 사람이나 사건과 관련이 없는 제3자가 대신 응징을 하게 만드는 방식을 취한다.
- 유령의 뜻을 알리는 동물로 주로 고양이가 활용된다.

동양 귀신

- 범행을 당한 장소를 포함해 인간이 사는 모든 곳에 수시로 나타난다.
- 악행을 저지른 사람만이 유령을 볼 수 있어 양심의 가책과 두려운 감정을 느끼게 한다.
- 자신에게 피해를 입힌 당사자에게 직접 공격을 해서 원한을 갚는 직접적 방식을 취한다.
- 유령의 뜻을 알리는 동물은 개 등 주로 인간과 친근한 대상이 선택된다.

◀ 치과의사가 절명한 뒤 죽은 사람을 볼 수 있는 유령으로 환생해서 벌어지는 해프닝을 다룬 그렉 키니어 주연의 〈고스트 타운〉.

▶ 미모의 오페라 가수가 흉측한 외모의 팬텀으로 인해 심리적 위축을 경험한다는 〈오페라의 유령〉.

주술적 미신 풍습을 보여주고 있는 뱃사람 소재 영화들

바다를 무대로 한 작품들은 그 어떤 영화 소재보다도 주술적이고 미신적인 요소가 지배하고 있는 장르이다. 이들 영화를 유심히 관찰하면 매우 기이하고 눈에 띄는 뱃사람들만의 행동을 살펴 볼 수 있다는 것이 흥미를 더해주고 있는 점이다. 영국에서는 1, 2차 대전 중 독사(Viper), 서펀트(Serpent), 엘리게이터(Alligator), 크로커다일(Crocodile), 뱀(Snake), 드래곤(Dragon), 도마뱀(Lizard) 등의 군함이 잇달아 침몰해 수많은 병사들이 목숨을 잃자 이후 군함 이름에 파충류 명칭을 붙이는 것을 은연중 금기시 하고 있다.

배가 바다로 출항을 할 때 뱃사람들은 갑판 뒤에 십자가상을 매달아 놓고 목례를 하면서 무사 출항을 기원하는 의례를 진행한다. 그렇지만 항해 도중 신부나 수녀를 만나게 되면 '성직자들은 액운(厄運)을 몰고 온다'고 해서 하룻밤 육지에서 묵어간다. 장례식 등 특별한 경우를 제외하고는 바다 한가운데서 성경을 읽는 행동과 휘파람을 부는 것은 재앙(災殃)을 불러온다고 해서 철저히 금지하고 있다.

조니 뎁의 출세작 〈캐리비안의 해적 : 블랙펄의 저주 Pirates of the Caribbean : The Curse of the Black Pearl〉(2003)는 남성미가 넘쳐흐르는 해적 캡틴 잭 스패로우가 카리브 해를 배경으로 해서 악당 해적 캡틴 바르보사를 응징하고 이들이 노획해간 블랙펄 호를 되찾는 해양 모험극이다.

이후 〈캐리비안의 해적: 망자의 함 Pirates of the Caribbean : Dead Man's Chest〉(2006), 〈캐리비안의 해적: 세상의 끝에서 Pirates of the Caribbean: At World's End〉(2007), 〈캐리비안의 해적: 낯선 조류 Pirates of the Caribbean: On Stranger Tides〉(2011) 이어지는 시리즈 전반에 걸쳐서 '저주받은 보물로 인해 캡틴 바르보사와 부하들이 영원히 죽을 수 없는 저주를 받은 것', '달빛을 받으면 살아있는 해골로 변하는 것', '저주를 풀기 위해서는 훔친 보물을 원래 있던 자리에 그대로 되돌려 주어야 한다는 것', '100년 만에 수면 위로 떠올랐다는 유령선 플라잉 더치맨', '심해 거대 괴물 크라켄', '세상 끝에 존재한다는 망자의 함의 존재', '빨간 눈을 가지고 있는 집시 여왕이 거주하는 식인섬', '젊음의 샘이 표기된 지도' 등 흥미진진한 설정으로 관객들의 호기심을 한껏 자극시켰다.

리들리 스콧 감독의 〈콜럼버스 1492 1492: The Conquest of Paradise〉(1992)에 등장했던 돛단배(帆船) 시대 때는 뱃사람이 죽으면 바다제비나 갈매기로 환생한다고 믿어 이 새가 나타나면 곧 폭풍을 일어날 것을 예고하는 것으로 알고 미리 대비책을 강구했다. 뱃사람들이 가장 두려워했던 것은 몸길이가 90cm 정도 되고 날개를 펴면 약 3m가 된다는 신천옹(信天翁)이었다. 이 새가 항해 도중에 나타나면 매서운 폭풍이 반드시 일어나고 항해하는 선박에서 해결할 수 없는 재앙이 발생한다고 믿어 공포의 존재로 여겼다고 한다. 안개가 자욱이 끼거나 항로를 찾지 못해 바다 한가운데서 빠져 나오지 못하는 곤란한 처지에 놓이면 주화(鑄貨)를 바다에 던지는 풍습이 있다. 이런 행동은 고대 등대지기들이 폭풍이나 안개가 끼여 한치 앞을 분간을 못할 때 바다에 동전을 던져 이 같은 현상을 몰아냈다는 전설에서 유래됐다고 한다.

육지와는 달리 바다를 항해하는 선박과 그를 운영하는 뱃사람들 사이에서는 멀리하고 금기시 하는 습속(習俗)과 행동이 많아 흥미로움을 전달해 주고 있는 것이다.

새로 건조(建造)된 거대한 배가 출항을 하기 직전 성대한 진수식을 벌이는 장면을 보면 미모의 여자가 샴페인을 뱃머리로 가져가 깨트리는 행동을 하는 것을 볼 수 있다. 이런 행동에는 여러 가지 이유가 있다. 많은 주류 중에서 포도주를 선택하는 것은 포도주의 붉은 빛이 사람의 피와 흡사해서 '배가 바다에서 운송을 하는데 절대적 공헌을 하는 바다 신에게 바치는 제물'이라는 이미지를 주기 위함이라고 한다. 중세 시기에는 배가 새로 건조돼 바다로 출항하기 직전에는 반드시 성직자가 적포도주를 들고 종교 행사를 집도해 '배의 세례식(Christening Ships)'이라는 명칭을 붙여 주었다. 교회의 권위가 실추되면서 성직자의 자리는 배를 건조하는데 경제적인 후원을 한 사람들이, 포도주는 샴페인으로 각각 대체됐다고 한다. 19세기 들어서 영국 해군 본부에서는 왕실의 귀부인들을 초빙해서 뱃머리에다 샴페인을 깨트리게 해서 '과거 붉은 색의 포도주로 제사를 지냈듯이' 새로 출항에 나설 배가 늘 신의 가호(加護)를 받게 해달라는 의식을 시행하고 있다.

애니메이션 〈슈렉 3 Shrek the Third〉(2007)에서는 해롤드 왕이 슈렉에게 왕위 계승 다음 서열인 피오나의 먼 친척 아더 왕자를 찾아오면 늪으로 돌아가도 좋다는 타협책을 내놓자 슈렉이 동키, 장화 신은 고양이와 함께 아더 왕자를 찾기 위한 머나먼 여정에 나선다. 여기서는 무사 항해를 기원하는 뜻으로 배가 출항할 때 샴페인 병을 깨트리다 그만 뱃머리에 불이 나는 장면을 보여주어 애니메이션다운 기발한 상상력을 전달했다.

프랑스 파리 동쪽 샹파뉴 지방(현 샹파뉴아르덴 주)에서 독점적으로 생산되는 발포성 백포도주가 샴페인(Champagne)이다. 샴페인과 각설탕을 혼합시켜 만든 '샴페인 칵테일(Champagne Cocktail)'은 〈카사블랑카〉(1942)에서 험프리 보가트가 잉그리드 버그만과 파리의 한 카페에서 '당신 눈동자에 건배!'라는 대사와 함께 등장해 전 세계적인 유행을 불러 일으켰다.

◀ 카리브 해를 배경으로 해적들의 기기묘묘한 무용담을 담은 〈캐리비안의 해적 : 블랙펄의 저주〉.

▶ 해양 모험극에서는 주술적인 분위기를 맹신하는 뱃사람의 행적이 담겨져 있다.

▼ 첫 출항하는 뱃머리에 포도주 병을 깨트려 무사 항해를 기원하는 '배의 세례식' 장면.

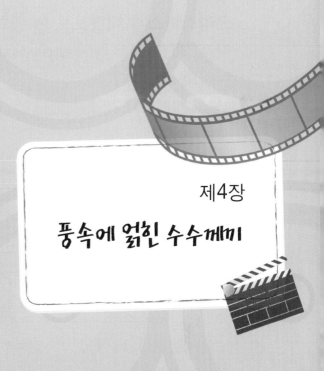

제4장

풍속에 얽힌 수수께끼

지구촌 각국의 사람들은 얼굴색만큼이나 다른 역사적인 상황과 가치관에 따라 특정 풍습을 만들어 내고 있다. 제4장에서는 사물에 대해 다양한 의미를 부여하고 있는 풍속과 습관 그리고 사물에 대한 여러 측면을 엿볼 수 있는 사례들을 짚어 보았다.

크리스마스를 배경으로 한 영화에서 자주 등장하는 '해피 하누카(Happy Hanukkah)'라는 단어의 의미는?

크리스마스를 배경으로 한 영화에서 빈번하게 들려오는 용어 중 하나가 '해피 하누카(Happy Hanukkah)'이다. '메리 크리스마스'와 함께 연말 분위기를 드러내는 이 단어는 매년 12월에 가장 빈번하게 쓰이고 있는 단어 중 하나이다.

이 말은 유태인들에게는 자신들의 존엄성과 자부심을 나타내주는 말로 대접을 받고 있다. 그 기원은 이러하다. 기원전 168년, 시리아 왕은 유다를 정복하고 유태인들에게 자신들의 전통 신을 거부하고 새로운 영토의 주인이 된 시리아 신을 믿을 것을 명령한다. 이에 유태인들은 일치단결해 3년 후 침략군인 시리아군을 모두 물리친 뒤 기쁨에 겨워 성도(聖都) 예루살렘의 성전을 밝히기 위한 촛불을 켰는데 그만 하루치의 기름만이 남아있었다고 한다. 그런데 이 촛불은 단 하루 분량의 기름을 가지고도 새로운 기름이 올 때까지 걸렸던 8일 동안 활활 타오르는 기적을 나타낸다. 이후 이스라엘 국민들은 이 같은 경사스런 축복의 날을 기념하기 위해 8일 밤낮으로 촛불을 밝히며 축제를 펼치고 있는데 그 행사가 바로 '하누카(Hanukkah)'라고 하고, 이날 사용되는 촛대를 '메노라(Menorah)'라고 부른다.

이 같은 유래를 가지고 있는 '하누카(Hanukkah)'는 '메리 크리스마스' 와 함께 12월 미국 방송가나 이 시기를 배경으로 한 영화 등에서 자주 들려오고 있는 단어이다.

◀ '하누카(Hanukkah)' 는 메리 크리스마스 '와 함께 12월 미국 방송가나 이 시기를 배경으로 한 영화 등에서 자주 들려오고 있는 단어이다.

▶ 유태인들이 외부 침략군을 물리치는 촛불 행사에서 유래됐다고 알려진 '해피 하누카(Happy Hanukkah)' . 유럽 크리스마스 풍경이 묘사된 아르노 데플레셍 감독의 〈크리스마스 이야기 A Christmas Tale / Un conte de Noel〉.

장례식 장면에서 죽은 사람의 무덤가에
화환을 바치는 이유는?

　알란 무어가 발표했던 그래픽 노블을 잭 스나이더가 각색해서 발표한 〈왓치맨 Watchmen〉(2009)은 뉴욕 타임즈로부터 '진정한 코믹북의 신화로 인도한 작품'이라는 칭송을 받은 반면 할리우드 리포터는 '2009년 공개된 첫 번째 실패작'이라는 험담을 하는 등 극과 극의 평가를 받은 작품이다.

　히어로의 세계에서 은퇴한 후, 신분을 감춘 채 왓치맨(감시자, 파수꾼)으로 비공식적 활동을 계속해오던 히어로 로어셰크(재키 얼리 하리). 그는 과거 함께 활약했던 동료 코미디언(제프리 딘 모간)이 살해당하는 사건이 발생하자 사건 이면에 감춰진 진실을 파헤치기 시작한다.

　은퇴 후 평범한 삶을 살고 있는 과거의 히어로들은 코미디언 장례식장에 모인다. 비가 부슬부슬 내리는 가운데 사이먼 앤 가펑클의 'The Sound Of Silence'가 애도곡처럼 흘러나오고 있다. 유고 내의 민족적 갈등을 그린 〈비포 더 레인 Before The Rain〉(1994) 등을 포함해 극중 주인공이 죽는 장면이 등장을 하는 영화에서 조문을 온 사람들이 죽은 이가 잠들어 있는 무덤가 주변에 화환(花環 : Floral Wreath)을 바치는 장면은 익숙한 풍경이다.

　장례식장에서 화환을 바치는 것도 그 유래를 살펴보면 꽤나 깊은 사연을 가지고 있다. 종교인들의 분석에 따르면 예전부터 묘지 주위에 꽃을 바치는 행동은 죽은 사람에 대한 애도를 표시하기 위해 찾아온 살아있는 사람을 해치려는 무덤가 주변의 악령의 심술스런 행동을 미리 막아보자는 의도에서 시작이 됐다고 전해진다. 화환이 둥그런 원으로 되어 있는 것은 죽은 영혼이 무덤에서 뛰쳐나와 산사람들에게 몹쓸 짓을 하는 것을 방지하면서 귀신을 붙잡아 두기 위한 마법의 원을 상징하는 것이라고 한다. 또한 묘지 주위에 별표를 표시해 놓는 것도 마귀를 쫓는 힘이 있다고 믿어 이를 부석처럼 사용했다고 한다.

어린 4명의 소녀의 풋풋한 성장사를 다룬 〈나우 앤 덴 Now and Then〉(1995)에서는 4명의 소녀가 억울한 죽음을 당했다고 믿은 또래 소년의 억울한 사연을 풀어주기 위해 묘지를 방문하는 장면이 등장한다. 이때 공원묘지에 있는 묘석(墓石: Tombstone)이 바닥에 누워 있는 것이 보인다. 묘석을 땅에 누워 배치를 한 것은 영혼이 바깥세상으로 나와 무고(無辜)한 시민들을 해치는 것을 방지하기 위해서였다고 한다. 하지만 후에 묘석을 발견하지 못한 이가 이를 밟고 간 후 영혼의 분노를 사서 해를 당했다는 이야기가 전해지자 바닥에 뉘여 놓았던 묘석을 오늘날처럼 세우기 시작했다고 한다. 이 같은 해프닝은 옛날 사람들이 죽은 이의 영혼은 자신의 억울한 사연을 살아있는 사람들에게 한풀이 하는 부정한 존재로 인식했기 때문이라고 한다.

인도, 태국 등 일부 동남아 국가에서는 죽은 이를 장작더미 등에 올려놓고 화장을 하는 것이 하나의 전통적인 제례(祭禮)로 시행되고 있는 것을 볼 수 있다. 사자(死者)의 육신을 태우는 것은 혼이나 넋이 불길을 타고 하늘로 무사히 올라가도록 돕는다는 것과 육신이 지상에서 헛되이 방황하는 것을 막아준다는 두 가지 의미를 가지고 있다고 한다.

기독교를 숭상하는 서양에서 화장(火葬)은 육신의 부활을 믿는 종교 교리를 정식으로 부정하는 행동이므로 수세기 동안 금기시 했다. 16세기 마녀 사냥 때 사로잡힌 마녀들을 무조건 불에 태워 죽인 것도 바로 마녀의 몸과 혼을 함께 파괴해 버려 영원히 이승에서는 다시 나타나지 않게 하기 위한 심리가 있었다고 한다.

고대 이집트 등지에서 권세를 누렸던 왕 등이 사망했을 때 미라를 만들거나 죽은 사람의 소지품을 함께 매장을 해주는 것은 바로 내세에 환생할 것이라는 생각이 있었기 때문이다.

그리스 사람들은 장례식 때 시신의 입에 동전 한 닢을 넣어 주고 있다. 이는 저승으로 가는 길목인 스틱스(Styx)강을 건널 때 치를 여비(旅費)로 사용하라는 뜻이 담겨 있는 것이다. 스웨덴, 노르웨이 등 스칸디나비아 국가에서는 신발을 신겨 장례를 치르는데 이는 죽은 이가 내세로 가는 여행을 하는데 편하길 간절히 바라는 살아있는 사람들의 호의로 해석되고 있다.

집시들의 생활상을 담은 에밀 쿠스트리챠 감독의 〈집시의 시간 Time of The Gypsies〉(1989)에서 보여준 장례식 장면에서는 붉은 옷을 입고 있는 것이 보이는데 이것은 생명과 힘찬 에너지를 나타내는 그들만의 민족적 기질을 상징하는 것이라고 볼 수 있다.

서양에서는 장례식 때 검은색 상복을 입는 것에 비해 중국, 한국 등 동양권에서는 흰색으로 만든 상복을 입어 죽음을 나타내는 색깔에서도 대비되는 차이점이 있다.

▲ 〈왓치맨〉 중 코미디언의 장례식 장면처럼 무덤가 주변에 화환이 놓여 있는 것은 조문 온 사람들에게 해악을 끼치려는 악령의 심술스런 행동을 막아보자는 의도라고 한다.

▼ 시드니 루멧 감독의 〈악마가 너의 죽음을 알기 전에〉에서 보듯 서양식 장례식장에서는 조문객들이 모두 검은색 정장을 입고 있다.

공포 영화에서 악마가 등장할 때
바람이 휘몰아치는 이유는?

할리우드 꽃미남 조쉬 하트넷 주연의 〈써티 데이즈 오브 나이트 30 Days of Night〉(2007)는 북아메리카 최북단 도시 알래스카 배로우를 배경으로 벌어지는 30일간의 공포를 그리고 있다. 이곳은 매년 겨울이면 30일 동안 해가 뜨지 않는 어둠의 도시가 된다. 마침내 마지막 석양이 지고 30일간의 어둠이 시작되던 날 밤, 눈보라와 함께 정체 모를 습격자들이 도시에 당도한다. 알 수 없는 언어를 쓰며, 인간인지 동물인지 구별할 수 없을 만큼 빠르고 강한 이들은 어둠을 틈타 도시를 피로 물들이고, 보안관 에벤(조쉬 하트넷)은 생존자들을 위해 그들과 사투를 벌인다.

2000년대 공개된 이 영화 뿐 아니라 70년대 공포 스릴러 붐을 주도했던 작품으로 〈오멘 The Omen〉(1976), 〈엑소시스트 The Exorcist〉(1973) 등이 있다.

한국 영화 중에도 60년대 도금봉 주연의 〈월하의 공동묘지〉 등은 귀신을 등장시켜 사악한 일을 행하면 반드시 벌을 받는다는 도덕적 내용을 담아 살아있는 자들에게 경종을 울려주면서 해마다 여름 시즌 단골 메뉴로 극장가를 누볐던 영화이다.

이들 영화를 유심히 보면 인간에게 근원적인 두려움을 던지는 귀신이나 악마 등이 출현하려고 할 때면 반드시 강한 바람이 휘몰아친다.

190

눈치 빠른 관객들은 창문이 흔들리고 방 안에 촛불을 꺼트리는 바람이 불어오면 은연중 '머지않아 악마가 나타날 것'이라는 짐작할 것이다. 인간에게 두려움을 안겨주는 악마나 귀신이 출현할 때 왜 항상 거친 바람이 동반될까?

각국에서 전해지는 신화 속에서는 다양한 풀이가 내려오고 있다. 아메리카 인디언들은 '회오리 바람은 악마와 악녀가 팀을 이뤄 불길한 일을 꾸미려고 할 때 그 징조로 나타나는 것'이라는 믿음을 갖고 있다. 이러한 견해는 여타 국가의 민담 설화에서도 심심치 않게 등장할 정도로 상당히 설득력 있는 주장으로 받아들여지고 있다. 이집트에서도 악(惡)의 신(神)인 티폰이 회오리바람과 함께 나타난다고 전해지고 있는 등 대다수 나라에서 마녀, 악마, 마술사 등은 회오리바람을 타고 이승을 움직이고 있는 것으로 인식하고 있다.

예로부터 회오리바람은 인간의 힘으로는 통제할 수 없는 초자연적인 권능이나 위력을 소유하고 있는 존재로 받아들이고 있다. 중국이나 일본에서는 회오리바람에 대해 승천하는 용의 안내자 역을 한다고 믿어 벼락, 비와 동일시하는 대상으로 여기고 있다.

More Tips

'바람'과 '거센 비'는 불가분의 관계를 맺고 있다. 그리스 로마 신화에서는 '도끼', '해머', '번개'를 휘두르는 것으로 묘사된 폭풍우 신들은 '창조'와 '파괴'라는 이중적 의미를 가지고 있는 존재로 숭배됐다.

아메리카 인디언들은 '회오리바람은 악마와 악녀가 팀을 이뤄 불길한 일을 꾸미려고 할 때 그 징조로 나타나는 것'이라는 믿음을 가지고 있다. 조쉬 하트넷 주연의 공포 영화 〈써티 데이즈 오브 나이트〉.

은막에서 펼쳐지는 비, 꽃의 의미

스크린에서 묘사되는 '비'는 '현실 생활에서 부딪히게 되는 어려움에서 벗어났다는 기쁨', '남녀 간에 갈등', '불행한 사건이 발생될 것임을 예고하는 징조' 등 다양한 의미를 가지고 있는 장치다.

조승우 주연의 〈말아톤〉(2005)은 육체 나이는 20살이지만 5살의 지능을 가지고 있는 자폐증 환자가 마라톤을 통해 자신의 존재 의미를 깨달아 간다는 휴먼 드라마이다. 이 영화에서 주인공 초원이가 정상인도 완주하기 힘들다는 42.195km 마라톤에 출전했을 때, 더위를 식혀주기 위해 고무호스로 뿌려주는 물세례를 맞고 그것이 흡사 하늘에서 떨어지는 맑은 빗방울이라고 생각해 한껏 기쁨의 표정을 짓는 장면이 나온다.

김선아 주연의 〈S 다이어리〉(2004)는 자신이 절대적으로 사랑했다고 믿었던 3명의 남자들로부터 차례로 결별의 아픔을 맛보는 29살 처녀의 남성 수난기를 소재로 하고 있다. 천방지축의 지니(김선아)가 나중에 가톨릭 신부가 된 구현(이현우), 민완 경찰로 활약하는 정석(김수로) 등에게 배신을 당해 슬픔의 눈물을 흘릴 때, 때마침 하늘에서 폭우가 쏟아지면서 그녀의 처연한 심정을 달래주고 있다.

김동권 감독의 〈동감〉(2000)은 1979년 거주하고 있는 영문과 학생 소은(김하늘)과 2000년에 살고 있는 광고 전공 대학생 지인(유지태)은 어느 날 무선 햄(Ham)을 통해 대화를 나누게 된다.

같은 공간, 다른 시간 속에 살고 있다는 것을 감지하지 못한 지인은 같은 학교에 재학하고 있다는 소은에게 대학 캠퍼스 시계탑에서 만나자는 제안을 한다. 기대감을 가지고 시계탑에서 소은을 기다리는 지인. 하지만 먼 시간의 벽으로 가로막혀 있는 그들이었기에 같은 장소에 나왔지만 만나지 못한다. 기약 없이 소은을 기다리는 지인. 이때 하늘에서는 폭우가 쏟아지면서 지인의 애처로운 처지를 더욱 부추겨 준다.

〈노트북 The Notebook〉(2004)은 사랑하는 사람과 맺어지지 못한 한 커플의 안타까운 사연을 담아 신세대 관객들의 눈물샘을 자극 시켰던 멜로물이다. 만나자 마자 뜨겁게 열애에 빠진 노아(라이언 고슬링)와 앨리(레이첼 맥아담스). 하지만 앨리의 부모는 건축 노동자로 일하고 있는 노아의 직업을 문제 삼아 딸의 교제를 극렬 반대한다. 결국 피치 못하게 이별을 하게 된 두 사람. 세월이 흘러 남의 아내가 된 앨리는 노아를 잊지 못해 그를 찾아온다. 노아는 보트에 옛 연인을 태우고 오리 떼가 있는 호수로 데려간다. 격정에 휩싸인 두 사람이 뜨겁게 입맞춤을 나눌 때 하늘에서는 세찬 소나기가 쏟아진다.

외도한 아내를 살해했다는 죄목으로 유능한 은행원에서 한순간 종신범으로 전락해 수감된 앤디(팀 로빈스)의 기구한 운명과 불굴의 의지를 그린 〈쇼생크 탈출 The Shawshank Redemption〉(1994)에서도 폭우가 등장한다. 앤디는 직업적 능력을 살려 교도소장의 비자금을 관리해 주면서 신임을 얻은 뒤 결국 극적으로 교도소를 탈옥하는데 성공한다. 하수도 구멍을 통해 외부 세계로 나오게 된 앤디. 그의 억울한 옥살이를 위로해 주듯 하늘에서는 천둥과 함께 폭우가 내리치고 두 팔을 벌린 앤디는 한껏 자유로움을 만끽한다.

신화학자 J. C. 쿠퍼가 출간한 『세계 문화 상징 사전』에 의하면 '하늘에서 내리는 비는 대지(大地)를 잉태시켜 인간을 위한 곡식을 낳는 다'고 풀이하면서 서구인들은 '비'에 대해 '신의 축복', '정화(精華)', '영적 계시(啓示)' 등을 상징하는 존재로 받아들인다고 정의했다. 이 때문에 은막에서 전개되는 비오는 장면은 '현실 생활에서는 이루지 못한 비련을 위안해 주면서 정신적 보살핌을 안겨준다'거나 '억울한 사연을 당한 주인공들의 처지를 달래주는 상징적인 도구'로 애용되고 있다.

영화에서는 비 같은 자연 현상 뿐만 아니라 꽃을 통해서도 여러 의미를 부여하고 있다. 햇빛을 쫓아 성장한다는 것 때문에 '해바라기'는 '태양에 대한 맹종'을 의미하는 식물이지만, 한편에서는 '빛에 따라 행동을 변화해 변덕스럽고 신뢰성이 없는 존재'라는 부정적 의미도 함유하고 있다.

2차 대전에 휘말려 남편 안토니오(마르첼로 마스트로얀니)를 우크라이나 전선으로 보내고 독수공방하는 신부 지오바나(소피아 로렌). 무소식인 남편의 행방을 찾기 위해 지도 한 장을 달랑 들고 낯선 우크라이나 땅을 찾아가는 지오바나. 우여곡절 끝에 남편의 거처를 알아냈지만 안토니오는 전쟁 중 부상을 당한 자신을 치료한 현지 여자와 결혼해서 딴 살림을 차리고 있다. 배반감과 허탈감에 휩싸여 눈물지으며 드넓은 우크라이나 벌판을 달려가는 지오바나의 주변에는 노랗게 피어 있는 해바라기 밭이 무심하게 펼쳐져 있다.

비토리오 데시카 감독의 〈해바라기 Sunflower〉(1969)에서는 한 여인이 지아비에게 바친 절대적 순정이 정절을 지키지 못한 남편의 변덕으로 배신당하는 정경이 바로 '해바라기'가 가지고 있는 상징적 뜻을 반추시키며 전개되고 있는 것이다. 이처럼 꽃의 의미를 쫓아 화면의 의미를 파악해 보는 것은 또 다른 은막의 흥미감을 배가 시켜 주고 있는 설정이 되고 있다고 할 수 있다.

▲ 자폐증 환자가 마라톤을 통해 생의 기쁨을 깨달아 간다는 〈말아톤〉. 달리는 가운데 시원한 빗줄기는 주인공의 인간 의지를 격려해 주는 소도구 역할을 해냈다.

▼ 폭우 속에서 뜨거운 입맞춤을 나누는 〈노트북〉 주인공들은 사랑하는 사람과 맺어지지 못한 어느 커플의 안타까운 사연을 각인시켜 주고 있다.

제5장

인간 행동에 얽힌 수수께끼

'영화 속 인간 행동에 얽힌 수수께끼' 는 이론적인 영상 문법으로는 도저히 가름해 볼 수 없는 다채로운 역사 적 사건의 배후나 인간의 관습적인 행동 등에 관한 사 항을 모두 정리하여, 특별한 영화보기를 갈망해왔던 영화 애호가들에게 영화 보는 재미와 함께 정보 욕구 도 모두 충족시킬 수 있도록 꾸며 보았다.

군중 심리는 왜 무서운가?

〈브루클린으로 가는 마지막 비상구 Last Exit To Brooklyn〉(1989)
로 유명세를 얻은 독일 출신의 울리 에델 감독은 2008년작 〈바더 마
인호프 The Baader Meinhof Complex / Der Baader Meinhof
Komplex〉로 다시 한 번 영화계 이슈를 만들어냈다.

60년대 유럽 정치, 사회를 흔들어 놓았던 68세대의 정치적 가치관
을 다루고 있는 이 작품은 '세상을 바꿀 준비가 되었는가! 현대사를
뒤흔든 테러리스트, 그들의 이야기'라는 선전문구가 한껏 호기심을
자극하고 있다.

1967년 6월 2일 구 서독. 이란 전제 군주 팔레비 샤의 방문을 반대
하는 집회에서 한 대학생이 진압하던 경찰의 총격을 받고 사망하는 사
건이 발생한다. 이를 계기로 정부 정책과 미국의 베트남 전쟁에 반대
하는 혁명 단체들의 움직임이 과격해진다.

혁명을 꿈꾸던 열혈 청년 안드레아 바더는 동료들과 함께 백화점 폭
탄테러를 일으키고, 좌파 언론인 울리케 마인호프가 이들을 옹호하고
활동에 동참하게 되면서 '바더 마인호프 그룹', 즉 테러집단 적군파가
태동된다. 평화적이고 정상적인 방법으로는 정부에 대항하는 게 힘들
다고 판단한 이들은 결국 테러라는 극단적인 선택을 통해 세상을 바꾸
려 하는 움직임을 보여주고 있다.

이 영화에서 독일 연방경찰국이 가장 신경을 썼던 부분이 바로 '집

단 군중을 해산시키는 것'이었다. 2008년 5월 한국 사회를 뒤흔들어 놓았던 '미국산 쇠고기 수입 반대 촛불 시위'때 보았듯 어느 시기를 막론하고 '집결해 있는 시위대 존재'는 세계 각국 공권력 집행 기관에서 가장 민감하게 여기고 있는 부분이다. '모래알 같은 어리석은 소시민'이라는 비아냥거림을 듣고 있는 개개인이지만, 어째서 집단으로 뭉쳤을 때는 가공할만한 정치적 파고(波高)를 불러일으키는 것일까?

모든 인간은 신체를 중심으로 해서 일정한 공간을 확보하려는 본능적인 욕구를 가지고 있다. 극장, 버스, 심지어는 길을 걸어갈 때도 보이지 않는 영역을 유지하고 있으며, 이런 공간에 낯선 이들이 접근했을 때 일단은 본능적인 거부감을 보이는 것이다. 눈길을 끌고 있는 것은 만원 버스, 엘리베이터 등 낯선 사람들과 부득불 함께 했을 경우 대부분의 사람들은 국적을 불문하고 몇 가지 공통적인 행동을 보인다는 점이다.

대표적으로 ▲특별한 경우를 제외하고는 아는 사람과도 잠시 말을 하지 않는다. ▲같이 합류한 낯선 사람과 시선을 피한다. ▲엘리베이터나 지하철의 경우 신문, 핸드폰, PMP를 보거나 노선표를 자주 쳐다본다. ▲가능한 움직이지 않는다. ▲여성의 경우 소지품을 가슴에 꼭 끌어안는다. ▲얼굴에 감정을 드러내지 않는 마네킹 같은 표정을 취한다.

이런 행동은 결과적으로 일면식도 없는 타인에게 자신의 본심을 밝히기 싫다는 본능이 숨어 있어 심리학자들은 '은폐', '가면' 등으로 풀이해 주고 있다. 개개인으로 보면 이토록 자신의 감정을 가능한 숨기고 있었던 이들이 왜 집단으로 뭉쳤을 때는 태도가 돌변하는 것일까?

군중으로 모이게 되는 개인들은 사람들이 증가할수록 자신들의 개인 영역을 심각하게 침해당하고 있다는 것에 대한 잠재적인 적개심을 가지게 된다. 이것이 한도를 넘게 되면 군중들의 분노심은 극에 달하게 된다. 이런 상황에서 누군가 의도를 가지고 정치적 선동을 하게 되면 군중들은 일거에 자신들에게 억눌려 있던 분노감을 터뜨리게 된다는 것이다.

개인 영역에 대한 의식을 적절하게 활용하고 있는 대표적인 곳이 바로 수사기관이다. 2009년에 개봉한 〈용서는 없다〉에서 과학수사대 부검의 강민호 교수(설경구)는 금강에서 발견된 토막살해사건의 유력한 용의자인 이성호(류승범)를 대상으로 심문을 시작한다. 이때 다소 넓은 공간에서 팔걸이가 없는 의자에 용의자를 앉히고 강 교수는 수시로 그에게 다가가 질문을 하고 범죄 혐의에 대한 단서를 잡기 위한 추궁을 계속한다. 〈투캅스〉를 비롯해 경찰 영화에서 단골로 보여주는 이런 심문 방식은 바로 개인 영역을 허물어뜨려 강력 사건의 용의자가 가지고 있는 사건 은폐의지를 꺾는데 큰 효과를 발휘하는 것으로 알려졌다.

More Tips

사자, 사슴, 코끼리 등 대다수의 동물들은 한정된 공간에 개체수가 많아지면 아무리 먹이가 풍부해도 스트레스 부신 때문에 죽음을 불러일으킨다. 인간 사회도 인구밀도가 과다한 지역에 범죄 발생률이 높은 것으로 집계되고 있다.

▲ 시위 군중에 의한 위험성을 담아준 울리 에델 감독의 〈바더 마인호프 The Baader Meinhof Complex / Der Baader Meinhof Komplex〉(2008)

◀ 공권력 집행자들이 두려워하고 있는 군중 심리는 개인 영역을 심각하게 침해당하고 있다는 것에 대한 잠재적인 적개심이 폭발하기 때문이다.

▶ 설경구, 류승범 주연의 〈용서는 없다〉에서도 용의자에게 바짝 다가가 추궁하는 수사 부검의의 심문 장면이 나온다.

〈씬 시티〉에서 스트립댄서가 남성을 유혹하기 위해 허리를 흔드는 이유는?

프랭크 밀러의 그래픽노블 〈씬 시티 Sin City〉는 2005년에 이어 2007년 속편이 공개될 정도로 수많은 마니아층을 형성하고 있는 작품이다. 형사 하티건(브루스 윌리스)은 천사와 같이 순수한 스트립 댄서 낸시(제시카 알바)를 보호하기 위해 자신의 모든 것을 버리고 총을 잡는다. 하지만 상원의원 아버지의 권력을 이용하는 유괴범 로크(루트거 하우어)는 낸시를 손에 넣기 위해 하티건을 죽음으로 몰아간다.

메신저와 이메일로 알게 된 독일 여자 친구를 찾기 위해 유럽 여행을 시도한다는 일단의 미국 청춘 남녀의 해프닝을 담은 〈유로트립 Eurotrip〉(2004). 21살 미모의 바이올렛(파이퍼 페라보)이 싱어 송 라이터의 꿈을 이루기 위해 뉴욕에 있는 '코요테 어글리'에서 바텐더로 일하면서 청운의 꿈을 이루어 나간다는 〈코요테 어글리 Coyote Ugly〉(2000). 이들 영화에서는 늘씬한 미모의 여성들이 성적인 매력을 발산하면서 뭇남성들 앞에서 요염한 스트립댄싱을 하는 장면이 담겨져 있다.

〈사랑과 영혼 Ghost〉(1990)에서 뭇 남성의 심금을 울려준 순애보적 여인상을 보여준 히로인이 데미 무어가 정신병자인 전남편에게 뺏긴 딸아이의 양육권을 되찾기 위해 마이애미 스트립 바에서 스트립 댄서로 고단한 삶을 살아간다는 영화 〈스트립티즈 Striptease〉(1996)에서

202

도 제목에 걸맞게 주인공의 농도 짙은 춤을 보여주었다.

앞서 언급한 〈씬 시티〉를 비롯해 〈유로트립〉, 〈코요테 어글리〉, 〈스트립티즈〉의 흥행을 이끈 공통점은, 뇌쇄적인 허리춤을 추는 장면을 담아 남성들의 오금을 저리게 만들었다는 것이다.

고대부터 현대에 이르기까지 여러 민족에 걸쳐 아름다운 여자의 첫째 구비 조건으로 빠지지 않은 것이 가는 허리이다. 이를 살펴볼 수 있는 가장 직접적인 자료는 고대 중국의 성전에는 미녀의 10가지 조건 가운데 '세요설부(細腰雪膚)' 라는 항목이 등장한다. 이 말은 '허리는 가늘고 피부는 희어야 한다' 는 뜻이다. 인도의 성전에서는 여성을 네 종류의 기질로 나누었는데 이 중 '치트리니' 라는 분류에 대해서는 '허리가 대단히 가늘고 탄력이 있기 때문에 요염한 면이 있다' 고 기술하고 있다.

동·서양을 막론하고 버들가지 같이 가는 허리는 지금 여자들에게도 선망의 대상이다. 이를 바꾸어 말하면 동서고금을 막론하고 남자들은 가는 허리를 가진 여자를 좋아한다는 뜻으로 풀이할 수 있는 것이다.

역사적으로 개미허리의 원조는 기원전 2천 년까지 거슬러 올라간다. 지중해의 크레타인들은 어릴 때부터 허리띠를 졸라매고 지금의 거들과 유사한 하복부를 죄는 옷을 입는 관습이 있었다고 한다. 이러한 풍습은 남녀에게 마찬가지여서 크레타인들은 모두 가는 허리를 유지했다고 한다.

가는 허리가 미의 근본이었음을 유사 이래 변하지 않은 사실이지만, 허리가 더욱 강조된 것은 중세 이후로 전해진다. 19세기 말에는 허리를 가늘게 하기 위해 가장 아래쪽 갈비뼈를 제거하는 성형 수술이 유행할 정도였다고 한다. 1918년 갑작스럽게 사망한 18인치의 가는 허리로 유명했던 프랑스의 여배우 안나 헬드의 사망 원인이 지나친 다이어트와 꽉 조이는 코르셋에 의한 신체 내부 손상으로 밝혀져 논란이 일었다. 그녀의 죽음에 애통해 하던 많은 사람들이 더욱 놀란 것은 그녀의 가는 허리에 숨겨진 비밀 때문이었다. 40대에 들어선 그녀는 아래쪽 갈비뼈를 수술로 제거해 버렸던 것이다.

19세기 수많은 여자들을 괴롭혔던 가장 아름다운 허리둘레 기준은 14인치였다고 한다. 허리를 조여야 한다는 절체절명의 과제 때문에 입고 다니는 감옥이라는 혹평을 받기도 하는 코르셋이 전성기를 구가했다. 심지어 여자아이에게 네 살 때부터 몸매 교정을 위해 코르셋을 입히기도 했다.

코르셋이 발명된 것은 늦게 잡아도 16세기에 들어선 시기지만, 코르셋을 이용해 극도로 허리를 조이는 복장은 17세기 말에서 18세기 초에 걸친 프랑스 궁정과 귀족 등 상류 계급 여성들의 사치 풍조에서 비롯됐다고 한다. 코르셋의 원래 목적은 가슴 아래의 지방 살을 위로 밀어 올려 부풀어 오르게 하기 위한 것이지만 곧 2차적인 효과를 가져왔다. 코르셋으로 바짝 조여 가늘어진 허리가 풍만한 가슴을 상대적으로 강조한 것이다. 마찬가지 이유로 비슷한 시기에 커다랗게 볼록 솟은 엉덩이가 유행한 것도 여자들이 코르셋으로 허리를 졸라매게 된 원인 가운데 하나였다.

커다랗게 솟은 가슴과 부러질 듯한 허리가 유행할 당시 무도회에서 대단히 가느다란 버들가지 같은 허리를 자랑했던 젊은 아가씨가 이틀 뒤 원인불명의 사인으로 급사한 사건이 있었다. 죽은 아가씨 부모의 요구로 시체를 부검한 결과 끔찍한 사실이 밝혀졌다. 코르셋의 압력으로 부러진 갈비뼈가 간을 찌르고 있었던 것이다.

많은 사람들이 명작이라는 칭호를 주기를 주저하지 않은 영화 〈바람과 함께 사라지다 Gone With The Wind〉(1939)에서도 여자들의 아름다워 보이고자 하는 욕구로 인해 허리가 고생하는 장면이 등장한다. 스칼렛 오하라가 무도회를 앞두고 드레스를 입을 때 침대 기둥을 잡고 숨을 훅 들이 쉬면 흑인 하녀가 코르셋 끈을 졸라매는 장면은 아직도 많은 이들의 기억 속에 남아있다.

코르셋은 처음 개발된 뒤 오래도록 강철이나 고래뼈로 만들어졌다. 차츰 기술이 발달하여 질기고 탄력있으며 유연한 코르셋이 만들어져 직접적으로 생명을 위협하지는 않게 되었지만, 코르셋의 인기는 오히려 점차 시들해졌다. 이를 두고 일부 독설가들은 '위험이 수반되지 않은 아름다움은 가치가 없다' 는 이색적인 풀이를 제시하기도 했다.

여자의 허리를 생각하다보면 빠뜨릴 수 없는 것이 '배꼽춤' 이다. 배꼽춤은 카데스라고 하는 고대 스페인의 무용수들이 추었던 춤이다. 이 춤의 특징은 모든 동작마다 허리의 율동이 강조된다는 점이다. 이집트의 가장 큰 인기를 누렸던 배꼽춤은 이슬람 국가들과 수단인 그리고 하와이 같은 남양(南洋)의 여러 나라에서 유행했다. 이 춤은 관찰자에 따라 다른 특색들이 기록되고 있다. 즉, 춤을 추며 움직이는 부분은 인체의 중앙부뿐이라는 기록이 있고 어떤 학자들은 하체를 흔드는 것이라는 풀이도 하고 있는 것이다. 또한 배꼽춤이라고 하는 것은 틀리며 허리춤이라고 부르는 것이 맞다고 주장하는 사람도 있으며, 비너스춤, 사랑의 춤, 할렘춤이라는 별명도 있다.

배꼽춤을 추는 무희들은 나체로 추든가, 배만 노출하든가, 아니면 배에 얇은 베일을 걸치고 춤을 춘다. 인체에 여러 가지 성적인 의미를 가진 부위가 있지만, 허리는 직접적으로 성적인 의미와 연관되지 않는다. 하지만 동서고금을 통틀어 허리의 움직임은 섹스를 떠올리게 한다. 현란할 정도로 능숙하고 자유자재로 율동하는 허리를 보고 있노라면 절로 흐뭇해지기 마련이다. 이것이 전적으로 허리의 움직임에 초점을 맞춘 배꼽춤이 인기를 끌었던 이유다.

허리는 정신과 육체를 상징하는 인체 상하부의 기준점이다. 많은 사진작가들에 의해 표현된 관능의 아름다움은 가슴이나 엉덩이보다 오히려 허리에 포커스가 맞춰졌다.

울퉁불퉁한 근육이 남자의 성적 매력이라면, 활처럼 부드럽게 휘어지는 여성 신체의 곡선은 단순한 아름다움을 넘어서 에로틱한 이미지를 풍겨주고 있다. 이 시점에서 그 유명한 코카콜라 병 이야기를 빼놓을 수 없다. 가슴, 허리, 엉덩이로 이어지는 여체의 곡선을 본떠 만들었다는 코카콜라 병은, 수십 년이 지나도록 가감의 여지가 없는 최고의 디자인으로 찬사 받고 있다. 이것은 코카콜라를 마실 때 손아귀가 여자의 허리를 쥔다는 잠재의식이 통해서인지 컵에 따라 마시기보다는 병째로 마시는 것이 더 맛있게 느껴진다는 속설을 가지고 있다. 코카콜라 광고에서 컵에 따라 마시는 장면을 본 적이 있는가? 물론 광고의 속성상 벌컥벌컥 들이키는 것이 판매 곡선 상승에 도움이 되겠지만, 그 곡선에서 여체를 연상하는 사람들의 심리를 잘 파악하고 있기 때문이기도 하다.

허리에는 또 다른 의미가 담겨 있는데, 바로 연인 또는 연인과의 친밀함을 드러내 주는 부위인 것이다. 해마다 겨울이 되면 애인이 없는 젊은 남자들은 옆구리가 시려 더욱 춥다고 말하곤 한다. 그런가 하면 남녀가 허리를 안는 행동은 연인임을 나타내는 상징이기도 하다. 이제 막 사귀기 시작할 때 손을 잡고 길을 걷던 남녀는 보다 깊은 사이가 되면 허리를 감싸 안고 길을 걷는다. 팔을 상대방의 허리에 감는 동작은 연인으로서의 결합이 보다 강하고 깊다는 것을 의미하기 때문이다.

고대 페르시아어로 '가는 허리'란 표현은 미인을 뜻하는 관용적인 용법으로 쓰였다고 전해진다. 이런 이유 때문에 오늘날에도 '가는 허리'는 미녀의 기준이 될 뿐 아니라 성적인 매력을 상징하는 근거로 받아들이고 있다.

◀ 〈씬 시티〉에서 제시카 알바는 선정적인 스트립 댄싱을 펼쳐주고 있다.

▶ 미녀들이 바텐더로 일하는 '코요테 어글리' 클럽의 일상을 보여준 〈코요테 어글리〉.

207

스트레스가 쌓이거나 화가 나면 폭식을 하는 이유는?

남자친구와 헤어진 여자, 미모의 여인에게 바람을 맞은 뚱보 남자. 집에 돌아와 과자를 와작와작 씹어 먹거나 비빔밥을 우악스럽게 비벼서 크게 한술 퍼먹으며 쌓인 울분을 풀어 댄다. 스트레스와 음식은 천상궁합이라고 해도 과언이 아니다.

미국 오하이오와주에 위치하고 있는 케이스 웨스턴 리저브 대학 데이비드 M. 타이스 교수의 연구에 따르면 '욕구불만이 쌓여 있을 때는 이를 단번에 해소시켜 줄 수 있는 쾌락적인 수단을 찾게 된다. 이러한 때 가장 직접적인 효과를 얻을 수 있는 것 중의 하나가 먹을거리다' 라고 진단해 주었다. 심리학자들도 '인간은 기분이 좋을 때는 많이 먹지 않지만, 기분이 가라앉으면 마구 먹는 습성을 가지고 있다' 고 거들어 주고 있다.

타이스의 교수의 언급을 떠올리지 않더라도 우리는 스트레스가 쌓이거나 짜증이 났을 때 폭식을 했던 기억을 한두 번쯤 가지고 있을 것이다. 이런 행동이 자제력을 잃을 때는 비만과 편식에 의한 영양불균형이 초래할 수 있는 것이다.

행복감에 젖어 있는 사람의 경우, 육체적인 활동량이 많고 적극적인 행동을 한다. 이들은 먹을거리로 기분을 고조시키는 행동은 거의 하지 않기 때문에 결국 날씬하고 음식을 탐하는 비율이 적다고 한다. 반면 불안감에 싸여 있거나 부정적인 환경에 놓여 있을 때는 이런 초조감에서 잠시 벗어나기 위해 주변에 있는 먹을 것에 손을 대는 원초적인 반응을 보인다고 한다.

노처녀의 애환을 다룬 〈브릿지 존스의 일기 Bridget Jones' s Diary〉(2001)와 〈브리짓 존스의 일기: 열정과 애정 Bridget Jones : The Edge of Reason〉(2004)에서 남자로부터 사랑과 관심을 받지 못한 30대 초반의 여성이 흡연과 폭식으로 자신의 피곤한 심신을 달랜다는 상황을 보여준 바 있다.

노처녀의 애환을 다룬 〈브릿지 존스의 일기〉.

왼손잡이가 박대당하는 이유는?

　미국 정치사상 최초로 흑인 대통령으로 당선된 버락 오바마, 〈아바타 Avatar〉(2009)로 세계 영화계의 제왕으로 등극한 제임스 카메론 감독, 르네상스의 화려함을 부추겨 준 이탈리아 출신 화가 레오나르도 다빈치. 각자 분야에서 뛰어난 업적을 남기고 있는 이들을 묶어주는 공통점은 바로 '왼손잡이'라는 것이다. '좌파', '좌천'에서도 엿볼 수 있듯이 동양권에서 '왼쪽' 또는 '왼손'은 '불운', '편향'을 의미하는 대상으로 박대(薄待)를 당해오고 있다. 이런 의식은 서양권도 만만치 않다.

　많은 심리학자들이 '전 세계 인구 75억 명 중 왼손잡이는 3억 명 정도로 추산된다. 대부분의 오른손잡이들은 소수인 왼손잡이들을 폄해하기 위해 여러 가지 음해와 음모를 꾸며오고 있다'고 비난한다.

　'불길하다'는 형용사 'sinister', 불어로 왼쪽인 'gauche'에는 '초보', '어색한'이라는 복합적인 뜻을 가지고 있다. 이탈리아어로 왼쪽인 'mancino'에도 '병신', '허리가 굽은' 등의 부정적인 의미가 담겨있다. 스페인어 'azurdos'에서 파생된 'zurdo'는 '잘못된 방향'을 뜻하며, 포루투칼어 'canhoto'는 '나약한', '해로운' 등의 뜻을 가지고 있는 등 유럽 각국에서 통용되는 '왼쪽'이라는 단어에는 공통적으로 지극히 부정적인 의미를 내포하고 있다.

　'왼손' 혹은 '왼쪽'에 대한 불길한 가치관을 전파시키는데 성경이

한몫했다는 것은 익히 알려진 사실이다. 성경에서는 '악마'는 왼손잡이, 신은 오른손잡이로 정의 내리고 있다. 저주를 받아 영원히 불타오르는 불구덩이로 떨어지는 존재인 '염소'는 왼쪽에 앉아야 했으면, '양'은 오른쪽에 착석해 '신의 보살핌'을 받는 혜택을 누린다.

아랍권을 통합시키는 이슬람교와 불교에서도 '왼손'은 화장실에서 쓰이는 불결한 손이다.

세계 주요 선진국과 개발도상국에서 대통령이나 국회, 혹은 법정에서 맡은 직무에 최선을 다하고, 진실을 말하겠다는 선서나 다짐을 할 때 오른손을 성경에 올리고 한다. 문학가들도 수많은 작품 속에서 왼손잡이들에 대해 옹고집, 반항적, 타협심이 없고 내성적인 인물 등으로 묘사하고 있다.

하지만 인간행동연구가들은 '왼손잡이들은 우뇌의 지배를 받기 때문에 창의적이고 예술적인 능력이 뛰어나다'는 긍정적인 진단을 제기하고 있다. 마크 트웨인, 지그문트 프로이드, 알베르트 아인슈타인, 슈바이처 등을 비롯해 미켈란젤로, 라파엘 등의 미술가, 람세스 2세, 알렉산더 대왕, 카이사르, 잔 다르크, 나폴레옹, 조지 W. 부시, 윈스턴 처칠 등의 정치가, 베토벤, 라벨, 라흐마니노프, 지미 헨드릭스, 필 콜린스, 폴 매카트니, 조지 마이클 등의 음악가, 찰리 채플린, 톰 크루즈, 니콜 키드먼, 줄리아 로버츠, 데미 무어, 주디 갈란드 등 영화배우, 펠레, 마라도나, 존 맥켄로 등의 스포츠 선수들은 모두 왼손잡이로 각 분야에서 탁월한 업적을 남긴 명사들이다.

크리스트교에서 최후의 심판이 행해질 때 신의 오른쪽에는 어린 양, 왼쪽에는 염소가 있는 것으로 배치된 것에서 알 수 있듯이 염소는 불길하고 사악한 동물로 인식되고 있다.

◀〈더블 스파이〉의 줄리아 로버츠는 할리우드 미녀 영화 배우중 대표적인 왼손잡이로 알려져 있다.
▶〈아바타〉의 제임스 카메론 감독은 왼손잡이답게 극좌파적인 가치관을 드러내 화제가 되고 있다.

늘씬한 각선미-관심을 끌기 위한 최상의 자극법

2차 대전 당시, 전쟁터에서 매일 생사의 길목에 있었던 젊은 병사들에게 일말의 삶의 희망과 위안을 주었던 장치가 바로 할리우드 미녀들의 사진이었다. 이 사진은 책상 위에 핀을 꽂아두기 편할 정도의 사이즈를 가지고 있다고 해서 '핀 업 걸(Pin-Up Girl)'이라고 불리기도 했다.

모델로 나선 여성들의 신체적 특징은 깜짝 놀란 듯한 커다란 눈동자와 흡사 깎아지는 절벽과도 같이 긴 다리, 그리고 복숭아 같은 탐스런 볼과 엉덩이 등을 빼놓을 수 없다. 늘씬한 각선미의 경우는 여성 의류나 소비재 상품 광고에서 지금도 널리 사용되고 있는 장치 중의 하나이다. 여체미를 드러내는 그림을 주로 그리는 화가들도 놀란 토끼 눈처럼 활짝 열린 눈동자를 비롯해 다소 비정상적이라고 할 만큼 기다란 다리를 노출시킨 미녀들을 등장시키는 것이 관례화 되어 있다.

'초 정상 자극(super normality stimulus)'은 상대방으로부터 관심을 끌어들이기 위한 감각 중의 하나로 알려져 있다. 동물이나 곤충 세계에서도 '날갯짓'이나 '화려한 색상을 노출시키는 것' 등도 바로 이 같은 움직임의 하나이다.

만물의 영장인 인간 사회에서는 탈모 방지 샴푸, 피부의 건강을 찾아준다는 화장품과 의약품, 백옥 같은 하얀 치아를 보장해준다는 치약, 심지어 성적 쾌락을 위한 최음제 등과 같이 초 정상 자극 장치가 곳곳에 산재되어 있다.

초 정상 자극의 특징 중 하나는 바로 '내용' 보다는 '표피적 포장' 에 중점을 두고 있다는 것을 빼놓을 수 없다. 신장 160cm 미만인 여성도 킬 힐을 통해 170cm까지 늘일 수 있으며, 가짜 속눈썹이나 가발을 통해 한 단계 업그레이드된 성적 매력을 노출시킬 수 있는 것이다.

이처럼 이성뿐 아니라 동성 사이에서도 눈에 확 뜨이기 위한 강한 자극 경쟁은 여러 가지 방법으로 지속돼 일부에서는 '문명이 발달할수록 자극도 극단으로 치닫고 있다' 는 우려의 목소리도 제기되고 있는 실정이다.

More Tips

다리가 한 개인 신(神)은 '달(月)' 혹은 '남근(男根)'을 상징하는 존재로 알려져 있다.

◀ 카메론 디아즈, 드류 배리모어, 루시 리우 주연의 〈미녀 삼총사: 맥시멈 스피드 Charlie's Angels : Full Throttle〉(2003)에서는 늘씬한 각선미가 여성만의 무기가 될 수 있음을 보여주고 있다.

▶ 할리우드 흑진주라는 애칭을 듣고 있는 할 베리가 본드걸로 등장해 육체적인 매력을 듬뿍 노출 시켜준 007 시리즈 제20편 〈007 어나더데이 Die Another Day〉(2002).

옷차림은 권력이다

　붉은 바탕에 하얀 원으로 그려진 하켄크로이츠(卐) 모양이 있는 나치 독일 국기, 정부 상징물인 브레스트 이글(Breast Eagle)의 당당한 모습 그리고 검은 복장. 미국 심리학자 알버트 메라비언 교수는 히틀러가 전 유럽을 석권할 수 있었던 이유 중 하나로 절대적인 위압감을 던져 주었던 나치 복장을 거론하고 있다. 알버트 교수는 『침묵의 메시지』를 통해 인간은 대인 관계나 어떤 사건을 판단할 때 무려 55% 정도의 사람들이 '표정, 자세, 용모, 복장, 제스처처럼 눈에 직접 보여 지는 부분'으로 결론을 내린다고 역설한 바 있다.

　히틀러는 평균 이하의 신장에 평범한 얼굴을 가지고 있었지만 검정 군복을 통한 강력한 카리스마를 드러내 독일 국민 뿐 아니라 적국의 국민들에게도 강한 인상을 남겨 주게 된다.

　온라인 게임에서 등장하는 모덴 군(Morden 軍)은 메탈 슬러그 시리즈에 등장하는 가상 군사 조직이다. 모덴 군이 착용하고 있는 군복 휘장 등은 바로 제2차 세계 대전 당시 나치 독일 군대 복장에서 힌트를 얻어온 것으로 알려졌다. 모덴 군의 휘장은 붉은 바탕에 하얀 원이 색칠되어 있고 그 안에는 X 모양의 검은 십자가 그려져 있다. 이것은 하켄크로이츠가 있는 나치 독일의 국기를 모티브로 한 것이며, 모덴 군 병기 중 일부분에 이 휘장이 붙어 있다. 이 휘장의 다른 형태로는 검은 십자 대신 검은 독수리 무늬가 그려져 있는 형태가 있다. 이는 나치 독일 정부의 상징물인 브레스트 이글(Breast Eagle)을 변형한 것이다.

군인을 비롯해 판사, 의사, 간호원, 경찰 등은 복장을 통해 자신들이 가지고 있는 직업적인 권한과 능력을 드러내는 대표적인 직업군이다. 일상생활에서도 결혼식, 장례식, 무도회, 파티 등에서는 회합에 걸맞은 복장을 하는 것이 예의이다. 정치, 사회적 지위와 권력을 가지고 있는 이들은 이미 복장을 통해 자신들이 향유하고 있는 능력을 노출시키고 있다.

실크 모자와 지팡이, 정장 등은 이미 영국 신사의 전형으로 전 세계인들에게 각인돼 있는 대표적인 본보기다. 007 제임스 본드가 자유세계를 대표하는 첩보원으로 인정받는 데는 깔끔한 외모에 부합되는 품위를 풍겨주는 패션 스타일을 빼놓을 수 없을 것이다.

오늘날 자유민주주의가 만개(滿開)한 사회에서 중세 유럽부터 이어온 복장 규칙을 강요하는 것은 큰 반발을 불러일으킬 것이다. 그럼에도 불구하고 우리의 일상생활에서는 특정 직업을 노출시켜 주고 있는 복장이나 의복 스타일을 통해 그들이 누리고 있는 배타적인 지위와 권력을 완전히 무시할 수 있는 없다는 한계를 가지고 있다. 즉, 지금도 '복장'은 '보이지 않는 계급을 형성시키고 있는 것'이다.

◀ 〈제임스 본드〉를 비롯해 뮤지컬 영화 〈맘마 미아! Mamma Mia! -The Movie〉(2008)를 통해 중후한 신사의 멋을 풍겨주고 있는 피어스 브로스넌.
▶ 나치 수장 아돌프 히틀러의 암살 비화를 다룬 브라이언 싱어 감독의 〈작전명 발키리 Valkyrie〉(2008)에서는 군대 복장이 권력의 상징이 될 수 있음을 입증시키고 있다.

공원에서 왜 사람들은 드러눕는가?

1969년 뉴욕 베델 공원에서 진행된 우드스탁 록 페스티벌, 1981년 9월 뉴욕 센트럴파크에서 진행된 사이먼과 가펑클 콘서트, 〈러브 스토리〉(1970) 등 멜로물에 자주 비추어 지는 공원 등에서 단골로 보이는 모습이 바로 파도를 떠올려주는 파릇파릇한 푸른색 잔디 위에 벌러덩 누워 있는 청춘 남녀들의 풋풋한 모습이다.

1960년대 히피 문화 도래 이후 붐을 이룬 이 같은 태도가 전 세계로 보급된 것에는 바로 서부 사나이들의 복장으로 도입됐던 청바지가 큰 몫을 해냈다는 지적을 듣고 있다.

여기서 먼저 청바지의 특성을 언급할 필요가 있다. 거친 들판에서 사냥을 하는 사나이들을 위해 고안된 의복인 만큼 청바지는 신축성이 뛰어나고 튼튼하다는 것을 빼놓을 수 없다.

캘리포니아 드넓은 벌판과 초원을 누비던 청바지는 신축성, 편리성, 세탁의 용이함 등의 장점을 바탕으로 유럽을 비롯해 전 세계로 급속하게 유행의 물결을 일으킨다.

그동안 양복 등 정장 차림에서는 도저히 시도할 수 없었지만, 청바지를 착용한 젊은이들은 '때와 장소'를 가리지 않고 걸터앉게 된다. 60년대 중반을 넘어가면서 드넓은 초원이나 공원에서 진행된 야외 록 콘서트가 폭발적인 반응을 얻어냈고, 좌석보다는 공원에 쪼그려 앉거나 편하게 드러누워 감상하는 태도 변화가 발생하게 된 것이다.

의복 연구가들은 '청바지는 조직이나 체제에 순응하기를 거부했던 젊은이들의 의식을 대변하면서 행동에서도 자유분방함을 노출시키게 됐는데, 그런 변화된 의식 중 하나가 바로 드러눕기로 나타나게 됐다'는 진단도 내놓고 있다.

기성세대로부터 '예의범절을 잃게 만들었다'는 비판을 듣고 있지만 '청바지'는 생각의 유연성과 세련됨의 격식을 파괴시키는 여파를 가져오면서 인간의 행동 양식을 확대시키는데 절대적 공헌을 했다는 의미를 부여받고 있다.

◀ 60년대 붐을 이룬 록 콘서트는 청바지 문화와 맞물려 젊은이들로 하여금 드러눕기를 유행시키는 견인차 역할을 해낸다. 이안 감독이 1969년부터 열린 우드스탁 페스티벌의 개최 일화를 각색한 〈테이킹 우드스탁〉.

▶ 세탁과 착용이 간편한 청바지는 인간의 행동까지 변화시키는 여파를 가져온다. 채닝 테이텀, 아만다 사이프리드의 로맨스 물 〈디어 존〉.

〈브루스 올마이티〉에서 보여준 손바닥 제스추어

캐나다 출신 천재 코미디언 짐 캐리의 진가가 드러난 작품 중 한 편이 톰 새디악 감독의 〈브루스 올마이티 Bruce Almighty〉(2003)이다. 뉴욕 버펄로 지방 방송국의 뉴스 리포터 브루스. 재미있고 소박한 이웃들 얘기를 단골로 맡아 재미있는 입담으로 사람들을 즐겁게 해주지만, 정작 자신은 자신에게 주어지는 별 볼일 없는 취재거리가 늘 불만인 상태다. 자신의 현재 상태나 모습에 대해 모두 불만인 그는 쉴 새 없이 신에게 불만을 쏟아 놓는다.

취재가 잘 안 풀릴 때마다 브루스는 하늘을 향해 삿대질을 해대며 자신의 모든 불행은 신 탓이라며 원망하던 어느 날, 삐삐가 울리고 번호 하나가 찍힌다. 몇 번을 무시한 끝에 그 정체 모를 번호에 전화를 걸게 된 브루스는 '옴니 프레전트(Omni Presents) 샤'가 있는 이상한 낡은 건물로 향하게 되고 거기서 정체불명의 청소부를 만난다. 놀랍게도 청소부는 브루스에게 자신이 신이라고 소개한다. 브루스의 원망에 응답해 모습을 드러낸 신은 열 잘 받는 그에게 전지전능한 힘을 주고 얼마나 더 나은 세상을 만들 수 있는지 보자고 한다.

조물주의 힘을 가지게 된 브루스가 갑자기 얻게 된 권능(權能)을 과시할 때 자주 썼던 행동이 바로 '손가락 5개를 모두 펼친 손 모양(moutza) 제스추어다. 지나친 자신감으로 다소 오만함까지 풍겨주고 있는 이 행동은 고대 비잔티움 시대부터 통용됐던 것이다. 상대방의 얼굴을 향해 내비치면 '무시', '모멸', '모욕' 등의 뜻을 던져 주고 있기 때문에 조심해야 한다.

애초 이 행동은 흉악범들을 공개 재판하기 위해 거리로 끌고 나왔을 때 분노한 시민들이 오물을 손에 묻혀 죄수들의 얼굴에 문질러서 한껏 조롱과 분풀이를 했던 것에서 유래된 것으로 알려지고 있다. 이 흔적은 오늘날 유럽에서 다툼을 하거나 거리에서 운전사끼리 언쟁을 벌일 때 '상대방에게 비언어적인 냉소를 보내려는 의도'로 자주 사용되고 있다.

More Tips

기독교에서 오른손은 축복을 내릴 때, 왼손은 도둑질이나 사기와 연관된 것으로 보고 있다.

세상에 불만을 가지고 있었던 투덜이 브루스가 조물 주로부터 세상을 마음껏 다룰 수 있다는 권능을 부려 받은 뒤 벌어지는 해프닝을 다룬 짐 캐리 주연의 〈브루스 올마이티 Bruce Almighty〉(2003). 이 영화에서는 손바닥을 노출시켜 권능을 드러내려는 제스추어가 빈번하게 등장한다.

멜로물의 단골 설정인 머리 기울이기

'그대를 사랑하는 것이 내 인생의 모든 것입니다. 기쁨이 있는 곳에 우리의 사랑의 결합이 있을 것입니다.', '금속은 소리로 재질을 알 수 있지만 우리의 사랑은 대화를 통해서 서로의 존재를 확인해 나가고 있습니다.', '그대의 미덕과 인품에 이끌려 나도 모르게 가까이 다가가서 우리의 사랑은 시작됐습니다.', '사랑은 꽃처럼 향기로운 것입니다. 아름다운 꽃은 스스로를 내세우지 않아도 향기를 맡고 저절로 찾아오는 벌들이 있기 마련입니다.'

청춘 남녀의 로맨스 극은 시대를 초월해서 환대를 받고 있는 장르다. 여기에는 벌꿀이 흐르는 듯한 주옥같은 밀어(密語)도 빠트릴 수 없는 요소이다. 그리고 또 하나, 풋풋하고 정겨운 연정을 나누고 있는 이들의 관계가 무르익었을 때 보여주는 행동의 하나가 바로 '머리 기울이기'다. 벤치에 앉아 있을 경우, 이성의 어깨에 고개를 기대거나 혹은 거리를 걸어갈 때 자주 머리를 상대방을 향해 사선(斜線)으로 기우리는 것은 남성보다도 여성들이 단골로 쓰고 있는 행동 중 하나이다.

여권주의자들 입장에서 봤을 때는 탐탁치 않은 것이지만, 이 같은 움직임을 보여주는 것은 연약한 여성임을 드러내면서 남성의 보호와 관심 그리고 애정을 받고 싶다는 복합적인 뜻을 담고 있는 것이다. 파트너가 이런 행동을 보이면 남성들의 경우는 '흡사 아버지의 입장에 처해 있는 것처럼 상대 이성에 대해 보살핌을 베풀어야 한다는 충동을 느끼게 된다고 알려졌다.

　남성 소비재 광고 CF 모델로 나온 미모의 여성이 미소를 머금고 머리를 약간 기울인 채 정면을 응시하고 있는 모습을 자주 볼 수 있다. 이런 설정도 주된 소비층인 남성의 이목을 끌기 위한 가장 효과적인 행동으로 인식되고 있다.

사랑에 빠진 커플들이 상대방의 어깨에 머리를 기울이는 것은 두 사람의 관계가 돈독해져 간다는 신호이다. 제니퍼 애니스톤, 스티브 잔 주연의 〈러브 매니지먼트 Management / Love Management〉(2008).

남성을 유혹할 때 여성이 혓바닥으로
입술을 핥는 이유는?

"가장 요염한 포즈를 취해 보세요?"

성인 대상 토크 프로그램에서 여성 연예인들이 이 같은 주문을 받았을 때 가장 손쉽게 취하는 행동은 바로 혓바닥을 내밀고 입술을 핥는 행동을 한다.

"그녀의 입술은 빨아먹는 붉은 사탕만큼 붉고, 아랫입술은 귀엽고 도톰하다."

스탠리 큐브릭에 이어 아드리안 라인이 영화화한 블라다미르 나보코프의 원작 소설인 〈로리타 lolita〉(1962, 1997)에서 어린 소녀에게 병적으로 집착하는 40대 대학 교수 험버트가 일갈하고 있는 '소녀의 입술론'이다.

생체연구학자들은 남녀의 성적 차이를 뚜렷하게 구분해 주는 최초의 상징적인 징표로 '소녀들의 입술이 붉어지는 것'을 손꼽고 있다. 아울러 여성의 가슴, 엉덩이, 붉고 도톰한 입술은 '임신을 할 수 있다'는 시각적 신호로 받아들여지고 있고, 성적으로 흥분되면 젖꼭지와 더불어 여성의 입술은 점점 커지고 붉어진다. 이 같은 이유로 앞서 기술했듯이 여성들이 혀를 내밀어 입술을 원형으로 핥는 행위는 남성을 가장 직설적으로 유혹하고 있는 행위 중 하나라고 할 수 있다.

입술이 담고 있는 성적 시선을 더욱 자극하는 행위로 '립스틱'을 칠

하는 것을 빠트릴 수 없다. 사회심리학자 데비 덴은 '립스틱은 여성이 쓰고 있는 화장품 중 가장 많은 성적 함의(含意)를 담고 있다' 고 역설한 바 있다. 화장품 연구가이자 베니핏 화장품 창립자 진포드 대니얼슨은 '미국 화장품 산업은 립스틱을 중심으로 성장해 왔다' 고 평가했다. 립스틱은 값싸고 휴대하기 편해 전 세계 여성들이 애용하고 있으며, 미국 여성의 경우 평생 10kg 정도를 사용한다고 알려졌다.

CF 전문 제작사들은 '평생 반려자를 유혹할 때는 반드시 립스틱을 사용하라!' 고 부추겨 립스틱이 성적 유인물 구실을 하고 있음을 인정하고 있다. 혀를 내밀어 입술을 적시는 행위와 립스틱으로 입술을 더욱 자극적으로 치장하는 것은 일맥상통하는 행동이라고 볼 수 있다.

여기에 빠트릴 수 없는 에피소드로는 17세기 영국 목사 토머스 홀은 '립스틱을 바른 여성들이 남성들의 욕정을 불사르고 있다' 고 비난하면서 '립스틱은 창녀의 표식' 이라는 극단적인 주장을 했다.

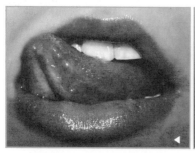 

◀ 여성들이 혀를 내밀어 입술을 원형으로 핥는 행위는 남성을 가장 직설적으로 유혹하고 있는 행위 중 하나이다.

▶ 입술이 담고 있는 성적 시선을 더욱 자극하는 행위로 '립스틱' 을 칠하는 것을 빠트릴 수 없다.

심각한 생각을 할 때 팔짱을 끼는 이유는?

"직감적인 생각을 도출해낼 때는 팔을 굽히고, 이성적인 생각을 끄집어내려고 하면 팔을 뻗어라!"

미국 컬럼비아 대학 심리학과 제리 포스터 교수의 말이다.

미드 열풍을 몰고 온 수사 드라마 〈CSI 과학 수사대〉나 〈마이애미 바이스〉 등 범죄 수사극에서 강력 범죄를 저지른 용의자의 잡기 위한 회의를 할 때 일선 수사 요원들로 턱을 괴고 팔짱을 끼는 행동을 보여 준다. 조지 클루니, 브래드 피트 주연의 〈오션스 11 Ocean's Eleven (2001)에서 대니 오션(조지 클루니)은 뉴저지 교도소에서 출감한지 불과 24시간도 안 돼 각 방면의 전문가들을 불러 모아서, 라스베가스 MGM 실내 체육관에서 레녹스 루이스와 블라디미르 클리치코의 헤비급 복싱 경기가 열리는 날 현금 1억 5천만 달러를 강탈할 작전을 구상한다. 대니와 러스티(브래드 피트)는 인명을 해치지 말 것, 무고한 사람의 금품을 털지 말 것, 이판사판 정신으로 이번 작전을 임할 것 등의 모의를 하면서 팔짱을 끼고 심사숙고하는 장면이 나온다.

컬럼비아 대학의 심리학자 리차드 프리드먼 교수는 팔을 굽히고 있을 때 창의적인 생각이나 번뜩이는 아이디어가 더욱 촉진된다는 것을 밝혀냈다. 반면 팔을 쭉 뻗고 있을 때는 순발력 있는 해결책을 얻어내기까지 다소 시간이 걸린다는 사실도 알아냈다. 프리드먼 교수의 오랜 실험 결과에 따르면, 몸과 생각은 밀접하게 결합되어 있기 때문에 자세에 따라 생각의 활성화가 증가하거나 감소할 수 있다고 한다.

　인간행동연구가들도 기발하거나 난관에서 벗어날 수 있는 생각을 끄집어내기 위해서는 가슴 앞으로 팔짱을 낀 자세로 생각을 하면 머릿속에서 맴돌고 있던 잠재돼 있는 산뜻한 영감이나 생각이 떠오를 수 있는 확률이 높다고 말한다. 반면 논리적인 문제, 냉철한 판단을 요구하는 문제의 해결책 혹은 차근차근 장기간에 걸쳐 생각을 정리하고 싶을 때는 팔이나 팔꿈치를 쭉 뻗고 생각하는 것이 좋은 결과를 얻을 수 있다고 한다. 생체연구학자들도 '인간이 팔을 똑바로 뻗고 있으면 두뇌가 이성적으로 움직이게 된다'고 프리드먼 교수의 실험 결과에 동조를 표시하고 있다.

　결론적으로 창의적인 생각이나 신속한 의사 결정을 해야 할 때는 팔을 굽혀서 생각하는 것이 좋고, 시간이 지체되더라도 정확한 판단을 요구하는 상황이라면 팔을 뻗는 상태에서 생각하는 것이 효과적인 해결책을 얻을 수 있다는 것이다.

◀ 인간행동연구가들은 기발하거나 난관에서 벗어날 수 있는 생각을 끄집어내기 위해서는 가슴 앞으로 팔짱을 낀 자세로 생각을 하면 머릿속에서 맴돌고 있던 잠재돼 있는 산뜻한 영감이나 생각이 떠오를 수 있는 확률이 높다고 주장하고 있다.

▶ 〈오션스 11〉에서 라스베이거스 카지노 금고를 털려는 계획을 세울 때 조지 클루니와 브래드 피트가 팔짱을 끼고 강탈 계획을 짜는 장면이 나온다.

사무라이 소재 영화에서 자신의 충성심을 드러내기 위해 새끼손가락을 자르는 이유는?

조국과 명예를 위해 목숨을 걸고 전쟁터를 누볐던 네이든 알그렌 대위(톰 크루즈). 남북전쟁이 끝난 후 용기와 희생, 명예와 같은 군인의 덕목은 실용주의와 개인의 이익을 추구하는 시대 흐름에 밀려 설 자리를 잃게 되고 전쟁의 명분조차 퇴색해 버린다. 정신적인 갈등을 겪고 있던 그가 신념과 무사 정신으로 무장된 일본 사무라이를 통해 삶의 좌표를 다시 설정하게 된다는 것이 에드워드 즈윅 감독, 톰 크루즈 주연의 〈라스트 사무라이 The Last Samurai〉(2003)의 내용이다.

흥행가에서는 〈라스트 사무라이 The Last Samurai〉(2003), 〈사무라이 Samourais〉(2002), 〈황혼의 사무라이 The Twilight Samurai / たそがれ淸兵衛〉(2002), 〈사무라이 픽션 2 : 적영 Red Shadow / 赤影〉(2001) 등이 꾸준히 공개되면서 사무라이 정신을 전파시키고 있다.

이들 영화 외에도 흥행가를 장식했던 시드니 폴락 감독의 초기작인 〈야쿠자 The Yakuza〉(1975)를 비롯해 리들리 스코트 감독의 〈블랙 레인 Black Rain〉(1989) 등을 보면 극중 일본 사무라이들이나 암흑가 갱스터들이 자신의 상관에게 부여 받은 임무를 완수하지 못했거나 또는 약속을 지키지 못했을 경우 그 징벌로 스스로 새끼손가락을 잘라, 이를 바치는 장면이 빈번하게 나오고 있다. 일본의 무사 계급들이 정권을 잡고 있었던 중세 막부(幕府) 시절부터 전래되어 온 이 같은 풍습은 아시아권 폭력 조직에게도 그대로 전파돼 김상진 감독, 박중훈 주연의 〈깡패수업〉에서도 이 같은 단지(斷指) 장면이 등장한다.

〈야쿠자〉는 절친한 친구의 딸이 폭력 조직에게 납치됐다는 소식을 듣고 한때 일본 주재 미국 보안요원으로 근무했던 로버트 미첨이 다시 일본을 찾아와 범죄와의 전쟁을 치른다는 내용을 담고 있다. 이 영화에서는 극중 사건 수사 도중 일본 중년 여인과 사랑에 빠지게 된 로버트 미첨이 자신의 이탈된 행각을 반성한다는 뜻으로 흔히 '약속의 의미가 담긴' 새끼손가락을 자르는 장면이 나온다.

〈블랙 레인〉에서는 야쿠자 두목을 체포한 뒤 일본으로 압송하던 미국 형사(마이클 더글라스)가 일본 공항에서 형사를 가장한 야쿠자 조직원에게 두목을 넘겨주는 실수를 저지른다. 그는 오사카를 근거지로 활동하는 야쿠자 두목을 다시 체포하다가 동료(앤디 가르시아)가 피살되는 불운을 겪는다. 이 같은 예기치 못한 사태에 직면하자 그는 자신의 목숨을 걸고 냉혹한 야쿠자 조직과의 일대 전쟁을 벌여 마침내 조직을 와해시킨다. 이런 과정 속에서 미국 형사에 의해 야쿠자 조직들이 점차적으로 위협을 받자 강성 조직원(야사쿠 마수다)이 조직 간부들 앞에서 손가락을 자르면서 반격 작전을 펼쳐 미국 형사를 응징하겠다는 결의를 보여준다.

이처럼 야쿠자 등 범죄 조직들 간에 '막중한 임무를 부여받고 이에 대한 결행의 의지를 드러내거나 상호간의 약속을 다짐한다'는 뜻을 확고하게 보여주기 위해 손가락을 자르는 것이 하나의 관행으로 전해져 내려오고 있다. 아울러 〈야쿠자〉에서처럼 친구의 아내와 정욕적인 관계를 맺었을 때 속세의 유혹에 빠진 것을 참회하는 심정으로 손가락을 자르기도 한다.

일본의 경우는 앞서 언급했듯이 야쿠자들이 조직의 위계질서에 누

를 끼쳤거나 피해를 입혔을 때 사죄나 조직의 충성에 대한 맹세를 위해 단지(指つめ)하는 풍속이 가장 널리 알려져 있다. 아울러 일본 도쿠가와 막부 시대의 기생들 사이에서는 손가락을 잘라 정인(情人)에게 선사하며 사랑을 맹세하는 풍습이 있었다고 한다.

한국에서도 이러한 단지 풍습은 매우 선의의 뜻을 가진 행위로 인식되고 있다. 그중 한 가지가 병환을 앓고 있는 부모에게 자식이 손가락을 베어 흐르는 피를 앓아누운 부모에게 먹였다는 삽혈(歃血) 이야기가 있다. 여기서 유래된 '단지공양(斷指供養)'은 지극한 효심의 하나였는데, 피를 먹여 차도가 없을 때는 아예 손가락을 잘라서 이것을 끊여 바쳤다는 기록도 전해지고 있다. 여기에 안중근 의사가 1909년 동지 11명과 함께 단지 동맹을 맺으면서 손가락을 자른 일은 '고난에 처한 조국을 구해내겠다는 결연한 구국의 결단'으로 칭송을 받고 있다.

그렇지만 이 풍습은 폭력조직이 아닌 일반인들 사이에서는 도박으로 가문을 기울게 하거나, 아편으로 망신하고서 그로부터 빠져나오겠다는 의지 표현으로 활용하는 등 다소 변형되어 그 명맥을 유지하고 있다.

◀ 약속을 저버린 것에 대한 책임을 지고 사무라이 풍습의 하나인 단지 장면이 등장하는 박중훈 주연의 〈깡패수업〉.

▶ 시드니 폴락 감독의 〈야쿠자〉에서는 조직의 위계질서에 누를 끼쳤거나 피해를 입혔을 때, 사죄나 조직의 충성에 대한 맹세를 위해 단지 하는 모습이 등장한다. 이미지는 단지를 거행한 이의 모습을 현대화 일러스트로 묘사한 컷.

〈삼손과 데릴라〉에서 괴력을 가지고 있던
삼손이 머리카락을 잘린 뒤 무력해진 이유는?

　'삼손과 데릴라'의 일화는 2007년 코리나 반 에익 감독의 리메이크 작을 비롯해 독일의 1996년 TV 시리즈, 미국의 〈위대한 모험: 삼손과 데릴라 The Greatest Adventure: Stories from the Bible −Samson and Delilah〉 등으로 꾸준히 제작되고 있다.

　이 이야기가 지금까지 많은 이들에게 사랑받으며 명맥을 잇게 된 결정적 기폭제 역할을 한 작품은 세실 B. 데밀 감독이 성서에서 아이디어를 얻어 빅터 마추어와 헤디 라마르를 등장시켜 선보인 역사극 〈삼손과 데릴라 Samson and Delilah〉(1949)이다. 이 작품은 대표적인 고전 명작으로 인정받아 아직도 전 세계 각국에서 재 상영될 정도로 호응을 얻고 있다.

　사자와 맨손으로 싸워 이길 정도로 힘이 장사인 삼손. 히지만 그는 요염한 매력을 가진 데릴라(헤디 라마르)의 꼬임에 빠져, 무시무시한 힘이 발휘하는 자신도 머리카락을 자르면 힘을 못 쓴다는 치명적 약점을 밝히게 된다. 결국 사악한 집단과 내통을 하고 있던 데릴라에게 머리카락을 잘려 적군이 침입하는 것을 그저 지켜봐야 하는 한심한 처지에 놓이게 되지만, 그는 창조주에게 자신의 죄를 뉘우치면서 '마지막 한 번'이라는 단서 조항을 받고 다시 괴력을 받아 적군의 손아귀에 들어 있던 왕궁의 버팀목을 무너뜨려 침입한 적국의 병사들과 함께 장렬한 최후를 맞는다.

〈삼손과 데릴라〉에서 지상 최고의 힘을 발휘한다는 삼손이 머리카락을 잘린 뒤로 전혀 힘을 못쓰는 것으로 묘사된 것은 상당히 설득력이 있는 설정이다. 예로부터 '남자의 머리카락을 자른다'는 것은 '거세(去勢)'를 뜻해 남성들에게는 치명적인 약점으로 여겨졌다. 즉, 머리카락의 일부분을 잘라 내거나 모두 삭발을 시키는 것은 '태양의 광채를 받고 있는 남성스런 힘의 차단이나 박탈'을 의미했던 것이다.

그리스·로마 신화 속에서도 남성의 머리카락은 '남성의 힘찬 활력', '생명력', '고도의 지력(智力)이나 번뜩이는 영감(靈感)' 등을 두루 나타내는 것으로 전해지고 있다. 1960년대 히피 문화를 담은 밀로스 포만 감독의 록 뮤지컬 〈헤어 Hair〉(1979) 등에서는 출연 남자 배우들이 여성을 능가할 정도로 길게 늘어트린 머리카락을 트레이드마크로 내세웠는데, 이것은 '억압된 체제에 대한 반발과 자유의 의지를 드러내는 것'으로 젊은 층으로부터 큰 호응을 불러 일으켰다.

임권택 감독의 〈개벽〉 등의 사극에서는 조선 시대 양반들이 머리를 묶어 상투를 하고 나오는 것을 볼 수 있다. 머리를 한 곳에 묶는 것은 '결혼을 했음을 나타내는 동시에 자신이 속한 단체나 집단에 대해 복종을 할 것임을 드러내는 것'이다. 여기에 불교, 가톨릭 등을 소재로 한 종교 영화에 등장하는 스님들이나 수도사들이 머리를 완전히 삭발하거나 머리 윗부분만 잘라낸 머리 모양이 등장한다. 이것은 속세의 모든 욕심과 육체적인 쾌락을 멀리하면서 종교의 최고 권위자에게 신명(身命)을 바치겠다는 '각오와 금욕(禁慾) 의지'를 드러내는 것이다.

동·서양을 막론하고 장례식장에서 여성들이 머리를 풀어 헤치고 있는 것을 종종 목격할 수 있다. 이런 모습은 '망자(亡者)에 대한 추모와 애도의 뜻'을 드러내는 살아있는 자들의 염원이 담겨있는 행동이라고 한다.

머리카락은 인간 신체의 가장 높은 정상에서 자란다는 것 때문에 당연히 정신적인 힘을 나타내는 것이다. 반면 승려들이 신체의 모든 털을 깎는 행위는 비합리적인 힘과 본능적인 삶이 개화(開化)됐다는 것을 나타낸다. 또한 그리스 로마 신화 속에서 악을 상징하는 신 '팬'의 다리가 온통 털로 덮여 있는 것에서 유래돼 신체에서 자라나는 모든 털은 악의 의미로 받아들여지고 있다.

◀ 세실 B. 데밀 감독의 〈삼손과 데릴라〉에서는 머리칼이 남성의 원천이라는 설정을 보여주고 있다. 그림은 화가 루벤스의 '삼손과 데릴라'.

▶ 〈삼손과 데릴라〉에서 지상 최고의 힘을 발휘한다는 삼손이 머리카락을 잘린 뒤로 전혀 힘을 못쓰는 것으로 묘사된 것은 상당히 설득력이 있는 설정이다. 예로부터 '남자의 머리카락을 자른다'는 것은 '거세(去勢)'를 뜻해 남성들에게는 치명적인 약점으로 받아들여졌다.

〈번지 점프를 하다〉에서 신발 끈을 묶어준 후
남녀가 급격하게 가까워진 이유는?

김대승 감독의 〈번지 점프를 하다〉는 2000년에 공개된 뒤 청춘 남녀 관객들에게 새삼 진한 사랑의 의미를 깨닫게 해준 영화이다. 1983년 여름, 첫 눈에 여자에게 반한다는 것에 회의를 가지고 있었던 국문학과 82학번 서인우(이병헌)는 어느 날 캠퍼스 안에서 우연히 적극적인 성격의 미술학도인 82학번 인태희(이은주)를 만나게 된다. 어느 비 오는 날 인우의 우산 속에 뛰어 들어온 여자 인태희. 선이 뚜렷한 얼굴, 맺고 끊는 것이 확실한 어투 등 이때부터 인우의 마음은 태희 생각으로 가득 차게 된다. 그리고 두 사람은 각자의 손이 닿은 물건을 간직하면서 사랑을 속삭인다.

하지만 인우가 군 입대를 하는 날, 환송을 해주기 위해 급히 길을 건너 던 태희는 그만 교통사고로 사망한다. 이런 사실을 까마득히 모르고 있던 인우는 태희의 마음이 변했을지도 모른다는 오해를 하게 된다.

그 후 세월이 흘러 2000년 봄, 결혼해서 한 가정의 아버지가 된 인우는 고등학교 국어 교사로 재직하고 있다. 그의 마음 한쪽에는 아직도 태희에 대한 생각을 지우지 못하고 있다. 그런 어느 날 인우는 자신의 제자 중의 한 남학생이 태희가 했던 행동과 태도를 모조리 따라하고 있는 것을 알고 은밀하게 남자 제자에게 연정을 품게 된다. 그렇지만 학교에서 교사가 남학생 제자와 부적절한 관계에 있다는 소문이 나

돌면서 그는 교사직에서 해임 당한다.

하지만 처음에는 인우에 태도에 반발을 했던 남학생이 선생이 잊지 못하는 첫사랑에 대한 감정을 이해하면서 두 사람은 선생 인우와 태희가 '언덕 아래로 점프를 하면서 떨어진다 해도 다른 세상에서 생을 이어갈 수 있을 것'이라고 말했던 것을 상기시키면서 번지 점프를 시도해 자살을 감행한다.

'환생의 사랑'을 다룬 이 영화에서 인우가 캠퍼스에서 태희와 서서히 열애에 빠져 들어갈 때 '어! 신발 끈이 풀어졌네요!'라는 말을 하면서 신발 끈을 매어주는 장면이 나온다. 이렇게 신발 끈 매어주는 행동은 두 사람이 급격하게 가까워지는 계기 중 하나가 된다.

이러한 장면은 2001년 한국적 스릴러 영화의 새로운 장을 개척했다는 평가를 받은 윤종찬 감독의 〈소름〉에서도 등장한다. 극중 택시 운전사인 용현(김명민)이 곧 허물어져 버릴 듯이 낡은 아파트 504호로 이사를 온다. 그가 이주해온 504호에는 30년 전 옆집 여자와 눈이 맞은 남자가 자신의 본처를 죽이고 갓난아이를 버려둔 채 도망쳤다는 음흉한 사건이 벌어졌던 곳이다. 더욱이 그가 이사 오기 직전에는 문학청년 광태가 의문의 화제 사건으로 목숨을 잃었던 장소이기도 해서 음습한 공기가 아파트 곳곳을 지배하고 있었다.

용현은 이사 온지 얼마 안 돼 늘 남편에게 얻어맞고 사는 선영(장진영)에게 동정을 느끼다가, 그녀가 편의점에서 아르바이트를 한다는 것을 알게 돼 가게를 자주 찾아가면서 가깝게 지내게 된다. 그 후 용현은 자신이 즐겨 찾았던 서울 근교로 그녀와 데이트를 떠난다. 그 장소에 도착해서 이곳저곳을 둘러본 뒤 용현은 선영의 신발 끈이 풀어진 것을 발견하고는 신발 끈을 매어준다.

서구에서는 '옛날 한 왕자가 어여쁜 여인의 신발을 차지한 뒤 그녀를 신부로 맞이할 수가 있었다' 는 민담이 전래되어 오고 있다. 즉, 신발을 다스리는 것은 그 신발을 신고 있던 사람의 정신과 육체적 행동까지도 통제를 할 수 있다는 속설이 전해지고 있다. 여기에 끈(Cord)은 그리스 로마 신화에서는 '인간의 영혼과 생명을 연결시켜주는 고리인 동시에 속박과 무한대의 자유를 나타내 주는 상징물' 로 인식되고 있다.

〈번지 점프를 하다〉처럼 남녀가 신발 끈을 매어주는 행동은 '상대방의 정신과 육체를 소유한다' 는 뜻을 담고 있다.

신데렐라가 유리 구두를 신고 등장한 의미는?

여성도 남성이 향유(享有)하고 있는 동등한 권리를 누려야 된다는 생각을 가지고 있는 여권주의자(Feminist)들에게 늘 아킬레스건(腱)으로 거론되고 있는 것이 '신데렐라 이야기' 이다. 독립할 자주적인 힘이 부족한 여성이 부와 권세를 소유한 백마 탄 남성을 만나 자신이 처한 열악한 환경에서 탈피시켜 줄 것을 바라는 마음은, 일부의 극악한 반대에도 불구하고 지금도 대다수 여성들의 머릿속에 자리 잡고 있는 의식 중의 하나이다.

프랑스 동화작가인 샤를 뻬로(1628~1703)에 의해 집필됐다는 '신데렐라 이야기' 는 세월이 흐르면서 내용이 첨부돼 현재 전 세계 각지에서 약 500가지 종류의 민담이 전해질 정도로 각광을 받고 있는 소재다.

아빠를 지진으로 잃은 뒤 계모에게 시달리다 인기 만점 풋볼팀 주장 오스틴 에임스를 만나 동화 같은 러브 스토리를 엮어간다는 힐러리 더프, 제니퍼 쿨리지 주연의 〈신데렐라 스토리 A Cinderella Story〉(2004)를 비롯해 줄리아 로버츠 주연의 〈귀여운 여인 Pretty Woman〉(1990) 등은 뭇여성들이 갈망하는 인생역전을 담아 호응을 얻어냈다.

그런데 이렇듯 많은 여성들의 꿈을 담은 '신데렐라 이야기' 에 등장하는 유리 구두는 무슨 의미일까? 서양인들은 유리(Glass)나 이와 흡사

한 물체인 수정(Crystal)을 '청순'의 이미지로 받아들이고 있다. 그리고 이를 소재로 해서 만든 신발, 배(Ship), 탑(Tower) 등에 대해서는 '이승을 떠나 내세로의 진입', '신분 상승의 욕구' 등으로 해석을 하고 있다. 이런 근거로 유추를 하면 신데렐라가 유리 구두를 신고 있다는 것은 바로 그녀가 현재의 비천한 처지에서 탈출해 물질적 풍요가 보장된 상류층으로 진입을 하려는 욕구를 간접적으로 드러내 주는 상징물임을 알 수 있다.

산드라 블록의 초창기 작품인 〈러브 포션 # 9 Love Potion # 9〉(1992)에서 나약한 심성을 가지고 있는 남자 주인공 테이트 도노반이 점성술사를 찾아가 상담을 하는 장면이 나온다. 이때 여자 점성술사가 책상머리에 놓여있는 수정을 만지면서 점괘를 본다. 이 같은 모습도 심심치 않게 볼 수 있는 영화 속 장면인데, 수정은 '마력을 가지고 있는 신통력 있는 물체'라는 숭배를 받고 있기 때문에 염력(念力)을 발휘하는 주술도구로 활용되고 있는 것이다.

◀ 힐러리 더프 주연의 〈신데렐라 스토리〉 무도회 장면에서는 유리 구두를 착용한 모습이 나온다.
▶ 신데렐라가 유리 구두를 신고 있는 것은 '청순'의 이미지로 받아들이고 있다.

〈색, 계〉 등에서 담배가 섹스 상징 소품으로 즐겨 사용되고 있는 속뜻은?

'스파이가 되어야만 했던 한 여인, 그리고 표적이 된 남자의 애틋한 사연!'

2007년 11월 공개돼 장안의 화제를 불러 일으켰던 〈색, 계 Lust, Caution〉는 항일단체 조직의 명령에 의해 개인을 희생시켜야 했던 여성 스파이와 그녀의 미인계에 걸려들어 암살 표적이 되는 정보부 대장에 얽힌 비련을 담고 있다.

〈색, 계〉가 공개되면서 뉴스거리를 제공했던 것 중 하나는 연극배우 지망생에서 스파이로 인생 유전을 하게 되는 왕치아즈(탕웨이)와 친일파의 핵심인물이자 정보 대장 이(양조위)가 연기했던, 요가 행위를 떠올리는 기이한 정사 장면이다. 이 작품은 정치적 소재를 다루고 있음에도 불구하고 미모의 스파이와 미인계 내상이 되는 정보 당국의 중간 책임자가 나누게 되는 미묘한 감정선을 곳곳에 배치해 어느 성애 영화보다도 강렬한 인상을 남겨준 바 있다.

1938년 홍콩, 제2차 세계대전의 발발과 함께 영국으로 간 아버지를 기다리는 왕치아즈는 대학교 연극부에 가입하게 된다. 하지만 연극부의 실체는 연극을 통해 애국심을 고취하려는 급진파 광위민(왕리홍)이 주도하는 항일단체다. 그들은 1차 목표로 정보부 대장 이의 암살계획을 세우고, 광위민에게 마음을 두고 있던 왕치아즈는 친구들을 따라이 계획에 동참한다. 그녀는 신분을 위장하고 이의 아내(조안 첸)에게 접근하여 신뢰를 쌓은 후 이와도 가까워진다. 이 영화에서 어느 날 레스토랑에서 두 사람만의 식사 장면이 나온다.

"여기는 손님이 없네요?"

"음식이 맛없거든요. 미안해요. 하지만 얘기를 나누기에는 최적의 장소죠."

"남편 사업은 잘돼요?"

"잘되는지 어쩌는지…… 매일 출장만 다녀요. 하지만 부부는 떨어져 있어야 정이 깊어진다고 하더군요."

"난 일상적인 대화에 익숙지 않아요. 내가 만나는 사람들은 국가운명 같은 거창한 얘기만 떠들죠. 하지만 그런 사람들 눈에서 난 수없이 봐 왔어요."

"뭐를요?"

"두려움. 그런데 당신은 다른 것 같아요. 두려움이 없지. 안 그래요?"

대화를 나누는 도중 왕치아즈는 연신 자신의 두 손을 교대로 맞잡고 비벼댄다. 그리고 손등에 얼굴을 괸다. 인간생태연구가 애런 피스의 『바디 랭귀지』에 의하면 자신의 두 손을 쉴 새 없이 마주잡고 손바닥을 상대방에게 노출시키는 행동은 '무엇인가 간절히 갈망한다'는 것을 의미하는 행동이다. 그녀의 행동을 지켜보던 정보부 대장 이는 두 개의 양초에 번갈아 불을 붙인 뒤 담배 한 개비를 건네준다. 왕치아즈는 기다렸다는 듯이 냉큼 받아 담뱃불을 받는다.

'담배'와 '총'은 남성을 드러내는 대표적인 소품이다. '피운다' 기보다는 '빤다'가 더 친근감 있게 다가오는 담배를 여성이 쥔다는 것은 성적 유혹을 받아들이겠다는 직접적인 화답이다.

1941년 상하이. 홍콩에서 돌아와 학업을 계속하던 왕치아즈에게 광위민이 찾아와 장관으로 출세한 이의 암살 작전에 주도적 역할을 해주길 강권한다. 이에 또다시 만나게 된 왕치아즈와 이. 3년이라는 시간이 흐른 뒤 무언가 깊은 감정이 자신들 속에 자리 잡았음을 직감적으로 느낀다. 이때의 대사를 다시 재현해 보자. 왕치아즈는 친구들과 마작을 하고 있는 이의 아내(조안 첸)에게 홍콩에서 가져온 담배를 가져다주겠다며 트렁크가 있는 2층으로 올라가 가방을 연다. 이때 이가 나타나 말을 건낸다.

"아내는 벗이 필요하오. 나는 거의 집을 비우니까."

"힘드신가 봐요. 살이 많이 빠졌네요."

"당신도 많이 변했소."

"3년이 흘렀어요."

"전쟁이 모든 걸 앗아갔죠. 살아있는 것만으로도 감사해요."

"사모님 선물로 담배를 가져왔어요. 장관님께 드릴 게 없네요."

"당신이 와준 게 선물이오."

이후 비 오는 어느 날 장관 이의 저택을 찾아온 왕치아즈. 안방구석 의자에 앉아 있는 이는 왕치아즈가 외투를 벗고 있는 모습을 담배를 피워 물면서 쳐다본다. 양팔이 훤하게 노출된 녹색 원피스를 입고 있는 그녀는 담배가 가지런히 배열돼 있는 케이스를 보여주자 이에게 다가간다. 그리고 이가 물고 있던 담배를 뺏어 바닥에 내팽개친다. 이가 한마디 한다.

"나랑 놀고 싶어?"

"서서 할 거예요?"

"앉아요."

그리고 스커트를 벗는 왕치아즈. 이때 이는 그녀에게 달려들어 난폭하게 하의를 찢는다. 침대로 던져진 그녀에게 혁대를 풀어 때린 뒤 양손을 뒤로해서 수갑을 채우듯 묶는다. 자세가 불편하자 혁대를 풀어주고 이는 후배위로 왕치아즈에게 거칠게 성교를 진행한다. 얼마 후 기진맥진해 있는 왕치아즈는 침대에 누워있고, 이는 의자에 앉아 담배를 피워 물고 있는 정경이 조감도로 비춰진다.

샤론 스톤을 일약 1990년대 섹스 심벌로 부상을 시켜준 〈원초적 본능 Basic Instinct〉(1992)에서 그녀는 살인 용의자로 지목돼 형사 마이클 더글라스에게 심문을 당할 때 짧은 스커트를 입고 앉아 속살을 살짝살짝 드러내 보이면서 담배를 피워대는 연기를 펼쳐주어 남성 관객들에게 야릇한 매력을 선사해 준 바 있다.

1994년 버클리대 연구팀이 '미국 공중보건저널'에 발표한 영화 속의 흡연에 대한 논문 조사에 의하면, 1960년부터 1990년까지 매년 할리우드 흥행 20위권 영화 중 두 편을 무작위로 선정 조사한 결과 30년 사이에 영화 속 흡연빈도가 무려 3배나 증가했다고 밝혔다. 이는 실제 생활에서는 흡연률이 1960년의 42%에서 1990년의 25%로 격감한 것과는 대조적인 수치인 것으로 나타났다.

논문 분석 자료에 의하면 영화 속에서 담배는 대부분이 성공한 남성이나 성적 매력이 넘치는 여성을 상징하는 도구로 이용되고 있다고 주장을 했다. 현실 생활에서 담배는 암 유발의 주범, 불쾌한 냄새의 원흉 등 부정적인 인상을 주고 있지만, 영화 속에서는 오히려 담배는 여전히 멋과 부와 낭만을 나타내는 상징으로 활용이 되고 있는 것이다. 이런 이유 때문에 흡연 유해론자들은 '예술은 현실을 반영한다는 현실 예술론이 담배에서는 통용되지 않는다'는 볼멘소리도 하고 있는 실정이다.

지난 1930년대 흑백 영화 전성기 시절에도 담배는 '성(性)적인 갈망을 표현하는 수단' 으로 사용됐다. 하워드 혹스 감독의 〈소유한 자와 소유하지 못한 자 To Have and Have Not〉(1944)에서 히로인 역을 맡은 로렌 바콜은 극중에서 남성들에게 은은하게 저음으로 깔린 목소리로 "성냥 가진 사람 있어요?"라고 묻자 한 남성이 건네준 성냥을 받아 불을 붙인 다음 상대방을 쳐다보지도 않고 "땡큐." 하고 사라지는 장면이 나온다. 이에 대해 영화 비평가들은 '여성의 욕망을 해소시켜 줄 상대를 노골적으로 구하는 메시지가 담긴 장면' 이라는 분석을 했다.

하워드 혹스 감독의 〈빅 슬리프 The Big Sleep〉(1946)에서도 로렌 바콜이 상대역인 험프리 보가트와 실루엣이 쳐진 거실에 나란히 누워 담배를 피운 뒤 재떨이에 담뱃재를 터는 장면이 나온다. 이런 행동은 당시 기세가 등등했던 검열 기관의 가위질을 피하기 위해 섹스 행위를 은유적으로 표현한 장면이라고 할 수 있다. 국내 영화 중 하일지 소설을 원작으로 한 〈경마장 가는 길〉에서 문성근과 함께 침대에 누워있던 강수연이 일어나 고독감에 쌓인 표정을 지으면서 담배를 피워 무는 장면이 나오는데, 이 같은 모습은 바로 직전에 섹스 행위가 있었음을 암시하는 장면으로 국내 영화 속에서 즐겨 사용하는 기법이다.

짐 자무시 감독의 〈미스터리 트레인 Mystery Train〉(1989)은 록큰롤 황제인 엘비스 프레슬리의 발자취를 쫓기 위해 나서는 일본 10대 남녀 젊은이들의 행보를 보여주고 있는 영화다. 엘비스 프레슬리에 빠져 미국 멤피스를 방문한 일본인 여자 관광객이 지포 라이터를 켜면서 남자친구에게 담배를 권하는 장면이 나오는데, 여기서 라이터는 담배와 함께 성을 상징하는 도구로 쓰였다.

험프리 보가트는 할리우드 역사상 흡연 연기를 가장 탁월하게 펼친 연기자로 거론되고 있다. 험프리 보가트의 대표작으로 추천되고 있는 〈카사블랑카 Casablanca〉(1942)에서 보가트의 얼굴은 늘 담배 자욱

한 연기 속에 묻혀 있어 그의 고독하고 터프한 남성의 체취를 강조하는데 도움을 주었다. 그는 이 영화를 포함해 대부분의 출연작에서 담배를 입에 물고 이야기를 하는 장면을 보여주어, 이런 모습에 대해 '보가팅(Bogarting)' 이라는 애칭을 붙여줄 정도였다.

브루스 윌리스가 천방지축인 뉴욕 경찰로 등장하는 〈다이 하드 Die Hard〉(1988) 시리즈에서 그는 기름때가 묻은 흰색 러닝셔츠를 입고 총을 걸어 맨 체 담배를 질겅질겅 씹으면서 냉소적인 말투를 내뱉는 모습이 빈번하게 등장하고 있다. 이것도 바로 1940년대 험프리 보가트가 유행을 시켰던 '보카팅' 을 모방한 행동이라는 지적도 있다.

지금까지 반항아의 상징적인 인물로 추앙을 받고 있는 제임스 딘도 1950년대 기성세대들에게 반기를 들고, 가치관의 정착을 하지 못해 방황을 하는 젊은이들의 모습을 담배를 피워 물면서 드러내 주어 지금도 10~20대 또래 청년들의 우상으로 받들어지고 있는 것이다.

1980년대 들어서 담배는 섹스 이미지에서 탈피해 등장인물들의 성격을 드러내 주는 상징물로 변형을 해오고 있다. 이 같은 사례를 엿볼 수 있는 작품으로는 리들리 스코트 감독의 〈델마와 루이스 Thelma & Louise〉(1991)를 들 수 있다. 이 영화에서 루이스(수잔 서랜든)는 담배를 피우지만, 델마(지나 데이비스)는 담배를 피우지 않는 것으로 설정이 됐다. 이는 깊이 생각하고 행동에 옮기는 루이스의 성격과 즉흥적이고 돌발적으로 행동을 하는 델마의 극중 성격을 드러내 주는 것이다.

여기에 〈18번째 남자 Bull Durham〉(1988), 〈로빈 훗 Robin Hood: Prince of Thieves〉(1991), 〈언터쳐블 The Untouchables〉(1987) 등에서 기품 있는 모습을 보여 주었던 케빈 코스트너가 건달로 나오다 총에 맞아 목숨을 잃는 〈퍼펙트 월드 Perfect World〉(1993)에서는 담배를 피워 물고 한껏 불량기 있는 이미지를 보여주었다. 〈분노의 폭발

Blown Away〉(1994)에서 인정머리 없는 토미 리 존스가 인명을 살상하기 위해 설치한 폭탄을 간신히 제거를 한 제프 브리지스가 긴장을 풀며 담배를 피워 무는 장면은 남자들이 주어진 목표를 달성한 뒤의 풍겨주는 터프한 인상을 북돋워 주는 것이다. 〈아폴로 13 Apollo 13〉(1995)에서 에드 해리스가 지상 통제실에서 우주 미아가 될 처지에 있는 우주선의 행방을 탐문하면서 피워 무는 담배는 긴장감을 불어 넣어주는 역할을 했다.

중년 남녀들의 추하지 않은 밀애를 담아 호평을 받은 〈매디슨 카운티의 다리 The Bridge of Madison County〉(1995)에서 사진 기자 클린트 이스트우드는 우연히 대면을 한 메릴 스트립에게 다소 어색한 분위기를 깨기 위해 차 안에 있는 박스에서 담배를 꺼내다가 그의 손이 메릴 스트립의 무릎을 스친다. 곧이어 클린트 이스트우드는 담배 한 대를 권한다. 이에 메릴 스트립은 잠시 망설이는 표정을 짓는데 이때 담배는 상대방의 유혹을 받아들일 것인지 아니면 거부할 것인지를 나타내는 상징적 의미를 가지게 된다는 풀이를 받았다. 결국 이 영화에서 메릴 스트립은 두 번째 담배를 받아 들여 두 중년 남녀가 짧은 로맨스를 나누는 연인 사이로 발전을 하게 된다.

대만 출신으로 국제적인 명성을 얻고 있는 웨인 왕 감독의 〈스모크 Smoke〉(1995)는 제목 자체에서 풍기듯 담배가 인간 연기자보다 더욱 중요한 의미를 함유하면서 이야기가 펼쳐진다. 극중 무대는 뉴욕. 이곳으로 모여든 외팔이 자동차 정비사, 남편을 잃은 여류작가, 가출한 10대 청년 등이 각자가 체험했던 인생 여정을 들려주면서 하나같이 줄담배를 피워대는 모습을 보여주고 있다. 비평가들은 이 영화에서 '담배는 분위기를 잡는 단순한 기호품에서 탈피해 언제 어떻게 변할지 모르는 인생의 우연성을 상징하는 매개체 역할을 하고 있다'는 분석을 해주었다.

X세대 신드롬을 담아낸 영화 〈청춘 스케치 Reality Bites〉(1994)에서도 주역을 맡은 위노나 라이더는 TV를 볼 때나 차를 타고 갈 때, 일을 할 때 그리고 애인인 에산 호크와 키스를 하는 와중에서도 줄기차게 담배를 피워대는 모습을 보여주고 있다. 또한 에산 호크는 인생 무상주의자로 등장하고 있다. 그는 암에 걸린 아버지가 '조가비를 건네주면서 그 안에 인생의 해답이 있다'고 하지만 그는 조가비는 텅 비어 있을 뿐이라며 인생은 그저 의미 없는 비극의 우연한 연속이라는 생각을 피력한다.

마이크 리 감독의 〈네이키드 Naked〉(1994)에서 주인공 데이비드 스윌스는 노스트라다무스, 체르노빌, 바코드를 예로 들면서 인간도 공룡처럼 멸종할 것이라고 주장하는 장면이 나온다. 〈클럽 싱글스 Singles〉(1992)에서도 맷 딜런은 기타에 미쳐 있는데 다른 사람에게 독신은 지저분함을 의미하지만 자신은 예술가이기 때문에 독신이 어울린다는 말을 하고 있다. 〈데이즈드 앤드 컨퓨즈드 Dazed and Confused〉(1993)의 로리 코크레인은 대마초에 빠져서 '미국은 외계인이 세운 나라'라고 횡설수설하고 있다.

앞서 언급한 영화들에서 등장하는 주인공들은 항상 담배를 피우는 모습을 보여주고 있어 X세대 소재 영화에서 담배는 등장인물들의 사색적인 성격을 드러내 주는 대체물(代替物)로 쓰이고 있다는 지적을 받았다. 험프리 보가트나 대머리 스타 율 브리너는 담배로 인한 식도암에 걸려 사망하기 직전 '담배는 백해무익하다'고 고백을 했지만, 영화 속에서 담배는 앞서 기술한 다양한 의미를 노출시켜 주는 소품으로 지금도 즐겨 애용이 되고 있는 것이다.

로맨스 영화에서 이성이 건네주는 담배를 받아서 피운다는 것은 성적인 행동으로 이어질 수 있다는 암시를 주는 장면이라고 할 수 있다.

◀ 이안 감독의 〈색, 계〉에서는 1930년대를 배경으로 막 부인(탕웨이)이 암살 표적인 정보부 대장 이(양조위)에게 접근하면서 담배를 통한 두 사람의 유대 관계의 변화를 담아주고 있다.

▶ 담배를 피우고 난 뒤 뜨거운 연정 사연을 만들어 내고 있는 막 부인과 정보 대장 이의 모습.

246

영화 주인공들은 왜 눈앞에 벌어지는 위급한 일을 모르는 것처럼 연기할까?

일반 관객들이 영화를 보면서 가장 안타까운 탄성을 지르게 만드는 장면을 거론하라고 하면 무엇을 꼽을까? 외국의 영화학자들의 조사에 의하면 '위급한 상황을 전혀 눈치채지 못하는 극중 주인공의 모습을 볼 때'라고 한다. 일례로 칼을 들고 등 뒤에서 살금살금 접근을 하는 악한이나 특정 장소에 가면 화(禍)를 당하는데도 불구하고 그 같은 장소를 찾아가는 모습을 볼 때 관객들은 주인공이 당할 곤경을 예측을 하면서 안타까운 탄성을 지른다.

이런 장면을 적절히 삽입을 해 흥행한 작품이 스티븐 스필버그 감독의 〈인디아나 존스〉 시리즈이다. 시리즈 두 번째 영화인 〈인디아나 존스 2 Indiana Jonea and The Temple of Doom〉(1984)에서 궁전에 들어간 인디아나 존스는 아랍 복장을 하고 등 뒤에 나타난 악한이 철사 줄을 들고 목을 조르려는 것을 전혀 눈치채지 못하고 태평스런 웃음을 짓는 장면이 나온다. 이것은 '긴장감'과 '재미'를 주기 위해 도입한 영화 기법의 하나인데, 흔히 '서로 대립되는 장면을 연결시켜 보여주는 극적 방법'이라고 해서 '아이러니(Irony) 기법'이라고 한다. 이 방식에는 여러 부가적인 전개 방법이 있는데 그중 자주 활용되고 있는 것이 〈인디아나 존스〉처럼 '극적 아이러니(Dramatic Irony) 기법'이다. 이 방법으로 돈방석에 앉았던 영화가 오드리 헵번 주연의 〈어두워 질

때까지 Wait Until Dark〉(1967)다. 시각장애인 오드리 헵번이 아파트에 홀로 남겨져 있다. 이런 상황에서 숨겨둔 마약을 찾기 위해 살인 전력이 있는 흉악범 세 명이 침범한다. 앞이 보이지 않는 연약한 오드리 헵번은 이들로부터 빠져나갈 구멍이 희박하지만 관객들은 그녀가 피할 수 있는 방법을 알게 만든다. 이렇게 설정을 해놓음으로써 보는 이들은 연약하고 나약한 주인공에 대해 우려와 걱정을 가지게 되는 것이다. 첩보 영화에서 테이블 밑에 곧바로 터질 시한폭탄이 설치되어 있는 것도 모르고 대화를 나누는 주인공의 모습을 보여주면서 관객들의 안타까움을 자극시키는 것도 '극적 아이러니'만의 특징이다.

이 외에 긴장감을 높여주는 영화 기법으로는 인물 아이러니, 무대의 아이러니, 상황의 아이러니 등이 있다. '인물의 아이러니'는 〈지킬 박사와 하이드〉처럼 같은 사람이 서로 극적으로 대비되는 선악의 성격을 모두 가지고 있는 주인공을 등장시켜서 양면적인 행동으로 관객들의 긴장감을 유발시키는 기법이다. '무대의 아이러니'는 해변가에서 수영복대신 겨울 외투를 입고 추위에 떤다든지 존 벨루시 주연의 〈블루스 브라더스 The Blues Brothers〉(1980)나 우피 골드버그 주연의 〈시스터 액트 Sister Act〉(1992)의 경우처럼 교회 등 경건한 장소에서 노래와 춤을 추면서 기존의 임숙성을 파괴시켜 버려 폭소를 유발시키는 기법이다. '상황의 아이러니'는 찰리 채플린 등이 붐을 일으켰던 희극 영화에서 자주 선보이는 방법. 두 명의 어수룩한 유괴범이 돈을 우려내기 위해 어린 소년을 유괴하지만 그 소년이 막무가내의 성격을 가진 망나니인 것을 깨닫고는 오히려 부모들에게 돈을 건네주고 아이를 맡기고 도망을 쳐버리게 되는, 애초 의도한 방향과는 전혀 반대의 상황을 끌어 들여 반전효과(反轉效果)를 노리는 기법으로 지금도 코믹극이나 풍자를 가미한 액션극에서 빈번하게 인용되고 있다.

조디 포스터 주연의 〈브레이브 원 The Brave One〉에서는 애완견이 동네 어귀에 있는 동굴로 들어가는 것을 찾으려다 불량배에서 구타를 당해 약혼자 를 잃게 되는 곤경에 처하게 되고, 〈나는 전설이다 I am Legend〉에서도 개 가 어두운 빌딩 안으로 들어가는 것을 쫓아간 윌 스미스가 인간들을 공격하는 좀비들의 추격을 받게 된다.

조디 포스터 주연의 〈브레이브 원〉에서는 애완견이 동네 어귀에 있는 동굴로 들어가는 것을 찾으려다 불량배에서 구타를 당해 약혼 자를 잃게 되는 곤경에 처하게 된다.

미모의 애인과 있는 시간은 왜 그리 짧은가?

"어! 벌써?"

패럴리 형제 감독의 〈내겐 너무 가벼운 그녀 Shallow Hal〉(2001)에서는 성격 나쁜 것은 참을 수 있어도, 못생기고 뚱뚱한 것은 도저히 참을 수 없다는 생활신조를 지키며 사는 할(잭 블랙)이 등장한다. 어느 날 그는 심리 상담사 로빈슨(안소니 로빈스)과 함께 고장 난 승강기에 갇히게 된다. 로빈슨은 할의 문제를 단번에 해결하는 특별한 최면요법을 선사하고 바로 그날 할 앞에 세상에서 가장 아름다운 여인 로즈마리(기네스 펠트로우)가 나타난다. 늘씬한 몸매에 환상적인 금발, 게다가 성격까지 천사 같은 그녀. 그녀와 함께 하는 시간은 왜 그리 쏜살같이 빨리 지나가 버리는지……. 할은 새로운 고민에 빠져들고 만다. 아인슈타인은 상대성 원리를 설명하면서, 상냥한 여자와 함께 보내는 2시간은 2분처럼 가고, 뜨거운 난로 위에서 보내는 2분은 2시간처럼 간다고 역설한 바 있다. 여기서 평범한 사람들이 공감의 고갯짓을 할 수 밖에 없는 것은 바로 '시간의 흐름은 상대적'이라는 시간의 핵심을 콕 찍어서 이야기한 점이다.

슈테판 클라인도 저서 『시간의 놀라운 발견』을 통해 '우리는 과거나 지금이나 시간을 우리 외부에서 우리를 조종하는 독재자로 느끼며 시간의 박자가 우리 안에서 생겨나고 있음을 깨닫지 못한다. 그리하여 우리는 하루하루를 마치 기성복처럼 받아들인다. 충분히 맞춤복을 마련할 수 있는 데도 말이다'라고 시간에 구속되어 있는 인간의 수동적인 자세를 꼬집고 있다.

생체학자들은 '몸에서 시간의 박자가 생기는 곳은 뇌'라고 진단해 주고 있다. 즉, 소뇌, 대뇌 아래쪽 기저 신경절, 정수리 밑에 있는 보조 운동영역, 비근(鼻根) 뒤에 있는 쌀알만 한 시교차상핵 등 네 부분이 우리 몸을 이루고 있는 생체 시계라는 것이다. 생체 시계는 사람마다 제각각 태엽 한 바퀴의 길이가 다르다고 한다. 이 때문에 동일한 하루를 어떤 사람은 24시간으로, 또 다른 사람은 24시간 30분으로 느끼게 된다는 것이다.

1962년 프랑스 지질학자 미셸 시프레가 조명도, 시계도 없는 동굴에 25일간 스스로를 가두고 나서 '하루의 길이와 리듬은 사람마다 각각 다르다'는 것을 실증한 바 있다. 앞서 〈내겐 너무 가벼운 그녀〉처럼 애인과 함께 보내는 휴일이 쏜살같이 흘러가는 것처럼 느끼는 것은 바로 '즐거운 일을 하는 동안 인간은 몸이 보내는 시간 신호에 주의를 기울이지 않기 때문'이라고 한다. 결론적으로 뇌가 느끼고 있는 시간 감각은 객관적이거나 공평하지 않다는 것이다.

미모의 여인과 있는 시간은 빠르게 흐른다는 것을 보여준 〈내겐 너무 가벼운 그녀〉.

제6장

시네마 천국에서
펼쳐진 이슈들

"영화는 그 시대의 정치, 사회상을 참고할 수 있는 가장
효과적인 매체이다."

매스커뮤니케이션 학자 마샬 맥루한이 언급했듯이
'영화'는 이제 단순한 오락물에서 벗어나 특정 국가의
정치, 사회적인 흐름을 연구할 수 있는 근거 자료 역할
도 해내고 있다. '영화를 보면 그 시대상을 알 수 있다'
는 것도 이런 이유로 나온 말이다.

영상 문화를 주도하고 있는 할리우드를 비롯해 유럽
영화계에서 제작된 영화 기법이나 소재를 통해 지구촌
문제나 현황을 엿들어 보자.

할리우드에서 건축가 소재 영화가 붐을 이루고 있는 이유는?

그동안 미국에서 제작된 영화 가운데, 남성 주인공의 직업 중에 가장 많은 분포도를 가지고 있는 것이 건축가이다. 왜 수많은 직업 가운데 건축가가 각광을 받고 있는 걸까? 영화 전문지인 프리미어 지는 '휘황찬란한 건축물을 만들어내는 당사자들이 오히려 인간 사회에서는 대인 관계 등에 적응을 하지 못하고 있는 결격자로 등장하고 있다. 이것은 그동안 미국 사회를 유지시켜온 질서에 대해 은연중 두려움을 가지고 있는 남성들의 심리를 드러내 주기 위해 축조와 파괴라는 두 가지 양면성을 가지고 있는 건축을 둘러싼 인물들을 내세우고 있는 것은 아닐까?' 라는 의견을 제시했다.

낸시 마이어스 감독의 〈사랑은 너무 복잡해 It's Complicated〉(2009)에서는 베이커리 숍을 운영하며 사회적으로 성공한 이혼녀 제인(메릴 스트립)은 어느 날 자신의 집 인테리어 공사를 맡은 건축가 아담(스티브 마틴)에게 호감을 느끼며 중년에 찾아온 로맨스를 만끽하게 된다는 설정을 보여 주었다.

〈정글 피버 Jungle Fever〉(1991)를 비롯해 〈마지막 연인 Intersection〉(1994), 〈드림 러버 Dream Lover〉(1986), 〈공포 탈출 Fearless〉(1993), 〈시애틀의 잠 못 이루는 밤 Sleepless in Seattle〉(1993), 〈하우스시터 HouseSitter〉(1992), 〈은밀한 유혹 Indecent

Proposal〉(1993), 〈리버 와일드 The River Wild〉(1994), 〈노 이스케이프 No Escape〉(1994), 〈건축가의 배 The Belly of an Architect〉(1987) 등은 모두 건축가들을 중요 등장인물로 내세워 호응을 받아냈다.

이들 영화들의 공통적인 특징은 바로 남성 주인공들이 가정적으로는 불화나 결별, 아내의 타살 등 완전하지 못한 생활을 영위하고 있다. 동시에, 직장에서는 노력한 만큼의 공적도 인정을 못 받고 오히려 무능력자나 파렴치범으로 지탄을 받는 것으로 묘사되고 있다.

이를 해당 작품별로 구체적으로 살펴보자.

제프 브리지스 주연의 〈공포 탈출〉에서는 비행기 추락사고 끝에 극적으로 생존한 제프 브리지스는 다소 멍청한 아내인 이사벨라 롯셀리니와 서서히 결별을 준비하면서 비행기에서 함께 구조됐던 로시 페레즈와 연인관계를 맺는다. 연출자 피터 웨어는, 건축가는 세우는 것을 직업으로 하고 있지만 그들이 설립한 것은 언젠가는 무너질 수 있다는 필연성을 가지고 있다고 말했다.

비행기는 하늘로 날아오르지만 언젠가는 착륙을 하여야 한다. 이러한 관점에서 볼 때 〈공포 탈출〉에서와 같은 비행기 사고는 이사벨라가 주위에 있을 때 유지되었던 건물이고, 제프 브리지스가 가지고 있는 내면적인 무능함에 대한 은유적 표현이라는 철학적인 풀이를 제시했다.

이 영화는 딸기 알레르기로 거의 죽음 직전에 갔던 제프 브리지스가 아내 이사벨라 롯셀리니의 헌신적인 간호로 다시 환생해 부부간의 애정을 회복하는 것으로 마무리가 되고 있다.

스파이크 리 감독의 〈정글 피버〉에서는 대외적으로 출세를 했다는 평가를 듣고 있는 흑인 건축가 웨슬리 스나입스가 하급 백인 여직원인

에나벨라 시오라와 사랑에 빠지면서 그동안의 부부관계가 일시에 파탄이 난다는 설정을 보여주고 있다.

〈하우스시터〉에서 스티브 마틴은 지능이 낮지만 자존심 강한 성격의 소유자이다. 밖으로는 합리적인 생각을 가지고 있는 건축가로 등장하고 있다. 그는 극중 추잡하고 복잡한 남성 편력을 가지고 있는 골디 혼과 결혼을 한다. 허장성세가 심한 스티브 마틴은 자신의 허풍을 발휘하듯 덩치가 크고 실용적이지 못한 건물을 지어 놓고 거들먹거리는 행동을 보여주고 있다.

〈드림 러버〉에서도 제임스 스파이더는 자신의 마음에 들지 않는 아내와 천신만고 끝에 결별하는데 성공을 하지만, 과거가 불투명한 미지의 여성과 전격 결혼을 함으로써 또 다른 곤경을 자초하는 실수를 범하는 사나이로 나온다.

톰 행크스 주연의 〈시애틀의 잠 못 이루는 밤〉에서는 암으로 죽은 부인을 못 잊는 건축가가 감정의 기복이 심하고 약혼자가 있는 맥 라이언과 결합을 한다는 이야기를 들려주고 있다. 이 영화의 오프닝 장면은 톰 행크스의 첫째 부인의 장례식 장면이다. 장례식은 정체를 알 수 없는 한적인 시골에서 치루어진다. 이 장례식이 마무리가 될 즈음 카메라는 트래킹 아웃이 되면서 호화찬란한 시가고의 스카이라인을 보여주는 장면으로 이어진다. 시카고는 미국의 유명한 건축가들 중에 한 사람인 루이스 셜리반의 고향이다.

톰 행크스의 거주지는 시애틀이고 맥 라이언은 볼티모어에 살고 있다. 이들 사이를 이어주는 것은 뉴욕의 엠파이어스테이트 빌딩. 연출자 노라 애프런은 '볼티모어에서 직업을 찾고 시애틀에서 새로운 직업을 시작할 수 있다. 그러나 당신은 두 가지 모두와 사랑에 빠지는 못할 것이며 두 도시 모두에서 영화와 같은 스카이라인도 결코 찾지 못할 것이다'고 주장하면서 '생기 없는 서부의 해안을 배경으로 하기보다는 도시가 번성한 동부해안을 배경으로 하여 좀 더 영화를 로맨틱하게 만들기 위해 뉴욕시의 엠파이어스테이트 빌딩 꼭대기를 주요 무대로 설정했다'는 제작론을 밝혔다.

〈건축가의 배〉에서 브라이언 데네이는 방탕한 생활을 즐겼던 18세기 프랑스 건축가에 심취한 건축가이다. 그는 임신 중인 아내가 이탈리아 갱과 밀월 관계를 가지고 있다는 것을 알아차리고는 마음의 상처를 입는다. 브라이언은 18세기 영웅들을 모아놓은 전시회에 참석하기 위해 로마에 갔다가 귀가한 뒤 아내가 자신을 독살할지도 모른다는 의심을 품게 된다. 이러한 때 브라이언은 자신이 돈 세탁 사기에 연루된 전시회에 고용됐다는 것을 알아차리고는 창문으로 뒷걸음질 치다가 죽고 만다. 이 영화 속에서 기억에 남는 것은 로마의 광장 분수 앞에서 사치스러운 연회 장면. 관객들은 건축 양식을 흉내 낸 케이크를 목격할 수 있다. 브라이언의 부인은 그녀의 남편이 디자인한 시카고의 집으로 돌아온다고 언급된다. 그 집은 대학살(Slaughter)을 자행했던 집으로 악명을 듣고 있는 건축물이었다.

〈공포 탈출〉에서도 제프 브리지스가 비행기 사고 직후 묵게 되는 곳은 저속하고 허름한 모텔이다. 이것은 바로 그의 빈한한 처지를 드러내주는 설정이다.

〈은밀한 유혹〉에서는 대학의 건축학 교수로 탄탄대로를 걷고 있던 우디 해럴슨이 주택 임대료와 여러 개인적인 빚으로 인해 아내를 갑부의 하룻밤 놀이 상대로 빌려주어야 한다는 참담한 처지의 사나이로 등장한다.

〈리버 와일드〉에서는 빌딩 신축 일에 몰두해 있는 남편의 무관심이 증폭되자 아내 메릴 스트립은 케빈 베이컨과 급류타기에 몰두하는 것

257

을 보여주고 있다.

　이처럼 건축가 소재 영화들의 공통적인 특징은 대체적으로 부부나 연인 관계에 있어서 불안정하고 위태로운 생활을 하는 것으로 묘사되고 있다.

낸시 마이어스 감독의 〈사랑은 너무 복잡해〉에서는 경제력을 가지고 있는 이혼녀 제인(메릴 스트립)가 인테리어 공사를 맡은 건축가 아담(스티브 마틴)과 만나 중년에 찾아온 로맨스를 만끽하게 된다는 설정을 보여 주고 있다.

도덕 교과서 역할을 하고 있는 야구 영화

1982년은 한국 프로 야구 출범 원년이다. 박철순, 최동원, 김봉연, 이선희, 윤동균, 이만수, 김유동 등은 프로 야구 원년을 장식한 대표적 선수들. 이범수 주연의 〈슈퍼스타 감사용〉(2004)은 프로야구 출범 초기를 배경으로 하고 있다. 패전 처리 전문 투수라는 달갑지 않은 별명을 얻은 삼미 슈퍼스타즈 소속 감사용 선수의 행적을 통해 만년 꼴지 야구 선수가 겪는 애환을 잔잔하게 묘사해 공감대를 얻어냈다.

'난 네가 좋아하는 일이라면 뭐든지 할 수 있어.' 라는 가사로 유명한 만화가 이현세 원작, 이장호 감독의 〈공포의 외인 구단〉(1986)은 충무로에서 야구 영화가 흥행물이 될 수 있다는 것을 입증시켜준 계기였다. 이후 송강호 주연의 〈YMCA 야구단〉(2002)에 이르기까지 '야구 영화' 는 잊힐 만하면 공개되는 비주류 장르로 대접 받고 있다.

야구 영화의 본산지는 단연 메이저 리그로 상징되는 미국이다. 풋볼과 함께 국기처럼 환영 받고 있는 야구는 할리우드 초창기인 1920년대부터 지금까지 꾸준히 영화로 제작되고 있는 흥행 소재이다. 야구는 '영웅을 갈망하는 미국인들의 정서적 욕구를 가장 잘 드러내 주고 있는 스포츠' 로 평가받고 있다. 평범한 소시민들이 품고 있는 꿈과 희망을 성취해 주는 프로 선수들의 활약은 단연 야구 영화의 백미다.

뉴욕 양키스의 타격왕 루 게릭을 비롯해 홈런왕 베이브 루스, 화이트 삭스팀의 주전 선수였던 슈레스 조를 소재로 한 케빈 코스트너 주연의 〈꿈의 구장 Field of Dreams〉(1989)과 샘 레이미가 케빈 코스트너를 기용해 선보인 야구에 모든 것을 건 빌리 채플의 사연을 다룬 〈사랑을 위하여 For Love Of The Game〉(1999) 등은 백구에 인생을 건 활약상을 대형 스크린으로 재탄생시켜 박수 세례를 얻어낸 대표적 작품들이다.

야구 영화는 인간답게 살아가야 한다는 처세술이나 잠언과 같은 교훈도 던져주고 있다. 월터 매튜, 테이텀 오닐 주연의 〈배드 뉴스 베어스 The Bad News Bears〉(1976)는 오합지졸처럼 분파를 이루는 것보다는 단결된 팀워크가 힘을 발휘할 수 있는 원동력이라는 메시지를 전달했다. 흡사 '한 개의 화살은 부러지기 쉽지만 여러 개의 화살을 뭉치면 부러지지 않는다' 는 속담을 떠올려 주었다.

〈엔젤스 인 더 아웃필드 Angels In The Outfield〉(1994)에서는 애너하임 엔젤스 팀을 지지하는 열성 소년 야구광이 천사의 힘을 빌려 연전연승을 할 수 있는 기회를 제공한다는 설정을 담아 스포츠 광들이 가지고 있는 주술적인 욕구를 자극시켰다.

2차 대전 발발하자 야구 선수들이 전쟁터로 차출되고, 이에 후방에 남아 있는 팬들을 위해 1943년 여성 프로 야구단을 출범시켜 1954년까지 활동한 실화를 다룬 〈그들만의 리그 A League Of Their Own〉(1992)는 각선미를 부각시킨 스커트 차림의 여자 야구 선수들의 치열한 승부의 열기를 전달시켜 이목을 끌어냈다.

1927년 시리즈 60개 홈런을 기록하면서 통산 홈런 714개를 돌파, 행크 아론(홈런 755개)에 이어 개인 기록 2위를 유지하고 있는 베이브 루스는 메이저 리그 출신으로 가장 많은 야구 영화 소재로 활용되고 있는 인물이다. 타석에 들어선 뒤 손가락으로 가리킨 외야 스탠드 방향으로 홈런을 쳐서 전설적인 인물이 된 그는, 소년원 출신이라는 불우한 환경에서 입지전적 출세를 해 청소년들의 인생 지표로도 대접받고 있다. 현역 시절 베이브 루스와 선의의 경쟁을 벌였던 뉴욕 양키스 4번 타자 루 게릭도 불치병에 시달리면서도 홈런 행진을 지속시켜 인간 승리의 표본으로 칭송 받았다.

야구 영화는 이런 구성 요소들로 인해 단순한 오락거리가 아닌 교훈과 신화가 있는 존재로 주목받고 있다.

◀ 한국 야구의 창설기 이야기를 다룬 〈YMCA 야구단〉.

▶ 야구 영화는 미국 관객들이 가장 선호하는 장르 중 하나이다. 사진은 케빈 코스트너 주연의 〈사랑을 위하여〉.

'클레멘타인'이 서부극 단골 주제곡으로 쓰이고 있는 이유는?

  '동굴이나 골짜기로 광맥(鑛脈)을 찾아다니는 한 사나이에게 클레멘타인이라는 딸이 있었네. 그녀는 매일 아침 9시 물가로 오리를 데리고 갔는데, 어느 날 돌에 걸려 넘어져 그만 거품이 이는 수렁에 빠졌네. 루비와 같은 입술에 물거품이 천천히 흘렀네. 그러나 나는 헤엄을 칠 줄 몰라 사랑스러운 클레멘타인을 살려 내지 못했네.'

  불의의 사고로 딸을 잃은 한 중년 남자의 애처로운 사연을 담은 '클레멘타인(Clementine)'의 노랫말이다. 우리나라에서는 '넓고 넓은 바닷가에 오막살이 집 한 채. 고기 잡는 아버지와 철모르는 딸 있네. 내 사랑아, 내 사랑아, 나의 사랑 클레멘타인'으로 개사돼 애창된 바 있다.

  '클레멘타인'은 19세기부터 작자 미상으로 전래된 미국 민요로 알려져 있다. 1849년, 광활한 캘리포니아 지역에서 수많은 금광이 발견되자 일확천금을 노린 서부 사나이들이 이 지역으로 밀려들어오게 된, 일명 '골드러시'를 이룬 시기부터 서민들의 애창곡으로 '클레멘타인'이 환대를 받았다고 전해진다. 팝계에서는 '화이트 크리스마스'를 히트시킨 빙 크로스비가 1941년 취입해 정식 음반으로 수록되게 된다.

  이 노래는 남편이 2차 대전에 참전한 뒤 후방에 홀로 남겨진 부인이 일상생활에서 여러 힘겨운 사건과 부딪히게 된다는 존 크롬웰 감독, 제니퍼 존스의 〈당신이 떠나간 뒤 Since You Went Away〉(1944)의 주제곡으로 쓰이면서 심금을 울려 주는 멜로드라마의 삽입곡으로 자주 이용된다.

'클레멘타인'이 지구촌 히트곡으로 부상하게 된 계기가 된 영화는 존 포드 감독의 서부극 〈마이 달링 클레멘타인 My Darling Clementine〉 (1946)이다. 보안관 와이어트 어프(헨리 폰다)가 마을의 평화를 위협하는 악당 클랜턴(존 아일랜드) 일당을 힘겹게 퇴치한다. 멋쟁이 보안관 어프가 머리에 스프레이를 뿌리고 나타나면 딸 클레멘타인(캐시 다운스)이 "아빠, 마치 사막에 홀로 피어 있는 꽃에서 풍기는 향기 같아!"라는 말을 건네는 장면에서 이 곡이 흘러나와 부녀지간의 혈육의 정을 부추겨 주는 역할을 한다.

〈마이 달링 클레멘타인〉은 심금을 울려 주는 주제곡 외에 극의 무대와 등장인물의 활약상을 부각시켜 후에 버트 랭카스터 주연의 〈OK 목장의 결투 Gunfight at the O.K. Corral〉(1957), 커트 러셀, 발 킬머 주연의 〈툼스톤 Tombstone〉(1993), 케빈 코스트너의 〈와이어트 어프 Wyatt Earp〉(1994) 등 후속작이 연속 공개돼 서부극의 번성을 촉발한 기념비적인 작품으로 인정받고 있다.

비평가 로저 에버트는 시카고 선 타임스에 연재한 '미국 걸작 영화 100' 가운데 〈OK 목장의 결투〉평을 통해 주제곡 '클레멘타인'은 황량한 OK 목장을 무대로 전개되는 총잡이들의 건조한 결투 장면을 동정적이고 낭만적인 분위기를 풍겨 주는 매우 효과적인 역할을 했다고 칭송을 보냈다.

빙 크로스비에 이어 1958년에는 조지 해밀튼 4세가 취입해 빌보드 싱글 차트 톱 10에 진입하는 성과를 거두었고, 위버스, 미치 밀러 합창단의 노래도 대중들의 환대를 받는 등 여러 가수가 리바이벌 했다.

클레멘타인은 김두영 감독, 이동준, 스티븐 시걸 주연의 한국 영화

〈클레멘타인〉(2003)에서 태권도 세계 챔피언 경기에서 판정으로 우승을 놓친 체육인이 홀로 딸을 키우면서 겪는 애환을 위로해 주는 배경 음악으로 흘러 나와 음악 애호가들의 귀를 쫑긋거리게 만들어 주기도 했다.

◀ '클레멘타인' 과 함께 〈OK 목장의 결투〉는 황량한 OK 목장을 무대로 전개되는 총잡이들의 건조한 결투 장면을 동정적으로 묘사했다는 칭송을 들었다.

▶ 구슬픈 사연을 담고 있는 명곡 '클레멘타인' 은 한국 영화 〈클레멘타인〉에서도 주제곡으로 활용됐다.

그리스 로마 신화가 영화 소재로 자주 활용되고 있는 이유는?

'환상을 소재로 한 영화들은 그리스 로마의 신화적 전설에서 무궁무진한 창작 소재를 얻고 있다.'

〈타이탄 Clash of the Titans〉(2010)을 선보인 루이스 리터리어 감독이 밝힌 그리스 로마 신화의 효용론 중 일부이다. 〈타이탄〉은 신들의 왕 제우스와 그의 전지전능함을 질투한 지옥의 신 하데스의 전쟁으로 고통 받는 인간들을 구하기 위해 금지된 땅으로의 위험한 여정을 떠난 영웅 페르세우스의 신화를 묘사해 그리스 로마 신화가 가지고 있는 무한한 상품성을 재차 증명시켜 주었다.

〈트로이 Troy〉(2004)도 독일 출신 볼프강 피터젠 감독이 의욕적으로 선보인 블록버스터이다. 트로이 왕자 파리스가 숙적 스파르타의 왕 메넬라오스의 아내 헬레네와 불륜에 빠지자 이에 분노한 메넬라오스가 친형 아가멤논에게 복수를 부탁한다. 이에 트로이와 그리스 연합군 간의 10여 년에 걸친 지루한 전쟁이 펼쳐진다는 것이 줄거리이다.

문학, 음악, 연극 심지어 법률 체계에서 사용되는 전문 용어 중 상당수가 그리스 로마 신화에서 유래됐다. 앞서 루이스 리터리어 감독의 주장을 입증하려는 듯이 영화계에서도 제목, 주인공 이름, 스토리 등에 그리스 신화 내용을 차용하고 있다.

재앙 영화 붐을 주도했던 〈포세이돈 어드벤처 The Poseidon

265

Adventure〉(1972)는 '바다의 신' 포세이돈을 제목으로 활용해 호화 유람선을 건조했다고 오만에 빠진 인간을 폭풍우 한방으로 응징하는 과정을 보여주고 있다.

알버트 브룩스 감독의 할리우드 풍자극 〈뮤즈 The Muse〉(1999)에서는 〈원초적 본능 Basic Instinct〉(1992)의 샤론 스톤이 시와 노래의 여신 뮤즈로 분해 슬럼프에 빠진 시나리오 작가가 다시 재기할 수 있는 자극을 제공한다.

고대 음악가 오르페우스는 아내 에우리디케가 뱀에 물려 죽자 비탄에 빠져 스스로 죽음을 택해 아내가 있는 저승을 찾아가 구슬픈 노래를 불러 주변의 모든 사물을 감동시켰다. 이 사연은 장 콕도의 〈오르페 Orphee〉(1950), 마르셀 카뮤 감독의 〈흑인 오르페 Orfeu Negro〉(1959) 등으로 극화됐다.

미녀의 상징이자 멜레아 그로스의 아내로 유명세를 얻었던 '클레오파트라'를 비롯해 머리카락에 뱀이 달려 있고 멧돼지 몸체에 혐오스런 외모를 가지고 있는 추악한 괴물의 대명사 '메두사', 바다에서 표류하는 오디세우스를 구출해 준 '나우시카', 악한 행동을 자행하는 자들에게 무자비한 징벌을 내리는 복수의 신 '네메시스', 나일 강의 신의 딸로 에파포스와 결혼했다는 '멤피스', 바다의 신 네레우스의 딸보다 더욱 아름답다고 했다가 큰 곤욕을 당하는 카시오페이아 왕비의 딸 '안드로메다', 호메로스가 아름답다고 칭송해 마지않았던 트로이 왕 프리아모스의 딸 '카산드라' 등은 공포, 추리, 애니메이션, SF, 전쟁 영화 제목에서 단골로 언급되고 있는 신화 속 인물들이다.

주인공 이름도 그리스 신화를 원전으로 해서 작명된 사례가 다수 있다. 〈닥터 지바고 Doctor Zhivago〉(1965)에서 지바고의 가슴에 첫사랑의 연인으로 각인되고 있는 '라라'는 티베리스 강의 신의 딸 이름이다. 그녀가 메르쿠리우스와 결혼에 낳은 딸 라라스는 로마인들에게는 가정의 신으로 추앙받고 있다고 전해진다.

톨스토이 원작의 『안나 카레니나』를 비롯해 로맨스 소설의 단골 히로인 이름으로 언급되고 있는 '안나'는 카르타고 여왕 디도의 자매 이름이다. 로마 민중들이 귀족들의 수탈을 피해 성스런 산으로 은둔했을 때 이들에게 먹을 것을 제공한 노파가 안나로 알려졌다. 그 때문에 '안나'라는 이름을 가지고 있는 여자 주인공은 통상 어렵거나 곤궁에 처해진 남자 주인공에게 안락함을 제공하는 역할을 단골로 맡고 있다.

2007년 상반기 최대 히트작 〈300〉은 프랭크 밀러의 원작 만화를 영상으로 옮긴 작품이다. BC 480년 막강한 군사력을 자랑하던 17만 명의 페르시아 대군에 맞선 3백 명 스파르타 전사들의 목숨을 건 사투를 다루고 있다. 〈300〉의 히트로, 할리우드에서는 그리스 로마 신화를 소재로 한 영화가 장수 인기를 누리고 있는 것에 대한 다양한 분석 자료가 쏟아졌다.

할리우드 리포터 지는 '그리스 로마 신화는 이제 신앙이 아니라 고전 문학작품으로 널리 알려져 있다. 특히 풍부한 상상력을 부추겨 주는 다채로운 내용은 영화 소재로는 최적이어서 그리스 로마 신화를 무시하고 미국 영화를 논한다는 것은 어불성설이다'라는 기사를 게재했다.

영화 전문 주간지의 진단을 입증해 주려는 듯이 호메로스의 서사시 '일리아스'를 비롯해 신들의 왕 '제우스', 제우스의 아내이자 결혼의 신 '헤라', 태양의 신 '아폴론', 바다의 신 '포세이돈', 미의 여신 '아프로디테' 등은 단골 영화 제목으로 친숙해진 대표적 인물들이다.

오드리 헵번의 출세작 〈마이 페어 레이디 My Fair Lady〉(1964)는 천박한 시골 처녀가 언어학 교수의 도움을 받아 기품 있는 상류층 여인으로 변신한다는 내용이다. 이 영화는 자신이 만든 조각상에게 연정을 느껴 사랑을 갈망하게 된다는 피그말리온 신화에서 소재를 따온 작품이다.

〈지옥의 묵시록 Apocalypse Now〉(1979)에서 전쟁광 길고어 대령(로버트 듀발)이 헬리콥터를 몰고 베트남 마을을 폭격하는 장면에서 흘러나오는 장엄한 클래식 곡은 바로 바그너의 '발퀴레의 기행' 이다. 죽음의 신 보탄의 9명 딸 중 한 명인 발퀴레는 전쟁터에서 죽은 시체를 거두어들이는 역할을 하고 있다. 〈지옥의 묵시록〉에서는 이러한 신화적 내용을 반영한 고전 음악을 적절하게 사용해서 큰 감흥을 남겨준 것이다. 티스베와 퓌라모스의 비극적 사랑은 '로미오와 줄리엣(Romeo and Juliet)' 의 원형이기도 하다.

〈트로이〉의 시나리오 작가 데이비드 베니오프는 '모험과 영웅을 동경하는 현대인들의 심리가 사라지지 않는 한 수많은 영웅들 이야기인 그리스 로마 신화는 앞으로도 다채로운 장르에서 활용될 것' 이라는 진단을 내놓았다.

◀ 〈300〉은 할리우드에서 그리스 로마 신화 소재가 장수 인기를 누리고 있다는 것을 다시 한 번 입증시켰다.

▶ 〈타이탄〉은 지옥의 신 하데스와의 전쟁으로 고통 받는 인간들을 구하기 위해 금지된 땅으로의 위험한 여정을 떠난 영웅 페르세우스의 신화를 묘사하고 있다.

'총'은 할리우드 영화의 아킬레스건?

　2007년 4월 23일 재미교포 학생에 의해 자행된 버지니아 공대 총격사건은, 32명의 무고한 목숨을 앗아간 미국 역사상 최악의 총기사건으로 전 세계에 큰 충격을 안겨준 참사로 기록되었다. 이 사건으로 미국 사회에서는 총기 소지에 대한 보다 강력한 규제책이 마련되어야 한다는 여론이 일었다. 아이러니하게도 미국은 태생적으로 '총기 소지'를, 1791년에 추가된 연방 수정헌법 2조를 통해 헌법으로 보장한 국가이다. 〈볼링 포 콜럼바인 Bowling for Columbine〉(2002)은 미국 헌법이 보장하고 있는 '총기 소지'의 장점과 단점을 보여주는 대표작이다.

　서부 개척에 나선 이들은 스스로의 판단과 총을 앞세워 험난한 정복의 길을 나섰다. 유럽 정치학자들은 '미국의 서부 정신은 바로 총잡이 정신이다. 법이 골고루 영향을 미치지 못해 총이 곧 법을 의미하는 시대를 거쳐 이제 미국인들은 총을 숭배하고 있다'는 분석을 내놓고 있다. 비평가 레오나드 말틴은 '총을 빼앗는 일은 정신을 빼앗는 거나 다름없다. 총은 곧 프런티어 상징이자 미국의 역사이며 문화다'라는 평가도 하고 있다.

　존 웨인의 〈역마차 Stagecoach〉(1939)를 비롯해 게리 쿠퍼의 〈하이 눈 High Noon〉(1952) 등 서부극은 총기 대결을 통해 '정의는 반드시 악을 응징한다'는 명제를 던져주어 갈채를 받아왔다. 'OK 목장의 결투', '와이어트 어프 보안관', '로키 산맥', '툼스톤', '프로 도박사 닥 할리데이', '마이 달링 클레멘타인', '악당 클랜튼 일가' 등은 '총기를 들고 서부 개척에 나섰던 미국 역사의 대표적인 상징이다.

버지니아 공대 총격사건 이전부터 할리우드에서는 총기 자유가 불러일으키는 불상사를 고발하는 영화를 꾸준히 제작해 오고 있다. 1999년 4월 미 콜로라도 콜럼바인 고등학교에서 고등학교 2년생 에릭과 딜런이 학생 열두 명과 교사 한 명을 쏘아 죽이고 자살한 사건의 이면을 다룬 〈볼링 포 콜럼바인 Bowling For Columbine〉(2002), 〈엘리펀트 Elephant〉(2003)를 비롯해 교정에서 벌어지는 총기 사고의 위험을 다룬 〈하이어 러닝 Higher Learning〉(1995), 〈뱅 뱅 유아 데드 Bang, Bang, You're Dead〉(2002) 등이 흥행가에서 공개된 바 있다.

총을 통한 무용담과 총기 사고로 인한 불행이 점철되고 있는 상황은 어찌 보면 신대륙에 정착한 미국 역사의 태생적 한계인지도 모른다. 이런 점은 바로 '총을 다룬 영화 역사' 가 대변해 주고 있다.

◀ 구스 반 산트 감독의 〈엘리펀트〉는 미국 교정에서 벌어지는 총기 사고의 위험성을 고발하고 있다.
▶ 미국 사회의 해결할 수 없는 난제 중 하나인 총기 소지 문제. 총기 자유화 문제는 미국 건국 때부터 잉태한 비극으로 여겨지고 있다. 총기 문제의 심각성을 직접 고발하고 있는 〈볼링 포 콜럼바인〉의 마이클 무어 감독.

영화에서 '춤'은 고루한 기성세대를 꼬집는 효과적인 역할

'춤'을 역사의 대상으로 택하기에는 상당히 약하다는 생각이 들 수 있다. 그렇지만 인간 행동의 지침이 된다는 측면에서 보면 정치, 경제만큼 주목 받는 대상이다.

할리우드에서는 1930년대부터 춤과 노래 그리고 인간의 희로애락을 담은 뮤지컬 장르를 발표하기 시작해 오랫동안 인기를 누리고 있다.

서구에서는 '춤(Dance)'를 '억눌린 현실에서 벗어나 자신의 욕구불만을 해소할 수 있는 수단', '낯선 남녀의 건전한 만남', '인생을 걸만한 목표', '기성세대의 고루함을 일깨우는 존재' 등 다양한 의미로 활용한다. 유럽에서의 춤은 승마와 함께 '사회 지도층들이 반드시 이수해야 하는 사교 수단'으로 대접 받는다. 로미오가 견원지간(犬猿之間)인 카플렛 가(家)의 축제에 몰래 참석했다가 운명적인 연인 줄리엣을 만나는 계기도 바로 무도회다.

뉴욕 브룩클린 거리를 배경으로, 낮에는 페인트가게 점원으로 일하지만, 밤에는 '춤의 황제'를 꿈꾸며 디스코 클럽에서 춤을 연마한 뒤결국 자신의 목표를 이룬다는 영화가 〈토요일 밤의 열기 Saturday Night Fever〉(1977)다. 피츠버그의 철공소에서 용접공으로 일하는 20대 여성 알렉스(제니퍼 빌즈)가 밤에 춤 연습을 강행해 갈망하던 댄스 여왕이 된다는 이야기를 담은 〈플래시댄스 Flashdance〉(1983)도 큰 호응을 불러 일으켰다.

〈풋루즈 Footloose〉(1984)에서는 대도시 시카고에서 한적한 서부 마을로 이사 오게 된 렌(케빈 베이컨)이 '춤은 외설'이라고 금기시 하는 어른들 편견에 맞서, 춤으로 시골 마을 청년들을 단합시키는 모습을 보여주었다. 재일동포 이상일 감독의 〈훌라 걸스 Hula Girls〉(2006)는 〈플래시댄스〉, 〈토요일 밤의 열기〉와 흡사하다. 폐광돼 사라질 탄광촌 광부 딸들이, 전혀 낯선 하와이 민속춤인 훌라춤을 혹독하게 연습한다. 그러나 '여자가 배꼽을 내밀며 춤추게 할 수는 없다', '탄광촌 여자는 집안에서 지아비를 지극 정성으로 모시는 것이 운명'이라는 기성세대들의 극렬한 반대가 쏟아진다. 그렇지만 '별이 보이지 않는 밤에는 눈을 감고 꿈을 보는 거야!' 라며 선생과 제자들은 갈등을 극복하고 마침내 천둥 같은 환호성을 받으면서, 현란한 하와이안 전문 훌라댄서로 탈바꿈하는 데 성공한다.

로라 램지 주연의 〈롤라 Whatever Lola Wants〉(2007)에서는 임시직 집배원이지만 춤에 대한 열정으로 가득 찬 롤라가 한때 남자 친구의 국가인 이집트로 건너갔다가 그곳에서 전설의 댄서 이스마한으로부터 벨리댄스를 전수 받고 벨리댄스의 본 고장에서 최고 댄서로 등극한다는 무용담을 담아주고 있다.

이처럼 '춤'은 젊은이들이 현실의 고단함을 극복하고 자신만의 열정적 삶을 추구할 수 있도록 자극하는 양념 구실을 하는 것이다.

▲ 로라 램지의 상큼한 매력이 돋보였던 벨리댄서 성공담을 다룬 〈롤라〉.

▼ 사라질 위기에 처한 탄광촌에 하와이안 댄스 클럽을 만들어 마을을 부활시킨다는 이상일 감독의 〈훌라 걸스〉.

'가족', 삶의 의미를 이어주는 운명의 끈

"때로 견딜 수 없는 고통을 주지만 그래도 우리가 희망적인 삶을 꾸려 나갈 수 있는 든든한 버팀목이 아닐까요?"

한국 영화 〈사랑할 때 이야기하는 것들〉(2006)에서 언급된 가족의 정의다. 허름한 달동네에서 약국을 운영하는 한석규는 정신지체 장애를 가진 형을 돌보고 있다. 시시각각 발병하는 형의 유아적 행동 때문에 편모와 약사 동생은 매우 힘겨운 생활을 하지만 끝까지 형에 대한 보살핌을 소홀히 하지 않는다. 그와 잠깐 연애를 하게 되는 디자이너 김지수 역시 아버지가 유산으로 남긴 5억 원이라는 막대한 빚 때문에 하루하루가 회색빛으로 물들어 있는 상태다.

'가족'이라는 굴레를 통해 펼쳐지는 사연은 영화에서 꾸준히 묘사되고 있다. 어린 딸이 미녀 대회에 출전하도록 자동차 여행을 떠나면서 갈등과 대립 관계에 있던 가족이 돈독한 화합을 이루게 된다는 〈미스 리틀 선샤인 Little Miss Sunshine〉(2006). 선댄스 영화제에 출품돼 기립박수를 받았던 〈미스 리틀 선샤인〉에서 등장하는 가족은 거의 분열된 모습 그 자체다. 아들은 자폐증에 빠져 가족과 대화를 거부한다. 시아버지는 마약 중독자로 파탄적 삶을 보내고 남동생은 철학에 빠져 수차례 자살을 기도하는 상태다. 욕구불만이 해소되지 않아 사분오열 되는 이들 가족은 어린 딸이 미소녀 선발대회인 '미스 리틀 선샤인'에 출전하게 돼 함께 자동차 여행을 떠나게 되고, 온갖 고생을 겪으면서 서서히 서로에게 도움을 주는 가족의 존재를 깨닫게 된다.

 이혼율 급증으로 인해 서구 뿐 아니라 근래 한국 사회에서도 급격한 가족 해체가 이루어지고 있다. 이런 추세에 깊은 우려를 보내듯 국내외 영화계에서는 결혼을 통해 형성된 '가족'은 '삶의 의미를 이어주는 운명의 끈'이라는 가치를 일깨워 주고 있는 작품들을 꾸준히 공개하고 있다.

◀ 때로는 지긋지긋하지만 그래도 인생을 살아가는데 있어 가족은 든든한 버팀목이 된다는 사연을 들려준 〈사랑할 때 이야기하는 것들〉.

▶ 갈등 가족이 딸의 미소녀 선발대회를 위해 함께 나서면서 화합을 이루게 된다는 이야기를 담은 〈미스 리틀 선사인〉.

정치인 영화는 업적을 미화하거나 민폐를 징계

'생명과 직결되는 공기의 고마움을 모르듯이 정치는 미우나 고우나 현대 사회를 이끄는 핵심 요소' 라는 정치평론가의 진단처럼, '정치' 나 '정치 문제' 는 어쨌거나 우리 일상의 큰 축을 차지하는 부분이다.

정치를 소재로 다룬 작품들은 통상 '정치인들의 뛰어난 업적을 미화하거나 반대로 민폐에 대한 징계를 다뤄, 후대 정치인이나 국민에게 도덕 교과서 역할을 하는 것을 큰 줄기로 삼고 있다.

중동 유전을 둘러싸고 벌이는 암투를 다룬 〈시리아나 Syriana〉 (2005)는 정치 영화의 새로운 형식을 제시했다는 평가를 받았다. 조지 클루니 연출, 주연의 〈시리아나〉는 미국 에너지 기업 코넥스가, 중동 나시르 왕자의 전격적인 결정으로 천연가스 채굴권을 중국에 빼앗기자 왕위 계승자를 바꿀 극비 작업을 추진한다는 내용이다. 이런 작업을 미국 중앙정보부가 주도하면서 정치적 음모를 도모한다는 것으로 이전과는 한 단계 격상한 정치 영화의 신수를 보여주었다는 평을 얻었다.

안소니 홉킨스 주연의 〈닉슨 Nixon〉(1995)은 1972년 워터게이트 사건으로 중도 사퇴한 닉슨 대통령의 개인적 고뇌를 다룬다. 올리버 스톤 감독의 〈JFK〉(1991)는 프런티어 정신을 주창하면서, 1960년대 동서 냉전 시대 절대 강국 미국의 정치계에 신선한 바람을 불러일으킨 케네디 대통령 암살 사건 전모를 다룬다. 애절한 기타 선율의 주제곡

'로망스'로 널리 알려진 〈금지된 장난 Forbidden Games〉(1951)을 비롯해 〈서부 전선 이상 없다 All Quiet on The Western Front〉(1930, 1979), 〈킬링 필드 The Killing Fields〉(1984), 〈플래툰 Platoon〉(1984) 등은 정치인의 그릇된 판단으로 자행된 전쟁 때문에 꽃다운 젊은이들과 순진한 서민들이 무고하게 희생된다는 점을 부각해 공감을 얻었다.

코스타 가브라스 감독의 〈계엄령 Etat de siege/ State of Siege〉(1972), 〈제트 Z〉(1969) 등은 야심을 가진 군인이 정권을 잡은 직후, 정적 정치인들과 시민들에게 가하는 무자비한 탄압을 극화하면서 '정치 군인들의 야욕이 얼마나 많은 국가적 피해를 자초하는지를 고발', 군사정권 당시 개봉이 금지되는 수모를 당했다.

데이비드 린 감독, 피터 오툴 주연의 역작으로 인정받는 〈아라비아의 로렌스 Lawrence of Arabia〉(1962)는 영국의 평범한 군인이 아랍 민족에게 영웅으로 추앙 받지만 강대국의 영토 전쟁에 휘말려 아랍과 서방 강대국 모두에게서 배신자라는 억울한 누명의 굴레를 쓴다는 과정을 보여 주었다.

1939년 9월 1일 나치 독일군이 폴란드를 침공하면서 제2차 세계대전이 발발한다. 하지만 미국은 유럽에서 벌어진 전쟁을 수수방관한다. 일본이 1941년 12월 7일 하와이 진주만을 불시에 공격, 수많은 사상자가 발생한다. 이에 격노한 데오도르 루스벨트 대통령은 전격 참전을 결정한다. 그는 전쟁 참전에 대한 대국민 홍보의 필요성을 느껴 영화 제작을 지시하는데, 이러한 정치적 목적으로 만든 영화가 로맨스물의 걸작으로 남은 험프리 보가트 주연의 〈카사블랑카 Casablanca〉(1942)다.

'민심을 얻고 역사에 순응하며 선정한 통치자와 민족은 흥했고, 민

심을 잃고 역사에 역행한 통치자와 민족은 패망했다.'(중국 고전 『대학
(大學)』)

통상 대의민주주의 제도 하에서 최고 통치자는 대통령이다. 군림하
는 자가 아닌 국가의 미래와 국민의 행복한 삶을 이끌어 나가는 겸허
한 최고 지도자를 뽑는 것은 자유주의 국가 시민들이 늘 고민하는 문
제 중 하나다.

콜린 파렐 주연의 〈알렉산더 Alexander〉(2004)는 B.C 356년, 20
살에 마케도니아의 왕권을 계승한 알렉산드로스의 일대기를 다룬 영
웅담이다. 약관 30세의 나이로 전 세계 주요 각국을 점령한 알렉산드
로스는 백성의 안위보다는 자신의 정치적 욕망을 위해 세계를 통일하
기 위한 전쟁을 펼친다.

흑인 배우 포레스트 휘태커에게 아카데미 남우주연상을 안겨준 〈라
스트 킹 The Last King Of Scotland〉(2006)은 아프리카의 악명 높은
지도자 이디 아민의 행적을 미국 의과대학을 졸업한 청년의 시선으로
묘사했다. 우간다의 통치자로 등극한 이디 아민은 점차 정적들을 암살
하고, 정권에 반대하는 국민들을 고문하고 학살하는 잔혹한 통치자로
변모한다.

닉슨의 사임을 촉발 시킨 워싱턴 포스트 기자의 활약상을 다룬 〈대
통령의 음모 All the President's Men〉(1976)도 동치권자의 비극적
말로를 보여준 대표작으로 거론되고 있다. 한국 영화 가에서는 박정희
전(前) 대통령의 사망 사건을 소재로 다룬 〈그 때 그 사람들〉(2005)이
공개됐다. 이 영화도 정치적 갈등으로 인해 결국 측근에게 피살당하는
과정에 초점을 맞췄다.

대통령은 취임에 즈음하여 헌법 제69조에 의거 '헌법을 준수하고
국민의 자유와 복리의 증진을 위해 대통령의 직책을 성실히 수행할 것

을 국민 앞에 엄숙히 선서합니다'라고 밝힌다. 대통령이나 절대 권력자를 소재로 한 국내외 영화 역사를 살펴보면 이 같은 선언을 실천하기보다는 개인의 정치적 욕망을 위해 열정을 바쳤던 작품들이 주류를 이루고 있다는 것이 정치인 소재 영화의 아이러니다.

▲ 중동 유전을 둘러싸고 벌이는 정치계의 암투를 다룬 〈시리아나〉.
▼ 올리버 스톤 감독의 〈JFK〉는 프런티어 정신을 주창하면서, 1960년대 동서 냉전 시대 절대 강국 미국의 정치계에 신선한 바람을 불러일으킨 케네디 대통령 암살 사건 전모를 다루고 있다.

아이들은 인류 사회의 미래이자 어른들의 삶을 돌아보게 하는 지표

'아이들은 불법(佛法)을 제압할 수 있는 정의며 인간주의, 평화주의를 관철할 수 있는 존재다. 현재 사회 각 방면이 막힌 근원은 전부 인재 결핍에 있다. 그러므로 우리는 늘상 미래 인재의 표상인 아이들을 위해, 아동을 위해, 모든 행동을 집중시켜야 한다.' 계관 시인 이케다 다이사쿠 박사의 어린이 예찬론 중 일부이다.

어린이날을 만든 소파 방정환도 '내일의 희망, 내일의 주인, 내일의 일꾼인 어린이들을 사랑합시다. 우리들의 새싹을 잘 가꿉시다'라고 역설했다. '아이는 인류 사회의 미래'이자 '어른들의 행동을 되돌아보게 하는 삶의 지표' 역할도 한다는 것이 어린아이를 소재로 한 대중예술 작품들의 일관된 주제다.

스티브 마틴 주연의 〈열두 명의 웬수들 Cheaper by the Dozen〉 (2003), 〈열두 명의 웬수들 2 Cheaper by the Dozen 2〉(2005)는 가정의 화목이 세상의 모든 일을 성취할 수 있는 근원이라는 동양적인 교훈을 일깨우고 있다. 이 영화는 5살부터 22세까지 무려 12명의 다복한 자녀를 둔 케이트 부부의 가정 내에서 벌어지는 끊임없는 해프닝을 통해 '가정의 화목이 세상 모든 일을 성취할 수 있는 근원'이라는 동양적인 교훈인 '가화만사성(家和萬事成)'을 일깨우고 있다.

스티븐 스필버그 감독의 〈이티 E.T. the Extra-Terrestrial〉(1982)

280

에서는 지구로 식물 채집을 왔다가 길을 잃은 외계인이 지구의 어린 소년을 만나 우정을 나눈다. 부모들은 외계인을 '혐오스런 괴물이자 지구의 평화를 위협하는 존재'로 멸시하지만 어린 소년 엘리어트는 주변의 위협에서 외계인을 보호한다. 기성인들의 편견이 사물의 본질을 왜곡해 불필요한 오해를 불러일으킬 수 있다고 가르쳐 준 〈이티〉는 '어린아이와 같은 맑고 깨끗한 마음이 세상에서 벌어지는 갈등을 치유할 수 있는 근본'이라는 메시지를 준다.

아역 배우 다코타 패닝의 열연이 돋보인 〈드리머 Dreamer : Inspired by a True Story〉(2005)는 다리가 부러져 용도폐기 될 처지에 놓인 경주마가 어린 소녀의 간호를 받아 모든 경마인들이 출전하고 싶어 하는 브리더스 컵 대회에 당당히 출전한다. 이런 과정을 통해 '어린아이의 순진무구한 심정은 세상 모든 어려움을 극복할 수 있다'는 교훈을 재음미하도록 한다.

〈프리키 프라이데이 Freaky Friday〉(2003)는 사사건건 갈등을 빚는 엄마와 딸이 어느 금요일 중국 요리 집을 방문했다가 그 집의 할머니에게 도움을 받아 서로 영혼이 뒤바뀐 뒤 서로의 처지를 이해하게 된다는 사연을 담았다. 전 세계 극장가에서 공개돼 심금을 울린 르네 끌레망 감독의 〈금지된 장난 Jeux Interdits〉(1952)은 제2차 세계대전에 휩싸인 어린 소녀가 겪는 비극을 통해 전쟁의 참극을 고발했다.

불전(佛典)에서는 석존에게 흙떡을 공양한 어린아이가 그 공덕(功德)으로 훗날 아소카 대왕으로 태어났다는 설화가 있다. 어린아이들이 공덕을 쌓을 수 있도록 가르쳐 주는 동시에 기성인(부모, 어른)들의 삶이 정당한가를 잠시 되돌아보게 하는 것도 '어린아이'들을 주인공으로 내세운 영화들이 장수 인기를 얻는 주요 요인 중 하나다.

▲ 스티브 마틴 주연의 〈열두 명의 웬수들〉은 가정의 화목이 세상의 모든 일을 성취할 수 있는 근원이라는 동양적인 교훈을 일깨우고 있다.

▼ 다코타 패닝의 〈드리머〉는 다리가 부러져 용도폐기 될 처지에 놓인 경주마가 어린 소녀의 간호를 받아 모든 경마인들이 출전하고 싶어 하는 브리더스 컵 대회에 당당히 출전한다는 훈훈한 사연을 담고 있다.

탐욕이 자초한 인간의 악마적 행동 역사

　인간과는 동떨어진 세상에 사는 존재를 무조건적인 악의 대상으로 전락시켜, 인간이 가지고 있는 오만한 심성에 반성을 요구하는 설정도 영화 역사의 한 축을 차지하고 있는 부분이다.

　피터 잭슨 감독의 〈킹콩 King Kong〉(2005)은 거대 유인원 킹콩과 가련한 여인과의 이루어 질 수 없는 연정이 영화의 근간을 이루고 있다. 〈킹콩〉이 1930년대부터 꾸준히 할리우드 영화감독들이 리바이벌시키고 싶은 호기심 어린 소재로 자리 잡은 데는 이런 외형적인 내용 외에 또 다른 흥미 포인트가 있는 것은 아닐까? 타임지 칼럼니스트 리차드 콜리스는 '킹콩은 인간이 가지고 있는 야수적인 속성을 고발하는 작품' 이라고 정의 내렸다.

　야심작을 만들어 보겠다는 감독의 욕망이 해골섬으로 촬영 팀을 끌고 갔고 그곳에서 무지막지한 킹콩과 조우한다. 이 괴물이 미모의 여배우에게 사랑의 감정을 느끼자 그것을 이용해 뉴욕이라는 거대 도시로 끌고 왔다가, 횡포를 부리자 전투기를 동원해 사살한다. 여기서 죽어 가는 킹콩과 두렵다는 판단 아래 이 동물의 목숨을 빼앗는 인간을 대비시킨다면 어느 쪽이 더 악마적인 속성을 가졌을까.

　어머니의 억울한 죽음을 원통해 하며 시체를 활용해 인간을 재탄생시키려고 했던 프랑켄슈타인 박사가 생체 실험 결과물로 태어난 괴물에게 죽음을 맞게 된다는 내용의 영화가 〈프랑켄슈타인 Frankenstein〉

(1910, 1931, 1994)이다. 여기서도 인간의 욕망이 마(魔)를 끌어들이게 된다.

공포물의 대명사로 알려진 〈지킬 박사와 하이드 Dr. Jekyll And Mr. Hyde〉(1973), 〈드라큘라 Dracula〉 시리즈, 〈뱀파이어 Vampire〉 시리즈 등도 엄밀하게 따지고 보면 기품 있는 매너를 가지고 있다고 거만을 떨고 있는 인간의 내면에, 사실은 태연하게 살상을 자행하는 죄악의 샘물을 가지고 있다는 것을 보여주고 있다.

심리 스릴러극을 표방한 〈드레스드 투 킬 Dressed To Kill〉(1946, 1980) 등에서는 엽기적인 살인마가 실은 신망 받고 있었던 정신과 전문의였다는 것을 드러내 인간의 이중적 행각에 대한 따끔한 경고 메시지를 전달해 주었다.

칼을 무기로 삼아 권력을 잡으려는 일련의 중국 무협물을 비롯해, 여장 남자의 살인 행각을 고발한 히치콕 감독의 명작 〈사이코 Psycho〉(1960) 등에서도 일관되게 인간의 탐욕을 자극시켜 죄악을 저지르게 하고 있는 인간의 어두운 속성을 노출시키고 있다.

인간과는 동떨어진 세상에 사는 존재를 무조건적인 악의 대상으로 전락시켜, 인간이 가지고 있는 오만한 심성에 반성을 요구하고 있는 〈킹콩〉.

할리우드가 화해의 손길을 보내는 인종 갈등

'미래 사회는 황인종이 번성을 이뤄 백인종에게 큰 해악을 입힐 것이다.'

1894년 일본이 청일 전쟁에서 중국을 격파하자 독일 황제 빌헬름 2세가 주창한 '황화론(黃禍論)'은 19세기 후반 유럽 사회를 휩쓴 황인종 경계론이 됐다. 애초 황화론은 값싼 노동력을 바탕으로 유럽 노동시장을 잠식한 중국인들에게서 발원했다. 독일 지리학자이며 중국 문제 권위자로 평가 받은 페르디난트 폰 리히트호펜은 당시 유럽 기업인들이 '임금이 싸다는 이유로 중국인 노동력에 의존하는 것은 자살 행위다'라는 극단적 주장까지 제기했다.

미국 역사가 헨리 브룩스애덤스는 1895년 발표한 저서 『개화와 쇠퇴의 법칙 The Law of Civilization and Decay』에서 '서구가 발명한 기계 문명이 동양으로 이전하고 있으며, 그 결과 백인종은 이제 동양인들의 값싼 노동력에 의해 압도당할 것'이라는 위기론을 덧붙였다.

007 제임스 본드 시리즈 20번째 이야기 〈어나더 데이 Die Another Day〉(2002)에서는 동양인, 특히 북한이 전 세계를 위험에 빠트리려는 테러집단으로 설정돼 이에 대한 찬반양론이 벌어진 바 있다.

무성영화 시절 이후 흑인들은 '백인의 재산을 노리는 괴한'이나 '사회 질서를 흔드는 불한당' '테러범' 등으로 지목돼 온갖 인종적 멸시를 당하고 있다. 테러 위협에 시달리는 흑인 여가수를 백인 경호원이 보호한다는 〈보디가드 The Bodyguard〉(1992)의 상영 전에는 백인과 흑인의 키스 장면조차 엄격한 검열로 일반 공개를 금지 당하기도 했다.

추억의 명화 〈초대받지 않은 손님 Guess Who's Coming To Dinner〉(1967)은 애지중지 키운 백인 딸이 아내를 잃고 아이를 홀로 키우는 흑인과 사랑에 빠지면서 벌어지는 해프닝을 다루었다. 결국 백인 아버지 매트(스펜서 트레이시)는 딸 조이(캐서린 휴튼)의 결혼 문제 최종 책임은 당사자에게 맡기자는 결론을 내리지만, 이런 합의점에 도달하기까지 미국 백인 사회에 잔존하는 흑인종에 대한 편견을 고스란히 보여준다.

반면 〈게스 후 Guess Who〉(2005)는 〈초대받지 않은 손님〉과는 반대되는 상황으로 뼈대 있는 집안(?)이라는 자부심을 가지고 있는 중년 흑인 펄시(버니 맥)를 내세우고 있다. 〈게스 후〉는 자부심을 가지고 흑인 집안에 장가가는 백인 청년의 해프닝을 통해 미국 사회에 도사리고 있는 인종 갈등을 코믹하게 보여주었다.

어느 날 장녀 테레사(조 살다나)가 키는 흰칠하지만 다소 허약해 보이는 백인 청년 사이몬(애쉬턴 커쳐)과 결혼하겠다고 선언하자, 흑인 가문의 혈통을 지키기 위해 '예비 백인 사위 쫓아내기 작전'을 벌인다. 타임지 칼럼니스트 리차드 콜리스는 '할리우드가 흑인을 포함한 유색인종과 백인의 갈등, 그리고 화합을 다룬 영화를 꾸준히 발표하는 것은 이 문제 해결에 대한 의지력을 보여 주는 것'이라고 분석했다.

피부색이 다르다고 상대방에게 무조건 증오심을 보내는 현실이다. 그 한편에서 벌어지는 화해의 손길이 혼재하는 것이 오늘날 세계 영화 역사에 감춰진 아킬레스건이라고 할 수 있다.

미국 사회에 상존하는 흑백간의 인종 갈등을 극화한 〈게스 후〉.

외계인 영화, 인류 역사에 경고 메시지 전달

인간과 외계인과의 갈등과 화해는 또 다른 인간 역사의 한 축을 장식하고 있는 부분이다. 이런 관점에서 본다면 그동안 역사 교과서를 통해 접했던 다양한 인간 군상들이 구축해 놓은 흔적을 인류 역사의 모든 것으로 알고 있다면 역사의 상당 부분을 무시했다고 해도 과언이 아닐 것이다.

〈월드 인베이젼 World Invasion〉(2011), 〈우주 전쟁 War of the Worlds〉(2005), 〈미지와의 조우 Close Encounters of the Third Kind〉(1977), 〈이티 E.T. the Extra-Terrestrial〉(1982), 〈맨 인 블랙 Men In Black〉(1997), 〈X-파일 The X Files〉(1993) 시리즈 등, 정체불명의 외계 생명체들이 지구를 공격하거나 찾아온다는 이야기는 1950년대 공상 과학 소설의 붐과 함께 더욱 번성하는 계기가 되어 지금까지 큰 인기를 끄는 소재다.

H. G. 웰즈의 『우주 전쟁 War of the Worlds』을 극화한 〈우주 전쟁〉(1953, 2005)은 예고 없이 화성인들의 공격을 받은 미국인들이 일치단결해서 흉물스런 외부 생명체를 퇴치한다는 모험극을 보여 주었다. 이와 관련된 흥미로운 이야기로, 천재 감독 오손 웰즈가 1938년 10월 30일 CBS 라디오를 통해 웰즈의 『우주 전쟁』을 각색한 라디오 드라마를 방송하다가 장난기가 발동해 '지금 화성인들이 미국을 공격해 오고 있다' 라는 즉흥 발언을 해 한바탕 소동이 일어난 적이 있었다.

이 방송 직후 전 미국인들은 거의 패닉 상태에 빠져 대피 소동이 벌어졌고, 다음날 당사자인 웰즈와 방송국이 정중한 사과 방송을 하는 해프닝이 벌어졌다. 이 사건은 지금도 지구인들이 외계인들에 대해 가지는 히스테리한 반응의 일단을 엿볼 수 있는 일화로 기록되고 있다.

그렇다면 영화 역사와 함께 영화계는 왜 외계 생물체의 움직임에 대해 그토록 많은 관심을 기울여 왔을까? 문화비평가 레슬리 A. 피들러는 '외계 변종들과 지구 인간의 끊임없는 갈등은 타인에 대해 배타적인 인류와 타자와의 공존을 거부하고 있는 현대인들에게 경종을 울리는 장치가 되고 있다'는 분석을 제기하고 있다.

아이러니하게도 외계인들의 공격을 받는 이들의 대부분은 부부간의 갈등을 비롯해 자식 간의 대화 단절로 인해 가정 질서가 붕괴되고 있다는 점이다. 외계인과의 사투를 통해 가장(家長)은 자신의 무능함과 고난을 동시에 극복하는 과정을 통해 가족 간의 짙은 애정을 회복하게 된다는 마무리를 보여주고 있다. 외계인 등장 영화가 흥행가를 장식하는 것은 아직도 가족 간 단절이 미흡하다는 반증이 되고 있다. 스티븐 스필버그 감독은 톰 크루즈를 기용한 〈우주 전쟁〉(2005)에 대해 '외계인과 지구인의 대결보다는 어려운 환경 속에서 당신은 가족에게 무엇을 할 수 있는가?'라는 질문을 던지는 영화'라고 역설해 문제를 안고 있는 가장과 가정에게 뜨끔한 경고의 메시지를 보낸 바 있다.

◀ 스필버그 감독의 〈우주 전쟁〉은 '외계인과 지구인의 대결보다는 어려운 환경 속에서 당신은 가족에게 무엇을 할 수 있는가?'라는 질문을 던지는 영화다.

▶ 인간이 태생적으로 품고 있는 외계 생명체에 대한 경계를 코믹하게 다룬 〈맨 인 블랙〉 시리즈.

영화제 수상자 중 왜 남자 배우는 나이가 많을까?

    2007년 2월 26일 진행된 79회 아카데미 시상식에서 45년생(62세)인 헬렌 미렌이 〈더 퀸 The Queen〉(2006)에서 영국 엘리자베스 여왕역으로 여우주연상을 수상한 것을 제외하고는, 대체로 여우주연상은 할 베리, 기네스 펠트로우, 니콜 키드만 등 젊고 미모의 20대 후반에서 30대 초반 여배우들이 수상하는 것이 관례화 되어 있다.

    이에 비해 〈라스트 킹 The Last King Of Scotland〉(2006)의 주연 포레스트 휘태커, 〈디파티드 The Departed / Infernal Affairs〉(2006)의 감독 마틴 스콜세즈, 〈황야의 무법자 A Fistful of Dollars〉(1964) 등 400여 편의 영화 음악을 작곡한 엔니오 모리코네, 〈미스 리틀 선샤인 Little Miss Sunshine〉(2006)의 조연 알란 아킨 등 남자 수상자의 경우는 50대에서 70대의 나이 분포를 기록하고 있다.

    2007년 치러진 4회 대한민국 영화대상에서도 70대의 변희봉이 〈괴물〉의 아버지 역으로 남우조연상을 받게 되자 '고목나무에 꽃이 피었다' 는 수상 소감을 밝혔다. 이렇듯 국내외 영화제에서 수상자는 전통적으로 여자 배우는 '20대~30대', 남자 배우나 감독은 평균 50대를 기록하고 있는 것이 거의 관례화 되고 있다.

    뉴욕 페이스 대학 마이클 길버그 교수는 '미국의 엔터테인먼트 산업에서 수여하는 아카데미, 에미, 토니, 그래미 상의 역대 수상자의 연령을 남녀 대비 조사한 결과 매우 흥미로운 결과를 얻어냈다.

길버그 교수의 조사에 따르면 '수상자들의 평균 나이는 아카데미는 남자 47세, 여자 41세, 방송계의 아카데미로 평가 받고 있는 에미상의 경우는 남자 49.2세, 여성 39.6세'라고 한다. 이 같은 근거로 길버그 교수는 '오락 부분에서 젊은 여성 수상자가 많을 수밖에 없는 이유에 대해 다음과 같은 근거를 제기했다.

- 사회적 성공을 이야기할 때 여성은 젊은 나이에 기회를 잡을 확률이 높다. 반면 남성은 사회에서 제 몫을 할 때까지는 어느 정도의 숙성기를 필요로 하고 있다.
- 젊은 여성이 수상을 경우는 미모와 아름다움에 대한 칭송을 보내지만 어린 남성이 수상했을 경우는 '애송이' 취급과 함께 조직 사회에서 따돌림을 당할 수 있다.
- 결혼해서도 직장이나 오락 분야에서 경력을 쌓는 것이 확대되고는 있지만 통상 여성은 어느 정도 나이가 차거나 자녀 양육 문제로 일찍 직업을 포기하고 있다. 이 때문에 나이 든 여성이 수상할 수 있는 기회는 적어지게 된다.
- 일반 기업체에서는 명예퇴직이나 수시로 구조조정이 되고 있는 급변하는 사회 인력 구조가 일상화되고 있지만 연예산업 분야에서 남자는 능력만 있다면 죽기 전까지 장수 연기나 연출을 할 수 있는 기회가 주어진다.

결국 여성의 경우는 '젊어서 한때'라는 말처럼 원숙함보다는 전성기 시절 활짝 꽃을 피우고 사라지는 경향이 강한 반면 남성은 젊은 시절에는 내공을 쌓은 뒤에 연륜이 들어서 자신의 실력을 서서히 드러내는 것이 장수할 수 있는 비결이라고 결론을 내리고 있다.

길버그 교수의 이러한 진단은 '남성의 경우 젊어서 조급하게 출세해서 자만심이 빠지게 되면' 건방지다'는 주위의 핀잔을 들을 수 있으므로 어느 정도까지는 실력을 축적하는 것이 유리하다고 충고하고 있다. 포도주가 오래 숙성될수록 가치가 높듯이 바로 남성들의 출세 방정식에도 이 같은 '연륜' 방정식이 그대로 대입된다고 해석해도 무리는 없을 듯하다.

◀ 아카데미 영화제에서 여배우들은 미모를 내세워 젊은 나이에 수상을 한다는 흥미 있는 통계가 제시됐다. 2009년 〈프러포즈〉로 골든 글로브 여우주연상을 수상한 산드라 블록.

▶ 젊은 남자 연예인들의 경우 너무 어린 나이에 수상했을 경우 '애송이' 취급과 함께 조직 사회에서 따돌림을 당할 수 있다는 것이 젊은 남자 수상자들이 배출되는 막는 요인이 되고 있다는 견해이다. 2009년 〈크레이지 하트〉로 골든 글로브 남우주연상을 수상한 제프 브리지스.

이탈리아 남자들은 왜 바람둥이로 묘사되고 있을까?

2004년 허드슨 고등학교의 졸업식장에서 플레이걸 기질이 농후한 피오나(크리스틴 크룩)는 동창생인 스콧(스콧 메클로위츠)에게 결별을 선언한다. 〈유로트립 Eurotrip〉(2004)에서 바람둥이 여자 친구에게 버림받은 스콧은 무작정 개구쟁이 친구 쿠퍼, 쌍둥이 제니, 제이미와 함께 베를린에 살고 있는 채팅친구 미케를 찾아 떠나면서 온갖 사건에 휘말리게 된다. '생각하고 행동한다'는 기성세대의 가치관과 달리 이 영화는 철저하게 '행동한 뒤 생각한다'로 진행되고 있다. 'Speed', 'Sex', 'Sports', 여기에 귀청을 때리는 하드 록 음악으로 치장된 것이 〈유로트립〉 같은 신세대 코미디의 특징이다.

파리 근교 크랜 수 메르 근교 누드촌을 찾았다가 남성 전용 해변이라는 것을 알고는 줄행랑을 치고, 유럽 횡단 열차에서 이탈리아 변태 중년 남자에게 성추행을 당하고, 합법적인 성 천국 네덜란드 암스테르담 최고의 에로틱 클럽을 찾았던 쿠퍼(야콥 피트)가 우락부락한 남성들로부터 새도키즘 성적 서비스를 받고 혼쭐이 난다. 여기서 그치는 것이 아니라 제이미(트라비스 웨스터)와 제니(미셸 트라지텐버그)가 찾은 네덜란드 식당에서 환각제가 들어 있는 빵을 먹고 곤욕을 치르는 등 유럽 각국 풍경과 성적 호기심을 가지고 자행한 일이 일그러져 혼비백산하는 풍경이 웃음을 머금게 하고 있다. 기차 여행에서 만난 이탈리아 변태 남자에게 성적 추행을 당하는 제이미의 모습을 보여줄 때, 도나 썸머가 부른 성적 능력이 뛰어난 뜨거운 남자를 갈망한다는 내용의 노래 'Hot Stuff'가 배경곡으로 쓰이기도 했다.

독립적인 삶을 꿈꾸며 광고 회사 여비서로 경력을 쌓아가고 있는 제인(캐서린 헵번)은, 여름 휴가차 건너온 바다의 도시 베니스에서 새삼 혼자 산다는 것의 짙은 고독감에 휩싸인다. 이 같은 심정적인 공허감을 헤집고 노천카페에서 우연히 중년의 멋진 이탈리아 남성 레나토(로사노 브라찌)를 만나 짧지만 인생을 뒤흔들만한 로맨스를 체험하게 된다는 내용을 담은 데이비드 린 감독의 〈여수 Summertime〉(1955), 피치 못할 사정이었지만 갓 결혼한 부인이 있음에도 불구하고 우크라이나 전쟁터에서 자신을 극진히 간호해 주던 현지 여성과 또 다른 살림을 차린다는 이탈리아 남성의 속성을 보여준 영화 〈해바라기 Sunflower〉(1970)에서 볼 수 있듯, 다혈질이지만 카사노바를 능가하는 섬세한 감정으로 뭇 여성들의 동정을 불러일으키고 있는 것이 이탈리아 남성들의 특징이다.

'오! 당신은 나의 태양!(O! Sole Mio)'의 감미로운 가사에 최면이 걸린 듯 빠져들게 만드는 것도, '사랑을 하는 한 우울증은 없다!'는 속설을 입증시켜 주고 있는 당사자도 바로 이탈리아 남성이다. 영국 세필드 할람 대학 제임스 말트비 교수에 연구에 따르면 '깊은 사랑에 빠져 있을 경우 그렇지 않은 사람보다 우울증에 걸릴 확률이 현저하게 떨어졌다'는 연구 결과를 발표한 바 있다.

제임스 교수가 제시한 인간 행동 연구 자료에 의하면 '특히 남성의 경우 열정적인 사랑에 빠져 있을 경우 삶에 대한 낙천적인 생각이 증가하게 된다'고 덧붙였다. 이를 근거로 한다면 지구촌 남성 중 가장 다방면의 사랑을 갈망하고 있는 이탈리아 남성은 그만큼 회색빛 인생을 살고 있는 이들이 적다는 추론이 가능하다는 것이다. '삶을 풍요롭게 하는 가장 간편한 방법은 뜨거운 열애에 빠지는 것'이라고 서슴없이 밝히는 이탈리아 남성들의 행동 패턴은 그래서 많은 남성들의 시기 어린 질투와 부러움을 한 몸에 받고 있는 것이다.

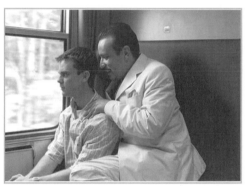

기차 여행에서 만난 이탈리아 변태 남자에게 성적 추행을 당하는 상황을 보여준 〈유로 트립〉.

참고 문헌

외국서적

Law and popular culture, edited by Michael Freeman Oxford University Press, 2005

Handbook of psychology, v.1-12 Wiley, 2003

The psychology of women, Michele A. Paludi Prentice Hall, 2001

Media psychology, David Giles Lawrence Erlbaum Associates, 2003

Cultural psychology : a perspective on psychological functioning and social reform, Carl Ratner Lawrence Erlbaum Associates, 2006

La Trahison des images (Ceci n'est pas une pipe), 1929, Painting, Oil on canvas. Purchased with funds provided by the Mr. and Mrs. William Preston Harrison Collection (78.7). On public view: Ahmanson Building 2nd Floor.

Torczyner, Harry. Magritte: Ideas and Images. p.71.

McCloud, Scott (1994). Understanding Comics. New York: HarperPerennial. pp.24-25

Hofstadter, Douglas R. (1999) [1979]. Godel, Escher, Bach: An Eternal Golden Braid. New York: Basic Books. p.699

Balakian, Anna, The Symbolist Movement: a critical appraisal. Random House, 1997

Delvaille, Bernard, La poesie symboliste: anthologie.

Houston, John Porter and Houston, Mona Tobin, French Symbolist Poetry: an anthology.

Jullian, Philippe, The Symbolists.

Lehmann, A.G., The Symbolist Aesthetic in France 1885-1895. Oxford: Basil Blackwell, 1990, 1998.

The Oxford Companion to French Literature, Sir Paul Harvey and J. E. Heseltine, eds., (Oxford, 1999)

Symons, Arthur, The Symbolist Movement in Literature (1999, rev. 2009)
Wilson, Edmond, Axel's Castle: A Study in the Imaginative Literature of
1930-2000 (Internet Archive).

국내 서적

팀 월레스 머피 지음, 김기협 옮김, 『심벌코드의 비밀 : 서양 문명에 숨겨진 이단
의 메시지』, 바다출판사, 2009

카를 G. 융 외 지음, 이윤기 옮김, 『인간과 상징』, 열린책들, 2009

진 쿠퍼 지음, 이윤기 옮김, 『(그림으로 보는) 세계문화상징사전』, 까치, 1994

미르치아 엘리아데 지음, 이재실 옮김, 『이미지와 상징 : 주술적-종교적 상징체계
에 관한 시론』, 까치글방, 1998

잭 트레시더 지음, 김병화 옮김, 『상징 이야기 : 진귀한 그림, 사진과 함께 보는 상
징의 재발견』, 도솔, 2007

조르쥬 나타프 지음, 김정란 옮김, 『상징, 기호, 표식』, 열화당, 1987

양웅 지음, 『광고와 상징 : 해석하고 구성하고 그리고 다시 창조하는 힘』, 한국방
송광고공사 출판사업부, 2004

미셸 파스투로 지음, 강주헌 옮김, 『악마의 무늬, 스트라이프 : 죄수복에서 파자마
까지, 수치의 상징에서 자유와 개혁을 상징하는 무늬로 변해온 줄무늬의 문화사』,
이마고, 2002

P. C. 캐스트, 크리스틴 캐스트 지음, 이승숙 옮김, 『상징』, 북에이드, 2009

사진 판권

본 책자에 사용된 영화 스틸 컷은 보도용(Press release)을 사용했습니다.

국내 홍보 대행사의 자료 협조를 받은 컷을 활용했으며 모든 판권은 영화 제작사에게 있습니다.

책자에 실린 사진들은 저작권법 제8조 '공표된 저작물은 보도, 비평, 교육, 연구 등을 위하여는 정당한 범위 안에서 공정한 관행에 합치되게 이를 인용할 수 있다' 에 의거해서 사용한 사진입니다.

단, 본의 아니게 스튜디오 컷이나 도판을 사용했을 경우 저자에게 연락주시면 정당한 사용료를 지불하겠습니다.

⟨LNEWS4@chol.com⟩

제1장

- ⟨황후화 Curse of the Golden Flower / 滿城盡帶黃金甲⟩ ©Beijing New Picture Film Co.
- ⟨금발이 너무해 Legally Blonde II : Red, White & Blonde⟩ MGM, Marc Platt Productions, Type A Films
- ⟨아바타 Avatar⟩ 20th Century Fox, Lightstorm Entertainment
  ⟨사랑이 머무는 곳에 Ice Castles⟩ Jaffe/Braunstein Films/ Sony Pictures Entertainment
- ⟨윗치 마운틴 Race to Witch Mountain⟩ Walt Disney Pictures
  ⟨화성 침공 Mars Attacks!⟩ Warner Bros
  ⟨엑소시스트 The Exorcist⟩ Hoya Productions/ Warner Bros. Pictures
- ⟨스타워즈: 시스의 복수 Star Wars Episode III : Revenge of the Sith⟩ Lucasfilm Ltd
- ⟨산타클로스 The Santa Clause 3 : The Escape Clause⟩ Walt Disney Pictures
- ⟨산과 함께 가다 Vaya Con Dios⟩ A.Pictures, D.I.E. Film GmbH
- ⟨씬 시티 Sin City⟩ Dimension Films

298

〈섹스 앤 라이즈 씬 시티 Sex and Lies in Sin City〉 Lifetime Movie Network/ Sony Pictures Television

- 〈우리 결혼했어요 Just Married〉 20th Century Fox, Robert Simonds Productions

  〈27번의 결혼리허설 27 Dresses〉 Spyglass Entertainment, Fox 2000 Pictures
- 〈와일드 원 The Wild One〉 Stanley Kramer Productions

  〈거친 녀석들 Wild Hogs〉 Touchstone Pictures, Tollin/ Robbins Productions
- 〈라 비 앙 로즈 La Vie en rose / La Mome〉 TF1 International

  〈미스터 플라워 Bed of Roses〉 Juno Pix/ New Line Cinema
- 〈파랑주의보〉 (주)아이필름
- 〈슈렉 Shrek〉 DreamWorks SKG

  〈원스 Once〉 Summit Entertainment
- 〈블랙 달리아 The Black Dahlia〉 Universal Pictures/ Millennium Films

  〈흑인 오르페 Orfeu Negro〉 Dispat Films/ Gemma
- 〈더 퀸 The Queen〉 Scott Rudin Productions, Canal+

제2장

- 〈데이브레이커스 Daybreakers〉 Lionsgate

  〈트와일라잇 Twilight〉 Summit Entertainment, Maverick Films
- 〈해리포터와 마법사의 돌 Harry Potter and the Sorcerer's Stone〉 Warner Bros., Heyday Films

  〈해리포터와 아즈카반의 죄수 Harry Potter and the Prisoner of Azkaban〉 Warner Bros
- 〈마녀 Witchwoman〉 clker.com

  〈나니아 연대기: 사자, 마녀 그리고 옷장 The Chronicles of Narnia : The Lion, the Witch & the Wardrobe〉 Walt Disney Pictures
- 〈신화: 진시황릉의 비밀 The Myth〉 Showeast
- 〈타임머신 The Time Machine〉 DreamWorks SKG, Warner Bros

〈이프 온리 If Only〉 If Only Production Services Ltd

〈핫 텁 타임머신 Hot Tub Time Machine〉 Metro-Goldwyn-Mayer (MGM),
United Artists

- 〈패션 오브 크라이스트 The Passion of the Christ〉 Icon Entertainment
International

- 〈쏘우 : 여섯 번의 기회 Saw 6〉 Twisted Pictures

〈무서운 영화 2 Scary Movie 2〉 Dimension Films, Brillstein-Grey
Entertainment, Gold/Miller Productions, Wayans Bros. Entertainment

- 〈러브 매니지먼트 Management / Love Management〉 Image Entertainment/
Sidney Kimmel Entertainment

〈로미오와 줄리엣 Romeo + Juliet〉 20th Century Fox

- 〈노인을 위한 나라는 없다 No Country for Old Men〉 Miramax Films, Scott
Rudin Productions

- 〈칸 아웃 Cop Out〉 Warner Bros., Marc Platt Productions

〈쇼핑몰 칸 Paul Blart : Mall Cop〉 Columbia Pictures, Happy Madison
Productions

- 〈나는 전설이다 I Am Legend〉 Warner Bros

〈인베이젼 The Invasion〉 Silver Pictures, Warner Bros., Village
Roadshow Pictures

- 〈불꽃처럼 나비처럼〉 싸이더스FNH

〈굿바이 초콜릿 Meet Bill〉 GreeneStreet Films/ Eclipse Catering

- 〈드리븐 Driven〉 Franchise Pictures, The Canton Company, FIA,
Trackform Film Productions/ oghamjewellery.com

- 〈뽀빠이〉 www.jokke.nu

- 〈로빈 후드 Robin Hood / Nottingham〉 Imagine Entertainment, Scott
Free Productions, Universal Pictures

- 〈뜨거운 녀석들 Hot Fuzz〉 Studio Canal, Working Title Films

〈러브 앤 트러블 Love and Other Disasters〉 Europa Corp/ Ruby Films/
Skyline Films

- 〈빅 피쉬 Big Fish〉 Columbia Pictures Corporation

- 〈슈퍼 사이즈 미 Super Size Me〉 Roadside Attractions

- 〈엑스 파일 : 나는 믿고 싶다 The X Files : I Want to Believe / The X Files 2〉 20th Century Fox
  〈모두가 대통령의 사람들 All the President's Men〉 Warner Bros. Pictures
- 〈콜롬보 Columbo〉 NBC Universal Television
- 〈물랑 루즈 Moulin Rouge〉 Bazmark Films/ www.israelidiamond.co.il
- 〈내 생애 최고의 경기 The Greatest Game Ever Played〉 Touchstone Pictures
  〈후즈 유어 캐디? Who's Your Caddy?〉 Dimension Films
- 〈8마일 8 Mile〉 Imagine Entertainment/ www.e-shopping.ne.jp
- 〈주홍 글씨 The Scarlet Letter〉 엘제이 필름
  〈달콤한 인생 A Bittersweet Life〉 영화사 봄
- 〈인셉션 Inception〉 Warner Bros., Legendary Pictures

제3장

- 〈맘마미아! Mamma Mia!〉 Universal pictures
- 〈문라이트 세레나데 Moonlight Serenade〉 Identity Films/ Talestic Entertainment
- 〈2012〉 Sony Pictures Entertainment, Centropolis Entertainment
  〈해운대 Haeundae〉 (주)JK필름
- 〈웨일 라이더 Whale Rider〉 ApolloMedia/ New Zealand Film Commission
- 〈리키 Ricky〉 Eurowide Film Production/ FOZ
  〈마이클 Michael〉 Turner Pictures/ Alphaville Films
- 〈고스트 타운 Ghost Town〉 DreamWorks SKG, Paramount Pictures, Spyglass Entertainment
  〈오페라의 유령 The Phantom of the Opera〉 Warner Bros
- 〈캐리비안의 해적: 블랙 펄의 저주 Pirates of the Caribbean : The Curse of the Black Pearl〉 Jerry Bruckheimer Films, Touchstone Pictures, Walt Disney Pictures

제4장

- 〈크리스마스 캐럴 A Christmas Carol〉 ImageMovers, Walt Disney Pictures
- 〈왓치맨 Watchman〉 Warner Bros., Paramount Pictures, DC Comics, Legendary Pictures
  〈악마가 너의 죽음을 알기 전에 Before the Devil Knows You're Dead〉 Apecs Entertainments
- 〈써티 데이즈 오브 나이트 30 Days of Night〉 Columbia Pictures, Ghost House Pictures
- 〈말아톤〉 (주)시네라인-투
  〈노트북 The Notebook〉 New Line Cinema

제5장

- 〈바더 마인호프 바더 마인호프 The Baader Meinhof Complex / Der Baader Meinhof Komplex〉 Constantin Film Produktion/ Nouvelles Editions de Films
  〈용서는 없다 No Mercy〉 (주)시네마서비스, (주)더드림픽쳐스, (주)라임 이엔에스
- 〈씬 시티 Sin City〉 Dimension Films
  〈코요테 어글리 Coyote Ugly〉 Jerry Bruckheimer Films, Touchstone Pictures
- 〈브리짓 존스의 일기 Bridget Jones's Diary〉 Studio Canal, Working Title Films
- 〈더블 스파이 Duplicity〉 Universal Pictures
  〈아바타 Avatar〉 20th Century Fox, Lightstorm Entertainment
  제임스 카메론 감독 Wikimedia.org
- 〈미녀삼총사 : 맥시멈 스피드 Charlie's Angels : Full Throttle〉 Columbia Pictures, Flower Films, Tall Trees Productions, Mandy Films, Wonderland Sound and Vision
  〈007 제20편 : 어나더데이 Die Another Day〉 MGM, United Artists,

Danjaq Productions, Eon Productions Ltd.
- 〈맘마 미아! Mamma Mia! - The Movie〉 Universal pictures
  〈작전명 발키리 Valkyrie〉 United Artists
- 〈테이킹 우드스탁 Taking Woodstock〉 Focus Features
  〈디어 존 Dear John〉 Relativity Media
- 〈브루스 올마이티 Bruce Almighty〉 Universal Pictures, Beverly Detroit, Partizan, Shady Acres Entertainment, Interscope Communications, Pit Bull Productions
- 〈러브 매니지먼트 Management / Love Management〉 Image Entertainment/ Sidney Kimmel Entertainment
- www.flickr.com
- 〈오션스 일레븐 Ocean's Eleven〉 NPV Entertainment, Village Roadshow Entertainment, Jerry Weintraub Productions, Section Eight Ltd.
- 〈깡패수업〉 우노필름 www.tattooarchive.com
- 〈색, 계 Se, jie〉 Hai Sheng Film Production Company/ Focus Features
- 〈번지 점프를 하다 Bungee Jumping of Their Own〉 눈 엔터테인먼트
- 〈신데렐라 스토리 A Cinderella Story〉 warner bros
- 〈브레이브 원 The Brave One〉 Silver Pictures, Village Roadshow Pictures
- 〈내겐 너무 가벼운 그녀 Shallow Hal〉 20th Century Fox, Conundrum Entertainment

제6장

- 〈사랑은 너무 복잡해 It's Complicated〉 Relativity Media, Scott Rudin Productions
- 〈YMCA 야구단 YMCA Baseball Team〉 명필름
  〈사랑을 위하여 For Love Of The Game〉 Miramax Film
- 〈OK 목장의 결투 Gunfight at the O.K. Corral〉 Paramount Pictures
  〈클레멘타인〉 펄스타 픽처스
- 〈300〉 Warner Bros

〈타이탄 Clash of the Titans〉Legendary Pictures, Warner Bros.

- 〈엘리펀트 Elephant〉Fearmakers Studios, HBO Films, Pie Films
  〈볼링 포 콜럼바인 Bowling for Columbine〉Alliance Atlantis Communications, Dog Eat Dog Films, United Broadcasting Inc., Salter Street Films International
- 〈롤라 Whatever Lola Wants〉7th Floor/ Ali'n Productions
  〈훌라 걸스 Hula Girls / フラガール〉씨네콰논
- 〈사랑할 때 이야기하는 것들〉(주)오브젝트 필름
  〈미스 리틀 선샤인 Little Miss Sunshine〉Big Beach Films, Bona Fide Productions
- 〈시리아나 Syriana〉Warner Bros., Section Eight Ltd
  〈JFK〉Warner Bros., Regency Enterprises, Canal+
- 〈열두 명의 웬수들 Cheaper by the Dozen 2〉20th Century Fox
  〈드리머 Dreamer : Inspired by a True Story〉Hyde Park Entertainment, DreamWorks Productions LLC
- 〈킹콩 King Kong〉Universal Pictures
- 〈게스 후 Guess Who〉20th Century Fox
- 〈우주 전쟁 War of the Worlds〉DreamWorks SKG, Paramount Pictures
  〈맨 인 블랙 Men in Black〉Columbia Pictures, Amblin Entertainment
- 〈프로포즈 The Proposal〉Touchstone Pictures
  〈크레이지 하트 Crazy Heart〉20th Century Fox
- 〈유로트립 Eurotrip〉Stillking